정글 북

클래식 보물창고 39

정글 북

펴낸날 초판 1쇄 2012년 5월 10일 | 초판 4쇄 2021년 1월 15일
지은이 러디어드 키플링 | **그린이** 존 록우드 키플링 외 | **옮긴이** 원지인
펴낸이 신형건 | **펴낸곳** (주)푸른책들 · **임프린트** 보물창고 | **등록** 제321-2008-00155호
주소 서울특별시 서초구 양재천로7길 16 푸르니빌딩 (우)06754
전화 02-581-0334~5 | **팩스** 02-582-0648
이메일 prooni@prooni.com | **홈페이지** www.prooni.com
인스타그램 @proonibook | **블로그** blog.naver.com/proonibook

ISBN 978-89-6170-279-9 04840
* 잘못된 책은 구입한 곳에서 바꾸어 드립니다.

이 도서의 국립중앙도서관 출판시도서목록(CIP)은 e-CIP홈페이지(http://www.nl.go.kr/ecip)와
국가자료공동목록시스템(http://www.nl.go.kr/kolisnet)에서 이용하실 수 있습니다.
(CIP제어번호:CIP2012001398)

보물창고는 (주)푸른책들의 유아, 어린이, 청소년, 문학 도서 임프린트입니다.

THE JUNGLE BOOK

정글 북

러디어드 키플링 지음
존 록우드 키플링 외 그림 | **원지인** 옮김

보물창고

차례

모글리의 형제들

이제 솔개 칠이 밤을 불러오니
박쥐 망이 자유롭게 날아다니네.
가축들은 외양간에 갇히고
우리는 새벽이 올 때까지 자유로우니
이제 긍지와 힘의 시간,
발톱과 송곳니의 시간이 왔네.
오, 저 외침 소리를 들어라!
정글의 법칙을 지키는
모두에게 행운 있으라.

–정글의 밤 노래

후텁지근한 저녁 일곱 시, 시오니 언덕에서 아비 늑대가 낮 동안의 휴식을 깨고 일어났다. 온몸을 긁으며 하품을 하더니 사지 끝에 남아 있는 졸음을 몰아내듯 하나씩 차례로 뻗으며 기지개를 켰다. 이리저리 뒹굴며 빽빽 울어 대는 네 마리의 새끼들 위로 어미 늑대가 커다란 잿빛 주둥이를 늘어뜨린 채 누워 있었다. 이 늑대 가족이 사는 굴 입구로 달빛이 비쳐 들었다.

아비 늑대가 말했다.

"크응! 또 사냥을 나갈 시간이군."

그리고 아비 늑대가 언덕 아래로 달려 내려가려는 찰나, 꼬리가 텁수룩한 조그만 그림자 하나가 입구를 막고는 울부짖었다.

"오, 늑대 중의 늑대여, 당신에게 행운이 함께하길. 고귀한 자녀분들에게도 행운이 함께하고 강하고 하얀 이빨이 나길 기원합니다. 그들이 이 세상의 배고픈 짐승들을 결코 잊지 않기를 바라면

서요."

자칼 타바키였다. 인도의 늑대들은 그 개를 멸시했는데 여기저기 쏘다니며 못된 짓을 하고 말을 옮기고 다니며 마을의 쓰레기 더미를 뒤져 동물 가죽 나부랭이를 주워 먹기 때문이었다. 하지만 한편으로는 타바키를 두려워하기도 했는데 정글에서 미쳐 날뛰기로는 최고였고 그럴 때면 타바키는 자신이 평소 겁쟁이였다는 것도 싹 잊어버리고 숲 속을 달리며 마주치는 모든 것들을 물어뜯었던 것이다. 호랑이조차도 타바키가 미쳐 날뛸 때는 도망가 몸을 숨겼다. 들짐승에게 닥칠 수 있는 가장 수치스러운 일이 이런 광기였기 때문이다. 우리는 그 광기를 광견병이라고 부르지만 들짐승들은 그것을 '드와니'라고 부르며 멀리 달아났다.

아비 늑대가 무뚝뚝하게 말했다.

"들어와서 직접 보라고. 여기에 먹을 거라고는 하나도 없어."

타바키가 말했다.

"늑대가 먹을 건 없겠지요. 하지만 저같이 하찮은 놈에게는 말라빠진 뼈다귀도 진수성찬이랍니다. 우리 같은 지더로그(자칼 족)가 가리고 말고 할 게 있나요?"

타바키는 굴 안쪽으로 황급히 들어가 살점이 조금 붙어 있는 수사슴 뼈를 찾아냈다. 그러고는 그대로 주저앉더니 신이 나서 한쪽 끝을 입에 넣고 우두둑 깨물었다.

타바키가 입술을 핥으며 말했다.

"이런 훌륭한 음식을 주셔서 정말 감사해요. 고귀한 자녀분들이 정말로 예쁘네요. 눈은 또 어찌나 큰지! 거기다 건강하기까지 하고! 정말 대단해요. 높으신 분들의 아이들은 태어날 때부터 대장

부다울 거라고 생각했지만 말이에요."

타바키는 면전에서 아이들을 칭찬하는 것만큼 불길한 것도 없다는 사실을 누구보다 잘 알고 있었다. 그래서 아비 늑대와 어미 늑대의 불편한 표정을 보며 기뻐했다.

타바키는 자신이 한 짓에 잔뜩 기분이 좋아져서 한동안 가만히 앉아 있었다. 그러고는 악의에 찬 목소리로 말했다.

"위대한 시어 칸이 사냥터를 옮겼답니다. 다음 달에는 이쪽 언덕에서 사냥을 할 거라고 하더군요."

시어 칸은 30킬로미터 떨어진 와인궁가 강 근처에 사는 호랑이였다.

아비 늑대가 성난 목소리로 입을 열었다.

"그럴 수는 없어! 정글의 법칙에 따르면 그에게는 사전 예고도 없이 자신의 사냥 구역을 바꿀 권리가 없어. 시어 칸 때문에 15킬로미터 내에 있는 사냥감들이 전부 겁을 먹고 달아날 거야. 그리고 난 요즘 두 몫의 사냥을 해야 한단 말이야."

어미 늑대가 조용한 목소리로 말했다.

"시어 칸의 어미가 괜히 그를 룬그리(절름발이)라고 불렀겠어요? 태어날 때부터 다리 하나를 절었잖아요. 그래서 소밖에 죽일 줄 모르는 거예요. 와인궁가에 사는 사람들이 화를 내니까 이제 여기 와서 이쪽 사람들을 화나게 할 심산인 게죠. 사람들은 시어 칸을 찾아 정글을 뒤지고 다닐 거예요. 시어 칸이 벌써 멀리 달아나고 없을 때 말이죠. 사람들이 풀밭에 불이라도 놓으면 우리는 아이들을 데리고 도망가야겠죠. 시어 칸에게 아주 고마워할 일이지 뭐예요!"

타바키가 말했다.

"시어 칸에게 당신이 감사해한다는 뜻을 전할까요?"

아비 늑대가 쏘아붙였다.

"나가! 나가서 네 주인과 사냥이나 하라고. 오늘 밤엔 못된 짓도 할 만큼 한 거 같으니."

타바키가 조용히 말했다.

"가지요. 시어 칸이 저 아래 덤불숲에서 내는 소리가 들리시겠지요. 굳이 제가 소식을 전하러 올 필요도 없었는데 말입니다."

아비 늑대가 가만히 귀를 기울였다. 그러자 조그만 강으로 흐르는 저 아래 계곡에서 메마르고 성나고 낮게 으르렁거리는 호랑이의 울음소리가 들려왔다. 자신이 아무것도 잡지 못한 것을 온 정글이 다 알게 된다 해도 상관없는 듯했다.

아비 늑대가 말했다.

"바보 같으니라고! 저렇게 요란한 소리를 내면서 밤 사냥을 시작하다니! 이곳의 수사슴이 와인궁가의 살찐 소들 같은 줄 아나 보지?"

어미 늑대가 말했다.

"쉿! 오늘 밤에 시어 칸이 사냥하는 건 소도 수사슴도 아니에요. 인간이에요."

울음소리는 이제 낮게 울리는 가르랑 소리로 바뀌어 있었다. 그 소리는 사방에서 들려오는 듯했는데, 밖에서 자는 나무꾼과 집시들이 듣고는 깜짝 놀라 호랑이의 입속으로 바로 달려 들어갈 법도 했다.

아비 늑대가 하얀 이빨을 다 드러내며 으르렁거렸다.

"사람이라니! 흥! 저수지에 있는 딱정벌레와 개구리로는 모자라서 이제는 사람도 먹어야겠나 보지? 그것도 우리 사냥터에서 말이야?"

정글의 법칙은 모두 저마다 타당한 근거를 가지고 있었고 그 법칙은 모든 네발짐승들에게 사람을 잡아먹는 것을 금했다. 잡아먹는 것이 허용되는 때는 새끼들에게 사람을 사냥하는 법을 보여 줄 때뿐이었다. 그때도 자신의 무리나 종족의 사냥터 바깥에서 사냥을 해야 했다. 이 법칙의 진짜 이유는 인간을 죽이면 머지않아 코끼리를 타고 총을 든 백인들 그리고 그들과 함께 징과 폭죽, 횃불을 든 수백 명의 검은 원주민들이 나타나기 때문이었다. 그렇게 되면 정글에 있는 모든 동물들이 고통을 받는다. 짐승들 스스로가 내세우는 이유는 인간이 모든 생명체 가운데 가장 약하고 방어력이 없으므로 그런 인간을 건드리는 것은 정정당당하지 못하다는 것이었다. 또 인간을 먹으면 옴에 걸리고 이빨이 빠진다고들 했는데 그것은 사실이었다.

가르랑 소리는 점점 더 커지더니 흥분한 호랑이가 "어흥!" 하며 내지르는 소리가 쩌렁쩌렁 울렸다.

잠시 뒤 시어 칸이 길게 울부짖었는데 그 소리는 전혀 호랑이답지 않았다. 소리를 들은 어미 늑대가 말했다.

"먹잇감을 놓친 거예요? 무슨 일이 일어난 거죠?"

아비 늑대가 몇 발짝 달려 나갔고 시어 칸이 덤불 속에서 뒹굴며 사납게 투덜거리는 소리를 들었다.

"저 바보는 고작 한다는 짓이 나무꾼의 모닥불에 뛰어들어서 발을 데이는 거야. 타바키가 함께 있군."

어미 늑대가 한쪽 귀를 쫑긋거리며 말했다.

"뭔가가 언덕을 올라오고 있어요. 준비하세요."

덤불숲에서 작게 바스락거리는 소리가 들렸고 아비 늑대는 바닥에 엉덩이를 바짝 붙인 채 뛰어오를 준비를 했다. 여러분이 그 자리에 있었다면 아마 세상에서 가장 멋진 장면을 볼 수 있었을 것이다. 날아오르던 늑대가 공중에서 딱 멈춘 모습을 말이다. 아비 늑대는 자신이 덤벼드는 상대가 누군지 확인하기도 전에 높이 뛰어올랐고 뛰어오른 상태에서 멈추려고 애를 썼던 것이다. 그 결과 늑대는 공중으로 일이 미터를 솟구쳐 올랐다가 거의 다시 제자리에 내려앉았다. 늑대가 날카롭게 외쳤다.

"인간이야! 봐! 인간의 아이야."

아비 늑대의 바로 앞에 갈색 피부의 벌거벗은 아이가 낮은 가지를 붙잡고 서 있었다. 이제 겨우 걸음마를 시작한 아이였다. 그토록 보드랍고 포동포동하고 조그만 아이가 밤중에 늑대 굴을 찾아 온 것은 처음 있는 일이었다. 아이는 아비 늑대의 얼굴을 올려다보며 웃음을 터뜨렸다.

어미 늑대가 말했다.

"저게 인간의 아이란 말이에요? 인간의 아이는 처음 봐요. 이리 데려와 봐요."

자신의 새끼들을 옮기는 데 이골이 나 있는 늑대는 필요하다면 달걀도 깨지지 않게 입에 물 수 있었다. 그래서 아비 늑대가 입으로 아이의 등을 단단히 붙들기는 했지만 등에 이빨 자국 하나 남기지 않고 새끼들 속에 아이를 내려놓았다.

어미 늑대가 부드러운 목소리로 말했다.

"어쩜 조그맣기도 하지! 털도 없는 게 겁도 없네!"

아이는 새끼들 사이를 뚫고 어미의 따뜻한 품속으로 들어왔다.

"아아! 아이도 함께 젖을 빨고 있어요. 인간의 아이가 말이에요. 이렇게 자신의 새끼들 속에 버젓이 인간의 아이를 둔 늑대가 있었을까요?"

아비 늑대가 말했다.

"간혹 이런 얘기를 듣기는 했지만 우리 무리에서는 없었을 뿐더러 이제껏 살아오면서 이런 일은 한 번도 없었어. 이 녀석은 털도 하나 없군. 내가 발 하나만 갖다 대도 죽을 거 같아. 하지만 보라고. 나를 빤히 올려다보며 두려워하지 않아."

굴 입구로 들어오던 달빛이 갑자기 사라졌다. 시어 칸이 거대한 머리와 어깨를 입구로 들이밀며 달빛을 가렸던 것이다. 시어 칸 뒤에 있던 타바키가 날카로운 목소리로 말했다.

“주인님, 주인님. 그것이 이 안으로 들어갔습니다!”
“시어 칸 님이 이렇게 우리를 찾아 주다니 영광이군요. 무슨 일로 온 것이오?”
말과 다르게 아비 늑대의 두 눈에는 노여움이 가득했다.
“내 사냥감 때문이지. 인간의 아이가 이쪽으로 갔어. 아이 부모는 벌써 도망가 버렸지. 그 아이를 내놓아라.”
시어 칸은 아비 늑대의 말처럼 나무꾼의 모닥불에 뛰어들어 발을 데였고 그 고통에 잔뜩 화가 난 상태였다. 하지만 아비 늑대는 굴 입구가 좁아서 호랑이는 들어올 수 없다는 사실을 잘 알고 있었다. 시어 칸은 마치 통 속에 갇혀 싸우겠다고 몸부림치는 사람처럼 이미 어깨와 두 앞발이 옴짝달싹 못하게 꽉 끼어 있었던 것이다.
아비 늑대가 말했다.
“늑대들은 자유민이오. 오직 무리 우두머리의 명령만을 따를 뿐 줄무늬 가축 사냥꾼의 명령은 따르지 않소. 인간의 아이는 우리 것이고 죽일지 말지도 우리가 결정할 것이오.”
“너희가 결정하겠다고! 여기서 그런 말이 왜 나오는 거야? 내가 죽인 황소를 걸고 말하는데, 마땅히 내 것인 사냥감 때문에 내가 너희 개들이 사는 굴에 코를 들이밀고 서 있다는 게 말이 돼? 나, 시어 칸이 말이야!”
으르렁거리는 호랑이 소리가 천둥소리처럼 동굴 안을 가득 채웠다. 그때 어미 늑대가 새끼들을 털어 내고 앞으로 불쑥 튀어나왔다. 그녀는 어둠 속에서 반짝이는 두 개의 초록 달 같은 눈으로 분노로 이글거리는 시어 칸의 눈을 마주 보았다.

"나, 라크샤(악마)가 대답하지. 인간의 아이는 우리 것이야, 룬그리. 우리 거란 말이다! 이 아이는 죽지 않을 거야. 살아서 우리 무리와 함께 달리고 사냥을 나갈 거야. 그리고 결국에는 털도 없는 어린것이나 사냥하고 개구리, 물고기나 먹는 너를 이 아이가 사냥할 게다. 그러니 썩 꺼져. 그러지 않으면 내가 죽인 사슴을 걸고…… 난 굶주린 가축 따위는 먹지 않아. 사슴을 걸고 말하는데, 지금보다 더욱 절뚝거리게 되어 네 어미 품으로 돌아가게 될 거다. 불에 덴 정글의 짐승아! 썩 꺼져라!"

아비 늑대는 깜짝 놀라 어미 늑대를 멀거니 바라보기만 했다. 다른 다섯 마리 수컷들과 정정당당히 싸워 어미 늑대를 차지했던 때, 어미 늑대가 무리와 함께 종횡무진 하던 때, 아비 늑대는 거의 잊고 있던 그때가 떠올랐다. 그때 어미 늑대가 악마라고 불린 게 그저 입에 발린 소리는 아니었던 것이다.

시어 칸이 아비 늑대에게 맞설 수 있을지는 몰라도 감히 어미 늑대에게 대적할 수는 없었다. 시어 칸은 어미 늑대가 자신보다 모든 면에서 유리한 위치에 있으며 그녀가 죽을힘을 다해 싸울 것을 알고 있었던 것이다. 시어 칸은 으르렁거리며 동굴 입구에서 물러났다. 그리고 동굴에서 완전히 빠져나오자 소리쳤다.

"개들은 하나같이 제 앞마당에서만 짖어 대지! 인간의 아이를 키우겠다고 하면 너희 무리가 뭐라고 할지 두고 보자고. 그 아이는 내 거야. 결국 내 입속으로 들어오게 될 거란 말이다, 이 도둑놈들아!"

어미 늑대는 헐떡이며 새끼들 사이에 주저앉았다. 그러자 아비 늑대가 심각한 목소리로 아내에게 말했다.

"시어 칸이 한 말도 맞아. 무리에게 아이를 보여 줘야 해. 그래도 이 아이를 키울 생각인 거요?"

어미 늑대가 숨을 몰아쉬며 간신히 대답했다.

"키우고말고요! 이 아이는 한밤중에 벌거벗고 굶주린 채로 홀로 여길 찾아왔어요. 전혀 겁먹은 기색도 없이요! 봐요, 벌써 우리 아이 하나를 옆으로 밀쳐 내고 자리를 잡았어요. 저 절름발이 살인마가 이 아이를 죽이고 와인궁가로 내뺐다면, 이 마을 사람들이 복수를 한다고 여기 있는 굴이란 굴은 죄다 헤집고 다녔겠지요. 키울 거냐고요? 당연히 키우고말고요. 가만히 누워 있으렴, 작은 개구리야. 그래, 널 모글리, 개구리란 뜻의 모글리로 불러야겠다. 시어 칸이 널 사냥했던 것처럼 네가 시어 칸을 사냥할 날이 분명히 올 거야."

아비 늑대가 말했다.

"하지만 무리에서 뭐라고 할지 모르겠군."

정글의 법칙에서는 늑대가 결혼하면 자신이 속한 무리에서 나와 살 수 있다고 분명히 규정짓고 있다. 하지만 새끼들이 제 발로 설 수 있을 만큼 자라면 한 달에 한 번 보름달이 뜰 때 열리는 늑대들의 회의에 데리고 나와 다른 늑대들에게 보여 줘야 했다. 그런 검사 절차를 거치고 나면 새끼들은 어디든 마음 내키는 대로 다닐 수 있었다. 어른 늑대들이, 아직 첫 사슴을 사냥하지도 못한 새끼들을 죽이는 일은 어떤 이유로도 용납되지 않았다. 새끼를 죽이고 발각되었을 때는 죽음이라는 형벌을 면할 수 없었다. 조금만 생각해 보면 그럴 수밖에 없음을 이해할 수 있을 것이다.

아비 늑대는 새끼들이 조금씩 달릴 수 있을 때까지 기다렸다.

그러고는 무리가 모이는 날 밤 새끼들과 모글리, 어미 늑대를 데리고 회의 바위로 갔다. 그곳은 온통 돌과 바위로 덮여 있어서 늑대 백 마리도 숨을 수 있는 언덕 꼭대기였다. 고독한 회색 늑대, 위대한 아켈라가 바위 위에 길게 엎드려 있었다. 아켈라는 힘과 꾀로 무리를 이끌고 있었다. 그 바위 아래로 40여 마리의 늑대들이 앉아 있었다. 혼자서도 거뜬히 수사슴 한 마리를 사냥할 수 있는 노련한 회색 늑대들부터 자신들도 그렇게 할 수 있다고 믿는 세 살밖에 안 된 검은색 늑대들까지 몸집도, 색깔도 가지각색이었다. 고독한 늑대 아켈라는 1년째 그 무리를 이끌고 있었다. 젊은 시절의 아켈라는 늑대 덫에 두 번이나 빠졌고 그 가운데 한 번은 죽도록 맞고 그대로 버려지기까지 했다. 그래서 인간의 방식과 습관을 잘 알았다. 회의 바위에서는 별 말이 오가지 않았다. 그저 제 어미와 아비들이 빙 둘러앉은 원 한가운데에서 새끼들이 서로 뒹굴며 놀고 있었고, 이따금씩 어른 늑대가 조용히 새끼에게 다가가 찬찬히 살펴본 뒤 발소리를 내지 않고 제자리로 돌아오는 식이었다. 가끔 어미는 제 새끼를 못 보고 넘어가는 일이 없도록 밝은 달빛 아래로 새끼를 쑥 밀어 놓는 것이었다. 바위 위에 앉아 있던 아켈라가 외쳤다.

"그대들은 법칙을 알 것이다. 똑똑히 알 것이다. 늑대들이여, 잘 보아라!"

그러면 초조해진 어미들도 따라 외치는 것이었다.

"보시오. 늑대들이여, 잘 보시오!"

드디어 때가 되자 어미 늑대의 목덜미에 난 털이 곤두섰다. 아비 늑대가 '개구리 모글리'를 한가운데로 밀어붙였다. 모글리는 한

가운데에 앉아 깔깔거리며 달빛에 반짝이는 조약돌 몇 개를 가지고 놀았다.

아켈라는 여전히 머리를 앞발에 묻고는 한결같이 단조로운 목소리로 외쳤다.

“잘 보아라!”

그때 바위 뒤에서 낮게 으르렁거리는 소리가 들려왔다. 시어 칸이었다.

“그 아인 내 거야. 내게 돌려줘. 자유민이 인간의 아이와 무슨 상관이 있는가?”

아켈라는 미동조차 하지 않고 이렇게 말할 뿐이었다.

“늑대들이여, 잘 보아라! 우리 자유민은 우리 외에 그 누구의 명령에도 따르지 않는다. 잘 보아라!”

나직하게 으르렁거리는 소리가 일제히 들리더니, 네 살 된 젊은 늑대가 시어 칸과 같은 질문을 아켈라에게 던졌다.

“자유민이 인간의 아이와 무슨 상관이 있습니까?”

새끼를 무리에 받아들이는 것을 두고 이견이 있을 때는 새끼의 부모를 제외하고 무리에서 적어도 두 마리가 지지를 해야 하는 게 정글의 법칙이었다.

아켈라가 물었다.

“누가 이 어린것을 지지하는가? 자유민들 가운데 누가 지지하겠는가?”

아무도 대답하지 않았고 어미 늑대는 결국 싸움이 일어날 것에 대비해 만반의 준비를 했다. 어미는 이것이 최후의 결전이 될 것임을 알고 있었다.

그때 다른 동물로서는 유일하게 늑대 무리의 회의에 참석하는 것이 허락된 발루가 상반신을 일으키며 낮게 그르렁거리는 목소리로 말했다. 발루는 늑대 새끼들에게 정글의 법칙을 가르치는 잠 많은 갈색 곰이었다. 늙은 발루는 열매와 나무뿌리, 꿀만 먹는 까닭에 어디든 마음대로 오고 갈 수 있었다.

"인간의 아이라. 인간의 아이란 말이지? 나는 그 아이를 지지합니다. 인간의 아이가 해가 될 것은 없으니까. 난 말재주는 없지만 진실만을 말하지요. 저 아이가 무리와 뛰어다닐 수 있게 합시다. 무리에 받아들여요. 내가 아이를 가르치겠소."

아켈라가 말했다.

"아직 누구 하나가 더 지지해야 한다. 우리 아이들의 선생님인 발루가 지지했다. 발루 말고 없는가?"

갑자기 검은 그림자 하나가 원 한가운데로 뛰어들었다. 흑표범 바기라였다. 빛 아래에서 보면 온몸이 새까맣기는 해도 물결무늬 비단에 있는 무늬처럼 언뜻언뜻 표범 무늬가 보였다. 모두가 바기라를 알았다. 그리고 그 누구도 우연이라도 바기라와 마주치는 걸 바라지 않았다. 바기라는 타바키만큼 교활했고, 물소만큼 대담했으며, 상처 입은 코끼리만큼 난폭했기 때문이었다. 하지만 목소리는 나무에서 뚝뚝 흘러내리는 벌꿀처럼 나긋나긋했고 털가죽은 솜털보다 더 보드라웠다.

바기라가 가르랑거리는 목소리로 말했다.

"오, 아켈라. 그리고 자유민들이여. 나는 여러분의 집회에 낄 자격이 없습니다. 하지만 새로 태어난 새끼를 죽여야 할지 살려 두어야 할지 확신이 서지 않을 때는 대가를 치르고 그 새끼의 목숨을 살 수 있다는 게 정글의 법칙이지요. 그리고 정글의 법칙은 누가 그 대가를 치를 수 있고 없고를 규정하고 있지 않습니다. 그렇죠?"

항상 배가 고픈 젊은 늑대들이 외쳤다.

"맞아요! 맞아! 바기라 말을 들읍시다. 값을 치르면 새끼를 살 수 있어요. 그게 법칙이에요."

"내가 여기서 말할 자격이 없다는 걸 알기에 먼저 허락을 구할 수 있을까요?"

스무 마리의 늑대들이 일제히 외쳤다.

"어서 말해 봐요."

"털도 없는 어린것을 죽이는 일은 부끄러운 짓입니다. 게다가 녀석이 크면 여러분에게 괜찮은 동료가 되어 줄지도 모르지요. 발루가 벌써 이 아이를 위해 나서 주었습니다. 여러분이 정글의 법칙에 따라 인간의 아이를 받아들이겠다면 저는 거기에 황소 한 마리를 보태겠습니다. 갓 잡은 통통한 놈으로 말이지요. 여기서 반 마일도 떨어지지 않은 곳에 있습니다. 그래도 어렵겠습니까?"

수십 마리의 늑대들이 떠들썩한 소리를 내며 말했다.

"뭐가 문제야? 겨울비가 내리면 어차피 죽고 말텐데. 햇볕에 타서 죽을지도 모르고. 털도 없는 개구리 한 마리가 우리에게 무슨 해가 되겠어? 무리에 끼어 주자고. 바기라, 황소는 어디 있소? 아이를 받아들입시다."

그러자 아켈라가 깊이 울리는 목소리로 외쳤다.

"잘 보아라. 늑대들이여, 잘 보아라!"

모글리는 아직도 조약돌 놀이에 푹 빠져서 늑대들이 차례로 다가와 자신을 살펴보고 가는 것도 몰랐다. 마침내 늑대들은 모두 죽은 황소를 찾아 언덕을 내려가고 아켈라, 바기라, 발루, 모글리의 늑대 가족들만 남았다. 시어 칸은 모글리를 자신에게 넘기지 않은 것에 잔뜩 화가 나서 여전히 어둠 속에서 으르렁거렸다.

바기라가 수염 아래로 나지막이 말했다.

"그래, 실컷 소리 질러라. 이 털도 없는 녀석이 너를 다른 목소리로 울부짖게 만들어 줄 날이 올 테니까. 내가 인간을 잘 알아서 하는 말이다."

아켈라가 말했다.

"잘되었다. 인간과 그 아이들은 아주 현명하지. 언젠가 이 아이가 도움이 될지도 모르지."

바기라가 말했다.

"그렇고말고요. 필요할 때 도움이 될 거요. 누구도 영원히 무리를 이끌 수는 없을 테니까."

아켈라는 아무 말도 하지 않았다. 무리의 우두머리라면 누구에게나 찾아오는 때를 생각하고 있었다. 힘이 다하고 점점 더 약해지다가 결국에는 다른 늑대들에게 죽임을 당하고 새로운 우두머리가 나오는 것이다. 결국 그 우두머리도 때가 되면 죽임을 당하지만 말이다.

아켈라가 아비 늑대에게 말했다.

"아이를 데려가라. 그리고 자유민의 한 일원이 되도록 훈련시켜라."

이렇게 모글리는 황소 한 마리를 대가로 치르고 발루의 지지를 받아 시오니 늑대 무리에 들어오게 된 것이다.

자, 이제 11년에서 12년이라는 세월을 훌쩍 뛰어넘도록 하자. 모글리가 늑대들과 함께 얼마나 멋지게 살았을지는 여러분의 상상에 맡기겠다. 그 얘길 다 썼다가는 책 몇 권으로도 모자랄 테니 말이다. 모글리는 새끼 늑대들과 함께 자랐다. 물론 새끼 늑대들은 모글리가 어린아이가 되기도 전에 이미 다 큰 늑대가 되어 있었다. 그리고 아비 늑대가 모글리에게 정글에서 할 일과 정글에서 일어나는 일들의 의미를 가르쳤다. 그리하여 마침내 풀밭에서 나는 바스락 소리, 따뜻한 밤공기에 실린 모든 숨결, 머리 위에서 들려오는 부엉이 울음소리, 박쥐가 나무에 잠시 내려앉으며 발톱으로 긁는 소리, 조그만 물고기들이 연못에서 첨벙거리며 내는 소리, 정글에서 나는 모든 소리들이 모글리에게 중요한 의미를 갖게 되었다. 마치 사업가에게 회사 일이 중요하듯이 말이다. 모글리가 아무것도 배우지 않을 때는 햇볕을 쬐며 앉아 잠을 잤고 그러다가 일어나 먹고 다시 잠을 잤다. 몸이 더럽거나 더울 때는 숲 속 연못에서 헤엄을 쳤다. 꿀이 먹고 싶을 때는(꿀과 열매가 날고기 못지않게 맛있다고 발루가 알려 주었다.) 꿀을 따러 나무에 올랐다. 나무에 오르는 법은 바기라에게서 배웠다. 바기라는 나뭇가지 위에 엎드려서 이렇게 외치곤 했다.

"어린 형제여, 이리 오렴."

모글리는 처음에는 나무늘보처럼 가지에 매달리기만 했지만 나중에는 회색 원숭이처럼 대담하게 나뭇가지들 사이로 휙휙 몸을 던졌다. 모글리는 늑대 무리가 모이는 회의 바위에서도 한자리를 차지했다. 그리고 그 회의 자리에서 자신이 뚫어져라 쳐다보면 어느 늑대든 눈을 내리깔게 된다는 것을 알게 되었고 그 뒤로는 재미 삼아 늑대들을 뚫어져라 쳐다보곤 했다. 평소에는 늑대 친구들의 발바닥에 박힌 기다란 가시를 빼 주기도 했다. 늑대들은 털에 박힌 가시들 때문에 몹시 고생했던 것이다. 밤이 되면 산비탈 아래 경작지로 내려가기도 했다. 매우 신기한 눈빛으로 오두막에 사는 마을 사람들을 훔쳐보기도 했지만 사람들을 믿지는 않았다. 누군가가 올라서면 푹 빠지고 마는 문이 달린 네모난 상자에 대해 바기라가 알려 주었기 때문이다. 모글리는 하마터면 정글 숲에 아주 교묘하게 숨겨 둔 그 상자 위로 걸어가다가 빠질 뻔했고 바기라가 그것이 함정이라고 말해 주었던 것이다. 무엇보다 모글리는 바기라와 어둡고 따뜻한 숲 속으로 깊이 들어가는 것을 좋아했다. 나른한 낮 동안 내내 잠을 자다가 밤이 되면 바기라가 사냥하는 모습을 구경하는 것이었다. 바기라는 배가 고프면 뭐든 가리지 않고 사냥을 했고 모글리도 마찬가지였다. 단 하나 예외는 있었다. 모글리가 철이 들 나이가 되자, 바기라는 모글리가 황소의 목숨을 대가로 치르고 늑대 무리에 들어왔기 때문에 소는 절대로 건드려선 안 된다고 말해 주었다.

바기라가 말했다.

"정글이 다 네 거야. 네게 죽일 만한 힘이 있으면 뭐든 죽여도 좋아. 하지만 네 대신 목숨을 바친 황소를 생각해서 어리든 늙었든 간에 소는 절대 죽이거나 잡아먹어서는 안 돼. 그게 바로 정글의 법칙이야."

모글리는 그 말을 충실히 따랐다.

모글리는 보통의 사내아이가 그렇듯 무럭무럭 자랐다. 자신이 무언가를 배우고 있다는 사실도 모른 채 그저 먹을 것만 생각하는 아이처럼 말이다.

어미 늑대가 모글리에게 시어 칸이 믿을 수 없는 존재이고 때가 되면 모글리가 시어 칸을 죽여야 한다고 한두 번 일러 주기는 했다. 젊은 늑대라면 매 순간 그 충고를 기억하고 있었겠지만 모글리는 그저 어린 사내아이였기에 그 충고를 금세 잊어버렸다. 그럼에도 모글리가 인간의 말을 할 줄 알았다면 자신을 인간이 아닌 늑대라고 불렀을 것이다.

시어 칸은 항상 모글리가 가는 길목에서 얼쩡거렸다. 아켈라가 점점 늙고 약해지자 절름발이 호랑이는 자신을 따라다니며 찌꺼기를 얻어먹는 무리의 젊은 늑대들과 아주 친해졌다. 아켈라가 제대로 권위를 발휘할 수 있었다면 결코 두고 보지 않았을 일이었다. 시어 칸은 이렇게 훌륭하고 젊은 사냥꾼들이 어떻게 죽어 가는 늑대와 사람의 아이에게 그저 끌려다니기만 하는지 모르겠다며 젊은 늑대들을 추켜세웠다.

시어 칸은 이렇게 말하곤 했다.

"얘길 들어 보니 회의 때 너희들은 그 녀석의 눈도 똑바로 쳐다보지 못한다던데."

그러면 젊은 늑대들은 털을 곤두세우며 으르렁거렸다.

사방에 눈과 귀가 있는 바기라는 이런 움직임에 대해 알고 있었다. 그리고 모글리에게 시어 칸이 언젠가 모글리를 죽이려 들 거라는 이야기를 한두 번 있는 그대로 말해 주었다. 모글리는 웃으며 대답할 뿐이었다.

"내게는 늑대들이 있고 바기라도 있잖아. 그리고 몹시 게으르긴 하지만 발루도 나를 위해 한두 번 주먹을 날려 줄 거라고. 그런데 뭐가 두렵겠어?"

몹시 더운 어느 날 바기라에게 새로운 생각이 떠올랐다. 어디선가 들었던 말에서 비롯된 것이었다. 어쩌면 호저 이키에게서 들었는지도 몰랐다. 바기라는 정글 깊은 곳에서 모글리가 자신의 아름다운 까만 털에 머리를 기대고 누워 있을 때 얘기를 꺼냈다.

"어린 형제여, 시어 칸이 네 적이라고 내가 몇 번이나 말했지?"

"저 야자나무에 달린 열매만큼 많이."

모글리가 대답했다. 물론 모글리는 숫자를 셀 줄 몰랐다.

"그게 뭐 어떻단 거야? 나 졸려, 바기라. 시어 칸에게 있는 거라고는 긴 꼬리랑 큰 목소리뿐이잖아. 공작새 마오처럼 말이야."

"하지만 자고 있을 때가 아니야. 발루도 알고 나도 알아. 늑대 무리도 알고. 멍청하기 짝이 없는 사슴들까지도 안다고. 타바키도 네게 얘기했을 거야."

모글리가 말했다.

"하! 하! 얼마 전에 타바키가 와서 내가 털도 없는 인간의 새끼라 땅콩을 캐내는 게 영 서툴다고 버릇없이 얘길 하더라고. 그래서 녀석의 꼬리를 잡고는 야자나무에 대고 두 번이나 냅다 내리꽂아서 버릇을 고쳐 줬지."

"바보 같은 짓을 했구나. 타바키가 여기저기 말을 옮기며 이간질하는 놈이기는 해도 네게 아주 중요한 얘기를 했을 텐데 말이다. 어린 형제여, 눈을 뜨렴. 시어 칸이 감히 널 정글에서 죽이지는 못하겠지만 기억해라. 아켈라는 이제 너무 늙었고 곧 수사슴 한 마리도 잡지 못하는 날이 올 거야. 그땐 더 이상 우두머리 자리에 있지 못하겠지. 네가 처음 늑대 회의에 왔을 때 널 눈감아 주었던 늑대들도 대부분 다 늙었고 젊은 늑대들은 시어 칸이 가르친 대로 인간의 아이를 무리에 끼워 줘서는 안 된다고 생각하지. 조만간 넌 다 큰 어른이 될 테고 말이다."

모글리가 말했다.

"형제들이랑 뛰어다닐 수 없는데 어른이 된들 무슨 소용이 있어? 난 정글에서 태어났어. 그리고 정글의 법칙에 따라 자랐고 무리 가운데 내가 발바닥에서 가시를 뽑아 주지 않은 늑대가 없어. 다들 분명히 내 형제들이라고!"

바기라는 몸을 쭉 펴더니 눈을 반쯤 감고는 말했다.

"얘야, 내 턱 밑을 만져 보렴."

모글리는 튼튼한 갈색 손을 들어 바기라의 부드러운 턱 밑을 만졌다. 윤기가 흐르는 털 아래로 강한 근육이 꿈틀거렸다. 모글리는 그곳에서 털이 벗겨진 작은 흉터 자국을 발견했다.

"나, 바기라에게 이런 흉터가 있는 걸 정글에서는 아무도 몰라. 목줄 때문에 생긴 흉터 말이다. 얘야, 난 인간들 속에서 태어났어. 내 어미는 인간들 속에서 죽었고. 오디포 궁전에 있는 우리에서 말이지. 내가 늑대 회의에서 벌거벗은 아기였던 너를 위해 대가를 치른 것도 바로 그때문이야. 그래, 나 역시 인간들 속에서 태어났으니까. 난 정글을 본 적도 없었어. 인간들은 쇠그릇에 먹이를 담아 철장에 갇힌 내게 주었지. 그런데 어느 날 밤 나는 내가 표범 바기라이지, 인간들의 장난감이 아니란 걸 깨달았어. 난 변변찮은 자물쇠를 한 방에 부수고 도망쳐 나왔지. 그리고 인간들의 습성을 잘 알기 때문에 정글에서는 시어 칸보다 더 무서운 존재가 된 거야. 그렇지 않니?"

모글리가 대답했다.

"맞아. 온 정글이 바기라를 무서워해. 모글리만 빼고 말이야."

흑표범이 아주 다정한 목소리로 말했다.

"그래, 넌 인간의 아이니까. 그리고 내가 정글로 돌아왔듯이 너도 결국에는 인간들에게 돌아가야만 해. 네 형제들인 인간들에게로. 네가 늑대 회의에서 죽임을 당하지 않는다면 말이다."

모글리가 물었다.

"하지만 왜, 왜 날 죽이려고 하는 건데?"

"나를 보렴."

모글리는 바기라의 두 눈을 지그시 바라보았다. 커다란 표범은 금방 고개를 돌려 버렸다.

바기라는 나뭇잎들 위에 앞발을 올려놓으며 말했다.

"이게 그 이유다. 나조차도 네 눈을 똑바로 쳐다볼 수가 없잖

아. 난 인간들 속에서 태어났고 너를 사랑하는데도 말이야. 다른 녀석들은 네 눈을 똑바로 쳐다볼 수 없기 때문에 널 미워해. 네가 현명하기 때문에 널 미워하지. 네가 자기들 발에 박힌 가시를 빼주었기 때문에, 네가 인간이기 때문에 널 미워해."

"난 그런 건 몰랐어."

모글리는 시무룩한 목소리로 말하고는 두껍고 까만 눈썹을 찡그렸다.

"정글의 법칙이 뭐야? 공격이 먼저고 대화는 그다음에 하라는 거잖아. 무심코 하는 네 행동에도 동물들은 네가 인간이란 걸 깨닫지. 그러니 현명하게 굴어. 아켈라는 매번 사냥할 때마다 수사슴을 제압하기가 점점 더 힘들어지는데 다음번 사냥에서 실패라도 하면 무리는 물론 네게서도 등을 돌릴 거야. 늑대들은 바위에서 정글 회의를 열 테고 그런 다음에는…… 다음에는…… 알았다!"

바기라가 자리에서 벌떡 일어났다.

"얼른 골짜기에 있는 인간들의 오두막으로 내려가도록 해. 그곳에서 인간들이 키우는 붉은 꽃을 가져오렴. 때가 되면 그 불꽃이 나나 발루, 너를 사랑하는 늑대들보다 더 강력한 친구가 되어 줄 거야. 가서 붉은 꽃을 가져와."

바기라가 말한 붉은 꽃은 불이었다. 다만 정글에서 그 이름을 제대로 부를 수 있는 동물은 하나도 없었다. 짐승들은 하나같이 불을 극도로 두려워했고 백 가지나 되는 다른 이름으로 불을 표현했다.

"붉은 꽃이라고? 땅거미가 지면 인간들의 오두막 바깥에 피는 거 말이지? 내가 가서 가져올게."

바기라가 자랑스럽게 말했다.

"인간의 아이답구나. 그 꽃은 조그만 단지 속에서 자란다는 걸 기억하렴. 재빨리 하나를 가져와서 만약을 대비해 옆에 두어라."

"알았어! 갈게. 그런데 바기라, 정말이야?"

모글리는 바기라의 멋진 목에 살포시 팔을 두르고 그 커다란 두 눈을 깊이 들여다보았다.

"정말 이 모든 게 시어 칸이 꾸민 짓이야?"

"날 자유롭게 해 준 부서진 자물쇠를 걸고 맹세하는데, 정말이야."

"그럼 내 목숨 값을 한 수소를 걸고 맹세하는데, 나중에 시어 칸에게 그대로 갚아 주겠어. 아니 조금 더 심하게 갚아 줄지도 모르지."

모글리는 그렇게 말하고는 멀리 뛰어갔다.

바기라가 다시 몸을 누이며 중얼거렸다.

"역시 인간의 아이야. 어느 모로 보나 인간이야. 아, 시어 칸, 네 놈에게는 십 년 전에 저지른 개구리 사냥만큼 불행한 일도 없을 게다!"

모글리는 심장이 뜨겁게 달아오를 만큼 숲을 지나 멀리멀리 달렸다. 모글리는 저녁 안개가 피어오를 때쯤 늑대 굴에 도착해서 숨을 고르며 골짜기를 내려다보았다. 새끼들은 다 나가고 없었지만 어미 늑대는 홀로 굴 안쪽에 남아 있었다. 어미는 숨소리만 듣고도 자신의 개구리에게 뭔가 심란한 문제가 있음을 눈치챘다.

"무슨 일이냐, 아들아?"

"박쥐가 시어 칸에 대해 떠드는 얘기를 들었어요. 전 오늘 밤 인간들의 경작지에서 사냥을 할 거예요."

모글리는 수풀을 헤치고 쏜살같이 뛰어 내려가 골짜기 아래 개울가에 도착했다. 그 자리에서 잠시 멈춰 늑대 무리가 사냥하는 소리, 쫓기는 삼바의 외침 소리, 곧이어 궁지에 몰린 사슴이 내뿜는 콧김 소리를 들었다. 다음 순간 젊은 늑대들이 거칠고 냉혹한 목소리로 울부짖는 소리가 들려왔다.

"아켈라! 아켈라! 고독한 늑대가 힘을 보여 줄 때다. 무리의 우두머리에게 자리를 내줘! 덤벼들어, 아켈라!"

고독한 늑대 아켈라가 사냥감에게 뛰어올랐으나 놓친 게 분명했다. 아켈라의 이빨이 딱 부딪히는 소리가 들리더니 아켈라가 삼바 앞발에 걷어 차여서 켕 하고 비명을 지르는 게 들렸던 것이다.

모글리는 더 이상 기다리지 않고 내달렸다. 인간들이 사는 농경지로 들어가자 등 뒤에서 들려오던 비명 소리도 점차 희미해졌다.

모글리는 오두막 창가에 쌓아 둔 건초더미 속에 자리를 잡고는 헉헉거리며 중얼거렸다.

"바기라 말이 맞았어. 내일은 아켈라와 내가 죽는 날이 되겠군."

그러고는 창문에 얼굴을 바짝 붙이고 난로에서 타오르는 불꽃을 바라보았다. 밤이 되자 농부의 아내가 자리에서 일어나더니 그 불꽃에 검은 덩어리를 먹이는 게 보였다. 그리고 아침이 되어 사방에 희뿌옇고 차가운 안개가 깔리자 인간의 아이가 안쪽에 흙을 바른 고리버들 단지를 집어 드는 게 보였다. 아이는 그 단지 속에 붉게 타오르는 숯 덩어리 몇 개를 채워 넣더니 담요로 감싸고는 외양간에 있는 소들을 돌보러 밖으로 나왔다.

그것을 본 모글리가 중얼거렸다.

"저게 다야? 저런 아이도 할 수 있는 일이면 겁낼 것도 없겠네."

모글리는 성큼성큼 모퉁이를 돌아서 사내아이와 맞닥뜨렸다. 아이 손에서 단지를 빼앗아 아이가 겁에 질려 울부짖는 사이 안개 속으로 사라졌다.

"저들은 나랑 아주 비슷하게 생겼네."

농부의 아내가 하던 대로 단지 속에 후후 바람을 불어 넣으며 모글리가 말했다.

"먹을 것을 주지 않으면 이건 죽고 말 텐데."

모글리는 붉은 덩어리 위에 잔가지와 마른 나무껍질을 떨어뜨렸다. 언덕을 반쯤 올라왔을 때 바기라와 마주쳤다. 바기라의 털에 내려앉은 아침 이슬이 보석처럼 반짝거렸다.

바기라가 말했다.

"아켈라가 사냥감을 놓쳤어. 어젯밤에 바로 아켈라를 죽일 수도 있었지만 너도 함께 없애야 했던 거지. 다들 언덕에서 너를 찾고 있어."

"경작지에 갔었어. 난 준비됐어. 이것 봐!"

모글리가 불이 담긴 단지를 치켜들었다.

"잘했어! 사람들이 그 속에 마른 나뭇가지를 쑤셔 넣으니까 가지 끝에서 금방 붉은 꽃이 피어나던데. 무섭지 않니?"

"아니. 뭐가 무서워? 이제 생각난 건데 말이야. 꿈인지는 모르겠지만 내가 늑대가 되기 전에 붉은 꽃 옆에 누워 있었고 아주 따뜻하고 기분 좋았던 것 같아."

그날 온종일 모글리는 늑대 굴에 앉아 불이 든 단지를 살피고 마른 나뭇가지들을 집어넣으며 불꽃이 타오르는 모습을 보았다. 마음에 드는 나뭇가지도 하나 찾아 놓았다. 그리고 저녁이 되자 타바키가 굴에 나타나 매우 무례한 태도로 회의 바위에서 모글리를 찾는다는 말을 전했다. 모글리는 그 말을 듣고 타바키가 멀리 달아날 때까지 큰 소리로 웃음을 터뜨렸다. 모글리는 회의 바위에 가면서도 여전히 웃고 있었다.

외로운 늑대 아켈라는 무리의 우두머리 자리가 비어 있다는 뜻으로 자신이 늘 앉던 바위 옆자리에 엎드려 있었다. 그리고 시어 칸은 자신을 따라다니며 찌꺼기를 얻어먹는 늑대들과 함께 잔뜩 우쭐해진 기분으로 공공연히 주변을 어슬렁거렸다. 바기라는 모글리에게 바짝 붙어 있었고 모글리는 무릎 사이에 불이 담긴 단지를 두었다. 모두가 모이자 시어 칸이 입을 열었다. 아켈라가 한창 때였다면 감히 꿈도 꾸지 못할 일이었다.

바기라가 속삭였다.

"저 녀석에게는 나설 권리가 없어. 그렇게 말해. 시어 칸은 개의 자식이라고 말이야. 그럼 겁 좀 먹을 게다."

모글리가 자리에서 벌떡 일어나 큰 소리로 외쳤다.

"자유민이여, 시어 칸이 우리 무리의 우두머리인가? 호랑이가 우리의 우두머리 행세를 하다니 그게 웬 말인가?"

시어 칸이 다시 말을 이었다.

"우두머리 자리가 아직 비어 있고 한마디 해 달라는 부탁도 받았으니……."

모글리가 시어 칸의 말을 가로막았다.

“누가 부탁했다는 거야? 가축이나 잡아먹는 녀석의 비위나 맞추다니, 우리가 자칼인가? 무리의 우두머리는 오로지 우리 무리에서 나와야 한다.”

그러자 여기저기서 고함 소리가 터져 나왔다.

“조용히 해, 이 인간 새끼야!”

“말 좀 들어 보자고. 저 녀석은 우리의 법칙을 잘 지켜 왔어.”

마침내 무리의 나이 든 늑대들이 큰 소리로 호통을 쳤다.

“죽은 늑대의 말을 들어 보자.”

무리의 우두머리가 사냥감을 놓치게 되면 무리의 법칙에 따라 살아 있는 동안에는 죽은 늑대라고 불렀는데 그 기간은 그리 길지 않았다.

아켈라가 힘없이 고개를 들었다.

“자유민이여. 그리고 너희 시어 칸의 자칼들이여. 나는 오랫동안 너희를 데리고 사냥터를 오갔고, 내가 우두머리로 있는 동안 내내 단 한 마리도 덫에 걸리거나 다치지 않았다. 그러나 이제 나는 사냥감을 놓치고 말았다. 어떤 음모가 계획되었는지 너희는 알 것이다. 내 약점이 드러나도록 하기 위해 나를 한 번도 공격받은 적이 없는 수사슴 쪽으로 데려갔잖은가. 아주 교활한 짓이었어. 너희에게는 지금 여기 회의 바위에서 나를 죽일 권리가 있다. 그러니 누가 먼저 이 외로운 늑대의 목숨을 앗아갈 것인가? 정글의 법칙에 따라 내게는 너희와 일대 일로 싸울 수 있는 권리가 있다.”

한참 동안 침묵이 이어졌다. 아켈라와 죽을 때까지 싸우고 싶은 늑대는 한 마리도 없었던 것이다. 그러자 시어 칸이 큰 소리로 으르렁거렸다.

"흥! 저 이빨 빠진 바보가 무슨 상관이란 말인가? 어차피 죽을 목숨이다! 너무 오래 살려 둔 것은 저 인간의 자식이다. 자유민이여, 저 녀석은 애초부터 내 먹이였다. 녀석을 내게 달라. 인간이니 늑대니 하는 이 바보 같은 얘기도 이젠 진절머리가 난다. 녀석은 십 년 동안이나 정글의 골칫거리였다. 인간의 아이를 내놓아라. 그러지 않으면 나는 항상 여기서 사냥을 하고 뼈다귀 하나 남겨 주지 않을 테다. 저 녀석은 인간, 인간의 아이란 말이다. 나는 뼛속 깊이 녀석을 증오한다!"

그러자 무리의 절반이 넘는 늑대들이 소리쳤다.

"인간이다! 인간이다! 인간이 우리와 무슨 상관이란 말인가? 녀석을 원래 살던 곳으로 돌려보내라."

시어 칸이 소리 높여 말했다.

"그래서 마을 사람들을 전부 적으로 만들자고? 안 돼. 녀석을 내게 넘겨라. 녀석은 인간이다. 우리들 중 누구도 녀석의 눈을 똑바로 쳐다볼 수 없잖은가?"

아켈라가 다시 고개를 들고 말했다.

"모글리는 우리의 음식을 먹었고 우리와 함께 잠을 잤다. 우리를 위해 먹잇감을 몰아 주었다. 정글의 법칙 또한 한 번도 어기지 않았다."

바기라가 최대한 목소리를 누그러뜨린 채 말했다.

"더구나 나는 저 아이를 받아들이는 대가로 수소 한 마리를 내놓았다. 수소 한 마리는 보잘 것 없지만 나, 바기라의 명예는 중요하다. 내 명예를 위해서라면 싸울 것이다."

"십 년 전에 내놓은 수소 한 마리! 십 년이나 묵은 뼈다귀 따위는 우리가 알 바 아니야."

늑대 무리가 으르렁거렸다.

바기라가 하얀 이빨을 드러내며 말했다.

"그러면 맹세는? 그러고도 너희가 자유민인가?"

시어 칸이 소리를 질렀다.

"인간의 자식이 정글의 동물들과 함께 달릴 수는 없어. 녀석을 내게 넘겨라!"

"모글리는 피를 나누지 않았을 뿐 우리의 형제다. 그런데도 여기서 그를 죽이겠다니! 사실 나는 너무 오래 살았다. 너희 가운데 몇몇은 가축을 잡아먹고, 몇몇은 시어 칸의 지도 아래 한밤중에 마을 사람들의 문간에서 아이들을 낚아채 온다고 들었다. 너희가 얼마나 겁쟁이인지 알겠구나. 너희 겁쟁이들에게 말한다. 내가 죽는 것은 분명하고 내 목숨은 이제 쓸모가 없다. 그렇지 않았다면 인간의 아이를 대신해 내 목숨을 내놓았을 거다. 우두머리도 없는 마당에 너희들은 명예 따위는 까맣게 잊은 모양이지만 무리의 명예를 지키기 위해 내가 약속하마. 너희가 그 인간의 아이를 제자리로 보내 주기만 한다면 나의 시간이 다했을 때 너희에게 이빨 하나 드러내지 않고 순순히 죽겠다고. 난 싸우지 않고 죽겠다. 그러면 적어도 무리의 목숨 셋은 살릴 게다. 그 이상은 나도 할 수 없다. 그렇게만 해 준다면 너희는 아무런 잘못도 없는 형제를 죽이고도 수치심을 느낄 필요가 없을 거다. 정글의 법칙에 따라 지지를 얻고 대가를 치러 무리에 들어온 형제를 말이다."

늑대들이 으르렁거렸다.

"녀석은 인간, 인간, 인간이다!"

그리고 늑대들 대부분이 시어 칸 주변으로 모여들기 시작했고 시어 칸은 꼬리를 흔들기 시작했다.

바기라가 모글리에게 말했다.

"이제 모든 게 네 손에 달렸어. 결국 싸움밖에 방법이 없구나."

모글리가 불이 담긴 단지를 손에 들고 자리에서 일어섰다. 그러고는 두 팔을 쭉 뻗으며 회의에 모인 늑대들 앞에서 하품을 했다. 하지만 분노와 슬픔이 걷잡을 수 없이 치밀어 올랐다. 이제껏 늑대들은 음흉하게도 자신들이 얼마나 모글리를 미워하는지 말하지 않았던 것이다.

모글리가 외쳤다.

"잘 들어라. 저런 개가 지껄이는 소리는 들을 필요 없다. 오늘 밤 너희는 아주 여러 번 내가 인간이라고 강조해서 이제는 그 말이 사실이라고 느껴질 정도다. 그렇지 않았다면 죽을 때까지 너희와 늑대로 살았겠지. 나도 이제 더 이상 너희를 형제라고 부르지 않고 인간들이 하듯 새그(개)라고 부를 것이다. 너희가 뭘 하고 뭘 하지 않을지는 너희가 결정할 몫이 아니다. 내가 결정할 일이지. 그 문제를 확실히 알 수 있도록 나, 인간이 너희 개들이 무서워하는 붉은 꽃을 조금 가져왔다."

모글리는 불이 담긴 단지를 땅바닥에 내던졌다. 시뻘건 석탄 조각 몇 개가 떨어져 마른 이끼 다발에 불이 옮겨 붙었다. 불길이 활활 타오르자 회의에 모인 늑대들이 전부 두려움에 떨며 뒤로 물러났다.

모글리가 마른 나뭇가지를 불 속에 쑤셔 넣자 타닥타닥 소리가 나며 가지에 불이 붙었다. 모글리는 그 가지를 머리 위로 빙빙 돌렸고 겁을 먹은 늑대들은 잔뜩 몸을 움츠렸다.

바기라가 목소리를 낮춘 채 말했다.

"이제 네가 주인이다. 아켈라를 살려 줘. 아켈라는 늘 네 친구였잖아."

평생 한 번도 자비를 구해 본 적이 없었던 냉혹한 늑대 아켈라가 애처로운 눈빛으로 모글리를 쳐다보았다. 소년은 타오르는 나뭇가지의 불빛 속에서 벌거벗은 채 서 있었고 소년의 길고 검은 머리는 어깨 위에서 흔들렸다. 그 불빛에 그림자들이 이리저리 춤을 추었다.

모글리가 천천히 주변을 돌아보며 말했다.

"좋아! 이제 너희가 개라는 사실을 알겠어. 난 너희 곁을 떠나 내 종족에게 갈 거야. 그들이 내 종족이라면 말이지. 정글이 내게 등을 돌렸으니 너희의 말도, 우정도 모두 잊어야겠지. 하지만 난 너희보다 자비롭게 행동하겠어. 난 너희와 피를 나눈 형제나 다름없었으니까. 너희는 나를 배신했지만 나는 사람들과 섞여 산다 해도 너희를 배신해 사람들에게 넘기는 짓은 하지 않을 거야."

모글리가 발로 불을 걷어차자 사방으로 불똥이 날렸다.

"우리는 무리 가운데 누구와도 싸우지 않을 것이다. 하지만 떠나기 전에 갚아야 할 빚이 있지."

모글리는 불꽃을 바라보며 멍청하게 눈을 끔벅이는 시어 칸 앞으로 성큼성큼 걸어가 턱에 난 털을 움켜잡았다. 바기라가 만일의 사고에 대비해 모글리를 따라왔다.

모글리가 소리쳤다.

"일어나라, 이 개야! 사람이 말을 할 땐 일어나야지. 안 그러면 네 몸에 불을 놓을 테다!"

시어 칸은 귀를 머리에 딱 붙이고는 타오르는 나뭇가지가 바짝 다가오자 두 눈을 질끈 감았다.

"가축이나 잡아먹는 호랑이 주제에, 내가 새끼였을 때 죽이지 못했으니 늑대 회의에서 나를 죽이겠다고 말했겠다. 그렇다면 인간도 어른이 되면 그런 식으로 개들을 흠씬 패 주어야지. 수염 하나라도 움직여 봐, 이 절름발이야. 네 목구멍에 이 붉은 꽃을 쑤셔 넣어 줄 테니!"

모글리는 나뭇가지로 시어 칸의 머리를 내리쳤고 호랑이는 너무나 두려운 나머지 구슬픈 목소리로 낑낑거렸다.

"흥! 불에 그슬린 정글 고양이야, 썩 꺼져라! 기억해라. 다음번에 내가 인간으로서 늑대 회의에 오게 될 땐 시어 칸의 가죽을 머리에 쓰고 나타날 거라는 사실을 말이다. 그리고 한 가지 더 말하자면 아켈라는 살고 싶은 대로 자유롭게 살 것이다. 너희는 아켈라를 죽이지 못한다. 그건 내 뜻이 아니니까. 그리고 더 이상 너희가 뭐라도 되는 것처럼 혀를 축 늘어뜨리고 여기 계속 앉아 있지도 못할 것이다. 결국 나한테 쫓겨날 개들이니 말이다. 그러니 어서 꺼져!"

가지 끝에서 불이 활활 타올랐고 모글리는 자신을 둥글게 둘러싼 늑대들을 향해 가지를 마구 휘둘렀다. 늑대들은 털에 불똥이 옮겨 붙자 울부짖으며 도망쳤다. 마침내 아켈라, 바기라, 모글리 편을 들었던 열 마리 남짓한 늑대들만 남았다. 다음 순간 뭔가가 모글리의 가슴속을 아프게 하기 시작했다. 전에는 한 번도 느끼지 못했던 아픔이었다. 모글리는 숨을 죽이고 흐느끼기 시작했다. 눈물이 얼굴 위로 흘러내렸다.

모글리가 말했다.

"뭐지? 이게 뭐지? 난 정글을 떠나고 싶지 않아. 그런데 이게 뭔지 모르겠어. 바기라, 내가 죽는 거야?"

바기라가 대답했다.

"애야, 아니야. 인간들이 흘리는 눈물이라는 거야. 이제 네가 인간이라는 걸 알겠구나. 더 이상 늑대의 새끼도 아니고. 앞으로 넌 정말로 정글에서 살 수 없을 거야. 그냥 흐르게 놔둬라, 모글리. 그냥 눈물일 뿐이야."

그래서 모글리는 주저앉아서 가슴이 찢어지는 것처럼 울었다. 이제껏 그렇게 울기는 처음이었다.

모글리가 말했다.

"자, 나는 이제 인간들에게로 갈 거야. 하지만 그전에 엄마에게 작별 인사를 해야겠어."

모글리는 어미 늑대와 아비 늑대가 사는 굴로 향했다. 그리고 다른 네 마리 형제 늑대들이 구슬프게 울부짖는 동안 어미 늑대의 털에 얼굴을 묻고 울었다.

"날 잊지 않을 거지?"

모글리의 물음에 다른 형제 늑대들이 대답했다.

"우리가 네 흔적을 쫓을 수 있는 한 절대 잊지 않을 거야. 사람이 되었을 때 언덕 아래로 내려와. 그럼 거기서 얘기를 할 수 있을 거야. 우리가 밤에 경작지로 내려가서 너랑 놀아도 되고."

아비 늑대가 말했다.

"얼른 돌아오렴! 영리한 어린 개구리, 곧 다시 오거라. 네 어미와 나는 이제 늙었으니까."

어미 늑대가 말했다.

"얼른 돌아오렴! 벌거벗은 내 아들. 인간의 아이야. 난 널 내 자식들보다 사랑했단다."

"꼭 돌아올게. 그리고 돌아올 땐 시어 칸의 가죽을 회의 바위에 펼쳐 놓을 거야. 날 잊지 마! 정글 동물에게도 날 잊지 말라고 전해 줘!"

동이 트기 시작하자 모글리는 인간이라고 불리는 미지의 존재들을 만나러 홀로 비탈길을 내려갔다.

시오니 무리의 사냥 노래

동이 트기 시작하자 삼바가 울부짖는다.
한 번, 두 번, 또다시 한 번!
암사슴이 풀쩍 뛰어오른다, 암사슴이 풀쩍 뛰어오른다.
들사슴이 물을 홀짝이는 숲 속 연못에서
이렇게 나는 홀로 염탐을 나왔다가 그 모습을 지켜본다.
한 번, 두 번, 또다시 한 번!

동이 트기 시작하자 삼바가 울부짖는다.
한 번, 두 번, 또다시 한 번!
늑대 한 마리가 살며시 물러난다, 살며시 물러난다.
기다리는 무리에게 소식을 전하기 위해
그리고 우리는 사냥감의 흔적을 찾아 쫓아가며 으르렁거렸지.
한 번, 두 번, 또다시 한 번!

동이 트기 시작하자 늑대 무리가 소리를 지른다.
한 번, 두 번, 또다시 한 번!
정글에 흔적을 남기지 않는 발!
어둠 속에서, 어둠 속에서 볼 수 있는 눈!
짖어라, 사냥감에게 짖어 대라! 들어라! 오, 들어라!
한 번, 두 번, 또다시 한 번!

카의 사냥

반점은 표범의 기쁨이고 뿔은 물소의 자랑이다.
몸을 청결히 하라. 사냥꾼의 힘은 윤기 나는 털가죽으로 알 수 있는 법이니.
수소가 널 내동댕이치고 찌푸린 얼굴의 삼바가 뿔로
들이받을 수 있음을 알게 되더라도
그 사실을 우리에게 알린다고 사냥을 멈출 필요는 없다.
우리는 이미 십 년 전부터 알고 있던 일이니.
낯선 이의 새끼들을 억압하지 말고 형제라고 불러라.
비록 그들이 작고 땅딸막해도 곰이 그들의 어미일 수 있으니.
처음 사냥을 한 새끼는 의기양양하게 말한다.
"나를 따라올 동물은 없어!"
하지만 정글은 넓고 새끼는 작다.
새끼가 스스로 깨닫고 입을 다물게 놔두어라.

—발루의 격언

여기서 하려는 이야기는 모두 모글리가 시오니 늑대 무리에서 쫓겨나 호랑이 시어 칸에게 복수하기 전에 일어난 일이다. 당시 모글리는 발루에게서 정글의 법칙을 배우고 있었다. 덩치 크고 진지하고 늙은 갈색 곰은 모글리처럼 영리한 학생을 둔 것에 신이 나 있었다. 젊은 늑대들은 오로지 자신의 무리와 종족에게만 적용되는 정글의 법칙만을 배우고 사냥 노래를 외우기가 무섭게 달아나 버렸던 것이다.

"소리를 내지 않는 발,
어둠 속에서도 볼 수 있는 눈,
굴속의 바람 소리도 들을 수 있는 귀,
날카롭고 하얀 이빨,
이 모든 게 우리 형제들이 가진 표식이다.
우리가 미워하는 자칼 타바키와 하이에나만 빼고."

하지만 인간의 새끼인 모글리는 이보다 훨씬 더 많은 것을 배워야 했다. 이따금 검은 표범 바기라는 자신이 예뻐하는 모글리가 어떻게 지내나 보려고 어슬렁거리며 정글을 찾아왔다. 그러고는 모글리가 발루 앞에서 그날 배운 것을 외우는 동안 나무에 머리를 기대고 가르랑거렸다. 소년은 잘 기어오를 뿐만 아니라 헤엄치는 것도 잘했고 달리는 것도 잘했다. 그래서 정글의 법칙을 가르치는 발루는 모글리에게 숲과 물의 법칙도 가르쳤다. 건강한 나뭇가지와 썩은 나뭇가지를 구별하는 법, 땅에서 15미터 높이에 있는 벌집을 발견했을 때 벌들에게 정중하게 말하는 법, 한낮에 나뭇가지 속에서 자는 박쥐 망을 깨웠을 때 사과하는 법, 웅덩이에 뛰어들기 전에 거기 있는 물뱀에게 미리 주의를 주는 법 등이었다. 정글에 사는 동물 치고 방해받고 좋아할 동물은 없었고 모두가 침입자에게 달려들 만반의 준비가 되어 있었다. 그래서 모글리는 '낯선 사냥꾼의 외침 소리'도 배웠다. 정글 동물들은 자기 영역에서 벗어난 곳에서 사냥을 할 때는 대답이 있을 때까지 그 소리를 크게 반복해서 내야 했다. 그 의미를 해석하자면 이러했다.

"배가 고파서 그러니 여기서 사냥하는 것을 허락해 주시오."

그러면 이런 답이 들리는 것이다.

"그럼 먹이를 사냥하되 재미로 하는 것은 안 된다."

이것만으로도 모글리가 암기해야 하는 게 얼마나 많은지 알 것이다. 모글리는 같은 것을 백 번 넘게 되풀이하는 데 점점 싫증이 나기 시작했다. 어느 날 모글리는 발루에게 얻어맞고는 화가 나서 달아나 버렸고, 발루는 바기라에게 그 얘기를 했다.

"인간의 새끼는 인간의 새끼야. 정글의 법칙을 전부 배워야 하

는데.”

제 방식대로 교육했다간 모글리를 망쳐 놓았을 검은 표범 바기라가 말했다.

“하지만 녀석이 아직 어리다는 걸 생각해 봐. 그 조그만 머리에 자네가 말한 많은 것들을 어떻게 다 담을 수 있겠어?”

“정글이 어디, 단지 어리다고 살아남을 수 있는 곳인가? 아니지. 내가 녀석에게 이런 것들을 가르치는 게 그때문이야. 그래서 녀석이 잊을 때마다 아주 부드럽게 때리는 것이고.”

바기라가 투덜거렸다.

“부드럽게라니! 이 무쇠 발아, 부드럽다는 말뜻을 알기나 하는 거야? 자네가 부드럽게 때린 덕에 오늘 아이 얼굴이 온통 멍투성이군. 흥!”

발루가 진지한 말투로 대답했다.

“몰라서 해를 입는 것보다는 머리부터 발끝까지 온몸에 멍이 들더라도 녀석을 사랑하는 내게 맞는 게 나아. 난 지금 녀석에게 정글 공용어를 가르치고 있어. 새와 뱀, 모든 네발 달린 사냥꾼들로부터 녀석을 보호해 줄 거야. 자신의 늑대 무리만 빼고 말이지. 그 말을 잊어버리지만 않는다면 정글 어디에서든 도움을 요청할 수 있어. 그런데 조금 얻어맞는 것도 참을 수 없다고?”

“그렇더라도 저 인간의 아이를 죽이지 않게 조심해야지. 녀석은 자네의 무딘 발톱을 가는 나무 둥치가 아니란 말일세. 그 공용어가 도대체 뭐야? 난 도움을 받기보다는 줄 일이 많을 것 같지만 말이야.”

바기라는 한쪽 발을 쭉 늘이고는 그 끝에 달린 강철처럼 빛나는 끌 모양 발톱을 감탄하듯 바라보았다.

"그래도 알고 싶기는 해."

"모글리를 불러서 외워 보라고 하지. 말을 듣는다면 말이야. 얘야, 이리 오너라!"

"아직도 속이 빈 나무처럼 머리가 울려."

둘의 머리 위에서 잔뜩 골이 난 듯한 작은 목소리가 들리더니, 모글리가 몹시 화가 난 얼굴로 나무줄기를 타고 내려왔다. 그러고는 땅에 발을 디디며 덧붙였다.

"바기라 때문에 돌아온 거지 발루 때문에 온 게 아니야, 이 뚱보 영감!"

발루는 마음이 상하고 슬프면서도 이렇게 말했다.

"어느 쪽이든 나한테는 다 마찬가지야. 그럼 바기라한테 내가 오늘 가르쳐 준 정글 공용어를 들려줘."

모글리는 자기 실력을 뽐내게 되어 몹시 기뻤다.

"어느 종족의 말을 할까? 정글에는 많은 언어들이 있잖아. 난 전부 알아."

"조금이야 알지. 하지만 많이는 아니야. 보게나, 바기라. 저 녀석들은 도대체 선생에게 고마워할 줄을 몰라. 수많은 새끼 늑대들을 가르쳤어도 어느 놈 하나 이 늙은 발루에게 와서 가르쳐 줘서 고맙다고 하지 않더군. 자, 위대한 학자 나리, 사냥 종족의 말부터 해 보시죠."

"너와 나, 우리는 한 핏줄이다."

모글리는 사냥 종족이라면 누구나 사용하는 말을 곰의 말투로 말했다.

"좋아. 이젠 새의 말로 해 봐."

모글리는 같은 말을 되풀이하고 말끝에 솔개의 울음소리를 덧붙였다.

바기라가 말했다.

"이젠 뱀의 말로 해 보렴."

그 말은 뭐라 표현할 수 없는 쉿쉿 소리였다. 그러고는 모글리가 뒤로 발길질을 하더니 딱딱 손뼉을 치고는 바기라의 등에 올라탔다. 바기라의 등에 옆으로 앉아서는 발뒤꿈치로 반짝반짝 윤이 나는 몸을 툭툭 차면서 발루를 향해 최대한 얼굴을 구겼다.

갈색 곰이 다정한 목소리로 말했다.

"거 봐, 거 봐! 저 정도면 멍이 좀 들어도 괜찮잖아. 언젠가 너도 내 생각이 날 때가 있을 게다."

그러고는 이내 고개를 돌려 야생 코끼리인 하티에게 정글 공용어를 가르쳐 달라고 부탁했던 일을 바기라에게 들려주었다. 하티는 모르는 공용어가 없었고 모글리를 연못으로 데려가 물뱀에게 뱀의 말을 배우게 했다. 발루가 뱀의 말을 발음할 수 없었기 때문이었다. 그렇게 해서 모글리는 이제 정글에서 어떤 사건이 일어나더라도 안전할 수 있게 되었다. 뱀도, 새도, 네발짐승도 모글리를 해칠 수 없을 테니 말이다.

"그러니 아무도 두려워할 필요 없어."

발루는 털이 수북한 커다란 배를 자랑스럽게 두들기며 이야기를 끝맺었다.

바기라가 나직하게 소곤거렸다.

"제 종족만 빼고 말이지."

그러고는 모글리에게 큰 소리로 말했다.

"얘야, 내 갈비뼈가 부러지지 않게 조심 좀 해 줘. 왜 이렇게 요란하게 들썩거리는 거야?"

모글리는 연신 바기라의 어깨 털을 잡아당기고 세차게 발길질을 하면서 제 얘기를 듣게 만들려고 했던 것이다. 마침내 발루와 바기라가 자신에게 귀를 기울이자 목청껏 외쳤다.

"그래서 난 내 부족을 가질 생각이야. 그리고 내 부족을 이끌고 하루 종일 나뭇가지 사이를 누비고 다닐 거야."

바기라가 말했다.

"이건 또 무슨 뚱딴지같은 소리야. 꿈이라도 꾸는 거야?"

"정말이야. 그리고 늙은 발루한테 나뭇가지랑 흙을 던질 거야. 녀석들이 그렇게 하겠다고 나와 약속했어."

"컥!"

발루가 커다란 앞발로 바기라의 등에서 모글리를 단번에 끌어내렸고, 발루의 커다란 앞발 사이에 눕게 된 소년은 곰이 정말 화가 나 있다는 것을 알 수 있었다.

발루가 말했다.

"모글리, 너 원숭이 종족인 반다로그와 이야기를 했구나."

모글리는 바기라도 화가 났는지 보려고 힐끗 그쪽을 보았는데 흑표범의 눈은 비취처럼 딱딱하게 굳어 있었다.

"무법자에다가 아무거나 닥치는 대로 먹는 회색 원숭이들과 어울렸다니. 정말 창피한 일이다."

모글리가 여전히 바닥에 누운 채 말했다.

"발루가 내 머리를 때려서 달아났는데 회색 원숭이들이 나무에서 내려와 나를 위로해 주었어. 아무도 나를 신경 쓰지 않았는데 말이야."

모글리가 조금 코를 훌쩍이며 말했다.

발루가 코웃음을 쳤다.

"원숭이들이 위로해 주었단 말이지! 차라리 산골짜기 개울이 조용하다고 하지! 한여름 태양이 시원하다고 하던가! 이 인간의 새끼야, 그래서?"

"그러고는 나한테 먹으라고 나무 열매랑 맛있는 것들을 줬어. 팔로 나를 안더니 나무 꼭대기로 올라가서, 내가 꼬리만 없지 자기들과 피를 나눈 형제라고 했어. 언젠가는 내가 자기들의 우두머리가 되어야 한다고 했어."

바기라가 말했다.

"그놈들에겐 우두머리가 없어. 거짓말을 한 거야. 그놈들은 늘 거짓말이지."

"나한테 아주 잘해 주고 다시 오라고도 했어. 왜 진작부터 원숭이들 틈에 섞여 있지 않았던 거지? 원숭이들은 나처럼 두 발로 서잖아. 앞발로 세게 나를 때리지도 않는다고. 하루 종일 논단 말이야. 나 일어날래! 못된 발루, 일어날 거라고. 다시 원숭이들이랑 놀래."

발루가 무더운 밤에 치는 천둥소리처럼 나직이 울리는 목소리로 말했다.

"잘 들어라, 인간의 새끼야. 난 네게 정글에 사는 모든 종족의 법칙을 다 가르쳤다. 나무에 사는 원숭이들만 빼고 말이다. 원숭이들에겐 법칙이라는 게 없어. 그놈들은 정글에서 쫓겨난 망나니

들이야. 제 언어도 없어서, 나뭇가지 위에서 귀를 쫑긋하고 엿보면서 기다리고 있다가 몰래 주워들은 말을 사용하지. 그놈들은 우리와 달라. 그놈들에겐 우두머리가 없지. 뭘 기억하는 일도 없어. 그놈들은 큰소리치고 시끄럽게 떠들면서 마치 정글에서 대단한 일이라도 할 위대한 종족인 것처럼 굴지. 하지만 나무 열매 하나만 떨어져도 금세 낄낄대다가 다른 건 다 잊어버리는 거야. 우리 정글 동물들은 그놈들을 상대도 하지 않아. 원숭이들이 물을 마시는 곳에서는 물도 마시지 않아. 그놈들이 가는 곳에는 가지도 않고. 원숭이들이 사냥하는 곳에서는 사냥도 안 할 뿐 아니라 그놈들이 죽는 곳에서는 죽지도 않지. 지금까지 내가 너한테 반다로그 얘기를 하는 걸 들어 본 적 있니?"

"아니."

모글리가 속삭이는 목소리로 대답했다. 발루가 말을 마치자 숲이 쥐 죽은 듯 조용해졌기 때문이었다.

"정글 동물들은 그 원숭이들을 입에 담거나 생각하거나 하지 않는다. 그놈들은 숫자도 많거니와 사악하고 지저분하고 부끄러운 줄도 모르지. 원숭이들이 한결같이 바라는 게 한 가지 있다면 그건 정글 동물들로부터 관심을 받는 거야. 하지만 우리는 원숭이들이 우리 머리에 열매를 던지고 쓰레기를 던져도 아는 척하지 않아."

발루가 말을 끝내자마자 나뭇가지 여기저기서 열매와 가지들이 비처럼 후두두 쏟아졌다. 저 높이 가느다란 나뭇가지 사이로 기침소리와 짖는 소리, 화가 나서 펄쩍펄쩍 뛰는 소리가 들려왔다.

발루가 말했다.

"원숭이들을 가까이해서는 안 돼. 정글 동물들에게 금지된 일이야. 기억해라."

옆에 있던 바기라가 말했다.

"금지된 일이고말고. 하지만 발루가 너한테 원숭이들과 가까이하지 말라고 주의를 줬어야 한다는 생각이 드는군."

"나 말이야? 녀석이 그런 쓰레기들과 놀 줄 내가 짐작이나 했겠어? 원숭이들이라니! 하!"

또다시 머리 위로 열매와 가지들이 쏟아지자 둘은 모글리를 데리고 그 자리를 피했다. 발루가 원숭이들에 대해 한 말은 전적으로 사실이었다. 원숭이들은 나무 꼭대기에서 생활했고 짐승들이 위를 올려다보는 일도 거의 없었으므로, 사실 원숭이들과 정글 동물들이 부딪칠 일은 드물었다. 하지만 원숭이들은 아픈 늑대나 상처 입은 호랑이나 곰이 눈에 띄면 괴롭히곤 했다. 그리고 재미로, 또 관심을 끌고 싶은 마음에 아무 짐승한테나 나뭇가지며 열매를 던지는 것이었다. 그러고는 별 뜻도 없는 노래들을 꽥꽥거리며 불러 댔고 정글 동물들에게 나무 위로 올라와 자신들과 싸우자며 시비를 걸었다. 그것도 아니면 아무것도 아닌 일로 자기들끼리 격렬하게 싸움을 벌이고는 죽은 원숭이를 정글 동물들이 모두 볼 수 있는 곳에 놔두었다. 원숭이들은 늘 우두머리와 자신들만의 법칙과 관습을 가지려고 했지만 그러지를 못했다. 그들의 기억이 하루를 넘기지 못했던 것이다. 그래서 이런 속담까지 만들어 내며 적당히 얼버무렸다.

"반다로그가 지금 생각하는 것을 정글 동물들은 나중에야 떠올릴 것이다."

그리고 이 말은 원숭이들에게 큰 위안이 되었다. 어떤 동물도 그들 가까이 갈 수 없었지만 또 한편으로는 그들에게 관심을 갖는 동물 또한 없었다. 그래서 모글리가 찾아와 자신들과 놀아 주었을 때, 발루가 화를 내며 한 말을 들었을 때 그렇게 좋아했던 것이다.

원숭이들은 더 이상 어떻게 하겠다는 생각이 전혀 없었다. 반다로그는 뭐든 작정하고 하는 법이 없었다. 하지만 그 중 한 마리가 제 딴에는 꽤 기발한 발상을 했던 것이다. 그러고는 다른 원숭이들에게 모글리를 데려와 종족으로 삼으면 쓸모가 있을 거라고 말했다. 모글리가 나뭇가지를 엮어 바람막이를 만들 수 있다는 게 이유였다. 모글리를 잡아 오면 그 기술을 배울 수 있었던 것이다. 당연히 모글리는 나무꾼의 자식으로서 온갖 재주를 타고났고, 어쩌다 하게 된 건지는 잘 모르겠지만 별 고민도 없이 떨어진 나뭇가지들로 조그만 오두막을 짓곤 했다. 그리고 나무 위에서 그 모습을 지켜보던 원숭이들은 대단한 솜씨라고 감탄했다. 원숭이들은 이번에야말로 자신들이 우두머리를 가질 때며 정글에서 가장 현명한 종족이 될 거라고 생각했다. 아주 똑똑하기 때문에 정글 동물들이 모두 자신들을 주목하고 부러워할 거라고 말이다. 그래서 원숭이들은 발루와 바기라와 모글리 뒤를 살금살금 쫓았다. 모글리가 자신이 한 짓을 몹시 부끄러워하며 다시는 원숭이 족을 상대하지 않겠다고 다짐하고는 표범과 곰 사이에 누워 낮잠을 잘 때까지 말이다.

모글리가 눈을 떴을 땐 작고 억센 손들이 자신의 팔과 다리를 붙잡고 있었고 나뭇가지들이 세차게 얼굴을 때리고 있었다. 다음 순간 아래를 내려다본 모글리의 시야에 흔들리는 가지들 사이로,

발루가 온 정글이 쩌렁쩌렁 울리도록 소리치고 바기라가 이빨을 다 드러낸 채 나무줄기로 뛰어오르는 모습이 보였다. 반다로그들은 승리감에 도취되어 괴성을 질렀고 바기라가 쫓아올 수 없는 높은 나뭇가지로 휙휙 움직이며 외쳤다.

"우리를 봤어! 바기라가 우리를 봤어. 정글 동물들이 전부 우리의 재주와 꾀에 감탄할 거야."

그러고는 다시 공중을 날기 시작했다. 원숭이 족이 나무들 사이로 나는 광경은 형언하기 힘든 장관이었다. 원숭이들에게는 자주 다니는 길과 교차로, 오르막길과 내리막길이 있었는데 모두 바닥에서 15미터에서 20미터, 심지어 30미터 높이에 있었다. 그들은 필요하다면 밤에도 이 길로 돌아다닐 수 있었다. 가장 힘이 센 원숭이 두 마리가 모글리의 팔을 잡고 높은 나무들 사이로 단번에 6미터씩 휙휙 움직였다. 모글리 없이 혼자 움직였다면 두 배는 빨리 갈 수 있었겠지만 소년의 무게 때문에 속도를 내지 못하는 것이었다. 모글리는 속이 메스껍고 눈앞이 어지러우면서도 내심 쌩쌩 날아다니는 것이 즐거웠다. 까마득히 멀리 있는 땅이 언뜻언뜻 보일 때마다 두려움이 밀려왔고, 휙 날아가던 몸이 아무것도 없는 허공에서 갑자기 멈출 때는 놀라서 움찔거렸다. 모글리를 호위한 원숭이들은 쏜살같이 나무 위로 날아올랐고 그럴 때면 나무 꼭대기의 가장 가는 가지들이 발밑에서 우지끈 소리를 내며 구부러지는 게 느껴졌다. 그러고는 원숭이들이 기침 소리와 함성 소리와 함께 허공으로 몸을 날렸고, 손과 발로 건너편 나무의 낮은 가지에 매달리며 다시 몸을 끌어올렸다. 모글리는 때때로 돛대 위에 선 남자가 아득히 먼 바다까지 볼 수 있는 것처럼 바람 한 점 없는 푸른 정글을 아득히 먼 곳까지 볼 수 있었다. 다음 순간 나뭇가지와 잎들이 얼굴을 후려치면 모글리와 두 호위병은 다시 제정신을 차리는 것이었다. 그렇게 뛰어오르고 부딪히고 함성과 고함을 내지르며 반다로그 종족 전체가 그들의 포로, 모글리를 데리고 나뭇길을 휙휙 지나갔다.

모글리는 한동안 땅에 떨어질까 봐 두려웠고 그러다가 점점 화가 치밀었다. 하지만 버둥거릴 만큼 어리석지는 않았다. 모글리는 차근차근 생각을 시작했다. 첫 번째로 할 일은 뒤에 있는 발루와 바기라에게 소식을 전하는 것이었다. 원숭이들이 움직이는 속도로 볼 때 발루와 바기라는 훨씬 뒤에 쳐져 있을 게 뻔했던 것이다. 아래를 내려다보아도 아무 소용이 없었다. 내려다보이는 것이라고는 나무 꼭대기 쪽의 나뭇가지들뿐이었다. 모글리는 위를 응시했고 저 멀리 푸른 하늘에서 솔개 칠이 날개로 균형을 잡고 공중을 맴돌고 있는 게 보였다. 뭔가 죽기를 기다리며 정글을 지켜보고 있는 것이었다. 칠은 원숭이들이 뭔가를 가지고 가는 것을 보았고 그게 먹을 만한 것인지 알아보려고 몇 백 미터 아래로 내려왔다. 그때 모글리가 나무 꼭대기로 끌려 올라가면서 솔개 말로 "너와 나, 우리는 피를 나눈 형제다."라고 외치는 소리를 듣고 깜짝 놀라 날카로운 울음소리를 냈다. 곧 흔들리는 나뭇가지에 가려 소년이 보이지 않았지만 칠은 얼른 다음 나무로 날아가 균형을 잡고는 다시 나타난 작은 갈색 얼굴을 보았다. 모글리가 소리쳤다.

"내가 간 길을 기억해. 시오니 무리의 발루와 회의 바위의 바기라에게 전해 줘."

"누구 이름으로 말인가, 형제여?"

칠은 모글리 얘기를 듣기는 했지만 한 번도 본 적은 없었다.

"개구리 모글리. 인간의 새끼라고들 하지. 내가 간 길을 잘 기억해."

마지막 말은 모글리가 공중으로 휙 날아오르는 바람에 비명 소리가 되어 들려왔다. 하지만 칠은 고개를 끄덕이고는 모글리가 작은 점으로 보일 때까지 높이 날아올랐다. 그리고 거기 떠서 망원경 같은 눈으로 모글리의 호위대가 급히 지나가면서 꼭대기의 나뭇가지들이 흔들리는 것을 지켜보았다.

칠은 킥킥 웃으며 말했다.

"멀리 가지도 못할 거야. 원숭이들은 시작한 일을 끝까지 마치는 법이 없어. 늘 새로운 일을 조금 집적거리다 마는 게 반다로그지. 이번에는 그냥 딱 보기에도 원숭이 녀석들이 한참 잘못 건드린 것 같은데. 발루가 만만한 상대도 아니고 바기라도 내가 알기로는 염소쯤은 쉽게 죽일 수 있으니까."

칠은 두 발을 모으고 날개를 편 채 허공에 몸을 맡기고 기다렸다.

한편 발루와 바기라는 분노와 슬픔으로 길길이 날뛰었다. 바기라는 나무를 타고 그 어느 때보다 더 높이 올라갔다. 하지만 가느다란 가지는 바기라의 무게를 견디지 못하고 부러졌고 바기라는 나무껍질만 발톱에 잔뜩 낀 채 나무에서 주르르 미끄러졌다.

"왜 인간의 아이에게 경고하지 않은 거야?"

바기라가 불쌍한 발루에게 으르렁댔다. 발루는 원숭이들을 따라잡겠다고 뒤뚱거리며 달려가고 있었다.

"제대로 경고해 주지도 않았으면서 애를 죽도록 때리는 게 다 무슨 소용이야?"

발루가 숨을 헐떡이며 말했다.

"서둘러! 어서 서둘러! 아직, 아직 따라잡을 수 있을지도 몰라!"

"그 속도로? 그렇게 가다가는 다친 소도 못 몰겠다. 애나 패는 정글 법칙 선생, 그렇게 이리저리 굴러다니며 1킬로미터만 가도 자네는 터져 버리고 말 걸세. 차분히 앉아 생각 좀 해! 계획을 세우자고. 지금은 무작정 쫓을 때가 아니야. 우리가 너무 바짝 쫓으면 녀석들이 모글리를 떨어뜨릴지도 몰라."

"아으으! 우우! 어쩌면 데려가다 싫증이 나서 벌써 떨어뜨렸는지도 몰라. 반다로그를 어떻게 믿겠어? 죽은 박쥐를 내 머리에 올려놔! 나한테 썩은 뼈를 먹으라고 줘! 벌에 쏘여 죽게 나를 벌집 속으로 굴려 버려. 그러고는 하이에나와 함께 묻어 줘! 난 최고로 형편없는 곰이니까! 아으으! 어우우! 아, 모글리, 모글리! 왜 나는 네 머리가 깨지도록 때리기나 하고 정작 원숭이 족을 조심하라는 말은 하지 않은 걸까? 어쩌면 내가 때려서 오늘 배운 걸 다 잊어버렸는지도 몰라. 그래서 공용어도 모른 채 정글에 혼자 남겨져 있을 거야."

발루는 앞발로 두 귀를 붙잡고 신음하며 이리저리 뒹굴었다.

바기라가 참다못해 말했다.

"좀 전까지만 해도 모글리는 공용어를 전부 정확히 말했어. 발루, 자네는 기억력도 없고 체면도 없군. 이 검은 표범 바기라가 호저 이키처럼 잔뜩 몸을 웅크리고 울부짖기라도 한다면 정글 동물들이 뭐라고 생각하겠나?"

"남이 뭐라고 생각하든 무슨 상관이야? 지금쯤 모글리가 죽었을지도 모르는데."

"원숭이들이 장난으로 모글리를 나뭇가지에서 떨어뜨리거나 아무 이유 없이 죽이거나 하지 않는 한 인간의 아이는 걱정할 필요 없어. 녀석은 현명하고 교육도 잘 받았으니까. 무엇보다 정글 동물들을 두렵게 만드는 눈을 가지고 있지 않나. 하지만 가장 걱정인 게 모글리가 반다로그 손안에 있다는 거지. 반다로그들은 나무 위에서 살아서인지 정글 동물들 가운데 누구도 두려워하지 않는다는 거야."

바기라가 앞발 하나를 핥으며 생각에 잠겼다.

발루가 웅크렸던 몸을 갑자기 펴고 일어나 소리쳤다.

"난 정말 바보야! 나무뿌리나 파먹는 뚱뚱한 갈색 바보야. 야생코끼리 하티가 '누구든 각자 두려워하는 게 있다.'라고 한 말이 맞아. 반다로그는 비단구렁이 카를 무서워해. 카는 원숭이들만큼이나 나무를 잘 타거든. 밤에 몰래 어린 원숭이들을 물어 가지. 카의 이름을 속삭이는 것만으로도 원숭이들의 사악한 꼬리가 꽁꽁 얼어붙지. 카한테 가 보자고."

바기라가 말했다.

"카가 뭘 할 수 있는데? 카는 발이 없으니 우리 종족도 아니라고. 게다가 눈은 얼마나 사악한데."

발루가 기대감을 안고 말했다.

"카는 많이 늙었고 꾀도 많아. 그리고 무엇보다 카는 항상 배가 고프지. 염소를 많이 주겠다고 약속하는 거야."

"카는 한 번 먹고 나면 한 달 내내 잠을 잔다고. 지금도 자고 있는지 모르잖아. 설사 깨어 있어도 자기가 직접 염소를 잡겠다고 하면 어떻게 하나?"

카를 잘 모르는 바기라는 당연히 의심쩍어 하며 말했다.

"그렇게 되면 노련한 사냥꾼인 자네와 내가 그럴듯한 구실로 설득해야지."

발루는 그렇게 말하며 빛바랜 갈색 어깨를 표범에게 비벼 댔고 둘은 비단구렁이 카를 찾아 길을 나섰다.

둘은 오후 햇볕이 내리쬐는 바위 턱에 몸을 쭉 펴고서 아름다운 새 껍질을 감탄하듯 바라보는 카를 발견했다. 카는 지난 열흘 동안 숨어 지내며 허물을 벗은 까닭에 지금은 몸이 눈부시게 빛났다. 납작코의 커다란 머리를 땅 위로 쏜살같이 움직이고, 9미터가 넘는 몸을 꼬아서 멋지게 똬리를 틀거나 곡선을 그렸다. 그러면서 저녁거리가 제 발로 걸어 들어온다고 생각하는지 입맛을 다셨다.

갈색과 노란색의 얼룩무늬가 있는 아름다운 몸을 보는 순간 안심한 발루가 낮은 목소리로 속삭였다.

"녀석은 아직 아무것도 먹지 못했어. 조심해, 바기라! 허물을 벗은 후에는 늘 눈이 잘 보이지 않고 워낙 잽싸게 공격하는 녀석이니까."

카는 독뱀은 아니었다. 사실 독뱀들을 겁쟁이라고 경멸하는 쪽이었다. 카는 감아서 죄는 힘이 아주 강했고 누구든 일단 카가 그 거대한 몸으로 똘똘 감기만 하면 그걸로 끝이었다.

"사냥 잘하기를!"

웅크리고 앉은 발루가 외쳤다. 다른 비단구렁이들과 마찬가지로 카 역시 귀가 잘 들리지 않아서 발루가 외치는 소리를 바로 알아듣지 못했다. 그리고 만일의 사태에 대비해 몸을 말고 머리를 낮췄다.

카가 대답했다.

"모두 사냥 잘하기를! 아, 발루, 여긴 무슨 일로 왔는가? 사냥 잘하시게, 바기라! 우리들 가운데 적어도 하나는 먹이가 필요하지. 어디 사냥감이 있다는 소식 들었나? 지금은 암사슴, 아니 어린 수사슴이라도 상관없는데. 난 지금 마른 우물처럼 뱃속이 텅텅 비었거든."

"우리도 지금 사냥 중이라네."

발루가 툭 던지듯 말했다. 발루는 카를 재촉해서는 안 된다는 것을 알고 있었다. 카는 너무 크고 벅찬 상대였다.

"나도 같이 가게 해 주게. 바기라나 발루, 자네들이야 한 대 치는 것쯤은 아무것도 아니지만 나는 어린 원숭이 하나 잡으려고 해도 숲길에서 며칠이고 기다려야 하고 밤의 반을 나무에 기어올라야 하지. 휴! 나뭇가지들도 내가 젊었을 때 같지 않아. 전부 썩고 마른 가지들뿐이야."

발루가 말했다.

"아마 자네의 엄청난 몸무게 때문일 걸세."

카가 조금은 으쓱해져서 말했다.

"난 꽤 길지. 그래, 꽤 길어. 하지만 그렇기는 해도 새로 자란 나무들 탓이야. 지난번 사냥할 땐 나무에서 거의 떨어질 뻔했다니까. 꼬리로 나무를 단단히 감고 있지 않았던 게지. 나무에서 미끄러지는 소리에 반다로그들이 깨어나서 온갖 몹쓸 욕을 해 댔지."

바기라가 마치 뭔가 기억해 내려는 듯 중얼거렸다.

"발 없는 누런 지렁이라고 했나?"

"쉬쉿! 날 그렇게 불렀던 말이야?"

"지난밤에 그 비슷한 소리를 떠들었지만 우린 녀석들한테 관심을 갖지 않으니까. 그 녀석들은 무슨 말이든 하지. 심지어 자네 이빨이 다 빠져서 새끼 염소보다 큰 동물은 상대도 못한다고도 했지. 자네가 숫염소의 뿔을 두려워한다나? 반다로그 녀석들은 정말 뻔뻔스러운 놈들이야."

바기라가 거침없이 이야기를 늘어놓았다.

뱀은, 특히 카처럼 경계심 많은 늙은 구렁이는 좀처럼 화난 기색을 드러내지 않는다. 하지만 발루와 바기라는 카의 목덜미 양쪽에 붙은 먹이를 삼키는 커다란 근육들이 파르르 떨리며 부풀어 오르는 것을 볼 수 있었다.

카가 조용한 목소리로 말했다.

"반다로그들이 근거지를 옮겼어. 오늘 햇볕을 쬐러 나왔을 때 녀석들이 나무 꼭대기에서 떠드는 소리를 들었지."

"우, 우리가 지금 쫓는 게 그 반다로그들이야."

발루가 입을 열었는데 말이 목에 걸려 잘 나오지 않았다. 발루가 기억하기로 정글 동물로서 원숭이들이 하는 짓에 관심이 있음을 인정하기는 이번이 처음이었던 것이다.

"분명 각자 영역에서는 우두머리일 텐데 그런 대단한 사냥꾼들이 반다로그를 쫓는 걸 보면 결코 사소한 일은 아니군."

부쩍 호기심이 생긴 카가 점잖게 말했다.

발루가 입을 열었다.

"사실 난 때때로 아주 어리석은 짓을 저지르는 늙은이이고 늑대 새끼들에게 정글 법칙을 가르치는 선생에 불과하지. 그리고 여기이 친구는……."

"바기라일세."

검은 표범이 딱 잘라 말했다. 괜한 겸손을 떠는 게 옳지 않다고 믿었던 것이다.

"카, 문제는 이거야. 그 열매나 훔쳐 먹고 야자 잎이나 줍는 녀석들이 우리 인간의 아이를 잡아갔어. 자네도 아마 그 얘기를 들었을 거야."

"이키한테서 그런 소식을 얼핏 듣기는 들었어. 가시 좀 있다고 아주 주제넘게 구는 녀석이지. 인간의 아이가 늑대 무리에 들어갔다는 얘기였는데 믿지 않았지. 이키 녀석은 이야기를 대충 듣고 와서 엉터리로 전하는 경우가 다반사거든."

발루가 말했다.

"하지만 사실일세. 세상에 그런 아이는 없을 거야. 인간의 아이 중에서도 가장 훌륭하고 똑똑하고 용감하지. 온 정글에 이 발루라는 이름을 유명하게 만들어 줄 내 제자지. 게다가 나는, 아니 우리는 그 아이를 사랑한다네, 카."

카가 앞뒤로 고개를 흔들며 말했다.

"츠츠! 츠츠! 나도 사랑이 뭔지 알지. 내가 아는 얘기 중에……."

바기라가 재빨리 말을 잘랐다.

"그런 이야기는 우리 모두 배불리 먹어서 제대로 들을 준비가 된 맑은 날 밤에 하는 게 좋겠어. 지금 우리의 인간 아이가 반다로그 손에 잡혀 있어. 그리고 원숭이들이 정글 동물들 가운데 유일하게 카, 자네만 두려워한다는 건 우리 모두가 아는 사실이지."

"그래, 그놈들은 나만 두려워하지. 그럴 만한 이유가 다 있어.

시끄럽게 떠들기나 하고 어리석고 허영심 많은 게 원숭이들이지. 그런데 그 녀석들 손에 있는 인간의 아이도 참 운이 없군. 원숭이들은 주운 열매에 싫증이 나면 던져 버리니까. 한나절 동안 뭐 대단한 일이라도 할 것처럼 나뭇가지를 들고 다니다가 뚝 분질러 버리고 말지. 그 인간 아이도 처지가 딱하군. 그런데 녀석들이 나를 뭐라고 불렀다고? 노란 물고기?"

바기라가 말했다.

"지렁이, 지렁이라고 했어. 그것 말고도 더 있지만 차마 입에 담을 수가 없군."

"그놈들에게 주인에 대해 함부로 말해서는 안 된다는 사실을 일깨워 줘야겠군. 쉬쉬쉿! 녀석들이 다시는 깜박하지 않게 도와줘야 해. 그래, 녀석들이 아이를 데리고 어디로 갔다고?"

발루가 대답했다.

"오직 정글만 알지. 해 지는 쪽으로 간 것 같아. 우린 카, 자네가 알지도 모른다고 생각했는데."

"내가? 어떻게? 난 녀석들이 내게 다가오면 잡아먹지. 하지만 반다로그든 개구리든 심지어 물웅덩이에 뜬 녹색 이끼라도 내가 직접 사냥하러 다니진 않아."

"위, 위를 봐! 위를 보라고! 이봐! 여기야! 여기! 시오니 늑대 무리의 발루, 위를 보라고!"

발루가 고개를 들고 소리가 나는 쪽을 쳐다보니 솔개 칠이 빠르게 내려오고 있었다. 위쪽을 향하고 있는 날개 끝이 햇살을 받아 반짝였다. 칠은 잘 시간이 다 되도록 발루를 찾아 온 정글을 뒤지고 다녔지만 울창한 잎에 가려져 있어 찾지 못했던 것이다.

발루가 물었다.
"무슨 일인가?"
"반다로그들과 함께 있는 모글리를 봤어. 내게 말을 전해 달라고 하더군. 내가 지켜봤는데 반다로그가 모글리를 강 너머 원숭이 도시 '차가운 소굴'로 데려가더군. 거기서 하룻밤 아니면 열흘 밤, 혹은 한 시간만 머물지도 모르지. 박쥐들에게 어두워지면 감시하라고 얘기해 뒀어. 내가 전할 말은 이게 다야. 거기 아래에 있는 자네들 모두에게 행운을 빌어!"
바기라가 외쳤다.
"실컷 먹고 푹 자길 비네, 칠. 다음번 사냥 때 꼭 자네를 기억하지. 최고의 솔개여, 자네를 위해 머리 부분을 남겨 두겠네!"
"별 거 아니야. 그 아이가 정글 공용어를 알고 있었어. 그러니 도와줘야지, 어쩌겠나."
말을 마친 칠은 빙글빙글 원을 그리며 자신의 보금자리로 돌아갔다.
발루가 흐뭇한 마음에 껄껄 웃으며 말했다.
"녀석이 공용어 쓰는 걸 잊지 않았던 거야. 그 어린것이 나무들 사이로 붙잡혀 가면서도 새들의 공용어를 용케 기억해 내다니!"
바기라가 말했다.
"모글리 머릿속에 아주 제대로 박혀 있었던 게지. 어쨌든 녀석이 자랑스러워. 이제 차가운 소굴로 가야지."
그들 모두 그곳이 어디 있는지 알고 있었다. 하지만 정글 동물들 가운데 그곳에 가 본 동물은 거의 없었다. 그 차가운 소굴이라 불리는 곳은 오래전에 폐허가 된 도시로 버려진 채 정글에 묻혀 있었고 짐승들은 사람이 한때나마 살았던 곳을 사용하는 일이 드물었던 것이다. 멧돼지라면 모를까 사냥 종족은 그곳에 가지 않았다. 하지만 원숭이들은 어디든 가리지 않고 보금자리로 삼는 만큼 그곳에도 와서 지냈던 것이다. 그러나 자존심 강한 동물이라면 그 근처에도 가지 않으려고 했다. 심한 가뭄이 들어 반쯤 무너진 저수지에 조금 남아 있는 물을 마시러 갈 때를 빼고는 말이다.

"거기까진 전속력으로 달려도 이 밤의 절반은 걸려."

바기라의 말에 발루가 아주 심각한 표정으로 걱정스럽게 말했다.

"가능한 한 빨리 달릴게."

"널 기다리기는 힘들 거야. 자넨 뒤따라오게, 발루. 카와 나, 우린 빠른 걸음으로 가야 하니까."

카가 딱 잘라 말했다.

"발이 있든 없든 나는 네발 달린 자네들에게 결코 뒤지지 않고 갈 수 있어."

발루는 서둘러 가려고 해 보았지만 숨을 헐떡이며 주저앉아야 했다. 그래서 발루는 나중에 따라오라고 남겨 두고 바기라가 빠른 표범의 걸음으로 재빨리 앞서 나갔다. 카는 아무 말도 하지 않았지만 그 커다란 몸으로 바기라에게 뒤처지지 않고 열심히 보조를 맞췄다. 언덕 개울에 도착하자 바기라가 앞섰다. 카가 머리와 목을 60센티미터쯤 물 위로 빼고 헤엄을 치는 동안 바기라는 펄쩍 뛰어 개울을 건넜기 때문이었다. 하지만 평지로 나오자 카가 다시 거리를 좁혔다.

땅거미가 질 무렵 바기라가 입을 열었다.

"날 자유롭게 해 준 부서진 자물쇠를 걸고 말하는데, 자네도 결코 느리지 않군!"

카가 말했다.

"난 지금 배가 고파. 더구나 그 녀석들이 날 점박이 개구리라고 했다지."

"지렁이, 지렁이라고 했어. 그것도 누런 지렁이."

"다 마찬가지야. 어서 가자고."

카는 땅 위로 거침없이 움직이는 듯 보였다. 흔들림 없는 두 눈으로 가장 짧은 길을 찾아서 쉬지 않고 나아갔다.

한편 차가운 소굴에서는 원숭이들이 모글리의 친구들을 까맣게 잊고 있었다. 폐허가 된 도시로 소년을 데려다 놓고는 한동안 흡족한 마음을 감추지 못했다. 모글리는 여태껏 한 번도 인도의 도시를 본 적이 없었다. 그래서 무너진 폐허에 지나지 않는 이 도시가 모글리에게는 매우 멋지고 훌륭해 보였다. 아주 오래전 어떤 왕이 조그만 언덕에 도시를 세웠는데 돌로 된 큰길을 따라가면 얼마 남지 않은 나무판자들이 낡고 녹이 슨 경첩에 달려 있는 무너진 성문에 닿았다. 나무들이 벽을 뚫고 성벽 안팎으로 자라고 있었고 총안이 있는 흉벽들은 무너져 이리저리 뒹굴었으며 성벽 위에 세워진 탑들의 창문으로 야생 덩굴 식물들이 무성하게 자라 나오고 있었다.

언덕 꼭대기에는 지붕 없는 거대한 궁전이 서 있었는데 궁전 안뜰과 분수에 쓰인 대리석들은 갈라져서 여기저기 붉은색과 녹색으로 물들어 있었다. 왕의 코끼리들이 살던 뜰에는 자갈들 사이로 잡초와 어린 나무들이 자라고 있었다. 그 궁전에 서면 줄줄이 늘어선 지붕 없는 집들을 볼 수 있었다. 그 집들 때문에 도시는 마치 암흑으로 가득 찬 빈 벌집처럼 보였다. 네 개의 도로가 만났던 광장에는 한때 신상의 모습을 하고 있었을 형체 없는 석재가 나뒹굴었다. 한때 공동 우물들이 서 있었을 길모퉁이에는 움푹 파인 구덩이들만 남아 있었고 산산이 부서진 신전의 둥근 지붕들 옆으로는 야생 무화과나무들이 자라나고 있었다.

원숭이들은 그곳을 자신들의 도시라고 부르면서 숲에서 사는 정글 동물들을 경멸하는 듯 행동했다. 그렇지만 사실 원숭이들도 건물들이 어떤 용도로 지어졌는지, 어떻게 사용하는지 전혀 알지 못했다. 그저 왕의 회의실에 둥글게 모여 앉아 털 속의 벼룩을 잡으며 사람 흉내를 냈다. 그것도 아니면 지붕 없는 집들을 들락날락하며 한쪽 귀퉁이에 떨어진 석고 조각과 오래된 벽돌 조각들을 모아 놓았다. 그리고 그것들을 어디에 숨겨 두었는지 까맣게 잊고는 여럿이 실랑이를 하며 싸움을 벌이고 소리를 질러 댔다. 그러다가도 각자 흩어져 왕의 정원에 딸린 테라스를 오르내리며 놀았다. 테라스에서 장난삼아 장미 나무와 오렌지 나무를 흔들어 열매와 꽃이 떨어지는 모습을 지켜보기도 했다. 원숭이들은 궁전 곳곳의 통로와 깜깜한 터널들, 수백 개의 작고 어두운 방들을 뒤지고 다녔다. 하지만 자신들이 뭘 보았고 아직 보지 않았는지는 기억하지 못했다. 하나나 둘, 혹은 무리를 지어 이리저리 헤매고 다니며 저들끼리 꼭 자신들이 사람처럼 행동하는 것 같다고 떠들어 댔다. 원숭이들은 저수지에 있는 물을 마시며 물을 온통 흙탕물로 만들었으며 그 일을 두고도 서로 다투었다. 그러고는 여럿이 떼를 지어 뛰어다니며 이렇게 소리를 질러 댔다.

“이 정글에서 반다로그만큼 현명하고 훌륭하고 총명하고 강하고 점잖은 동물도 없어.”

그러고는 이제껏 했던 짓들을 다시 되풀이하다가 도시에 질릴 데로 질리면 나무 꼭대기로 돌아가 정글 동물들이 자신들을 돌아봐 주기를 고대하는 것이었다.

정글의 법칙에 따라 훈련을 받았던 모글리는 이런 삶을 좋아할 수도, 이해할 수도 없었다. 오후 늦게 원숭이들은 모글리를 차가운 소굴로 끌고 왔다. 모글리라면 긴 여행 끝에 으레 잠을 잤겠지만 원숭이들은 잠을 자는 대신 서로 손을 잡고 이리저리 춤을 추며 웃기는 노래를 불러 댔다. 원숭이 한 마리가 연설을 시작하더니 동료들에게 모글리를 포로로 잡은 것은 반다로그 역사에서 새로운 전기가 될 것이라고 말했다. 모글리가 비와 추위를 막을 수 있도록 자신들에게 나뭇가지와 나무줄기를 엮는 법을 가르쳐 줄 테니 말이다. 모글리가 덩굴 식물들을 주워 들고는 넣고 빼며 엮기 시작했고 원숭이들도 열심히 따라 하려는 듯했다. 하지만 몇 분 지나지 않아 흥미를 잃고 친구들의 꼬리를 잡아당기거나 캑캑 기침 소리를 내며 네발로 폴짝폴짝 뛰어다니기 시작했다.

모글리가 말했다.

“뭘 좀 먹었으면 좋겠어. 난 이쪽 정글에 온 게 처음이야. 먹을 걸 가져다주든지 아니면 여기서 사냥을 할 수 있도록 허락해 줘.”

그러자 이삼십 마리의 원숭이들이 모글리에게 줄 열매와 야생 파파야를 가지러 부리나케 뛰어갔다. 하지만 녀석들은 도중에 싸움을 벌이기 시작했다. 그런 그들에게는 남아 있는 과일을 챙겨서 돌아오는 것마저 너무 번거로운 일이었다. 모글리는 배도 고프고 화도 치밀었다. 그래서 텅 빈 도시를 헤매며 이따금씩 낯선 사냥꾼의 외침 소리를 내 보았지만 아무런 대답이 없었다. 모글리는 자신이 정말로 최악의 장소에 와 있음을 깨달았다.

모글리는 속으로 생각했다.

'발루가 반다로그를 두고 했던 말은 전부 사실이었어. 원숭이들은 법도, 사냥의 외침 소리도, 우두머리도 없어. 바보 같은 말이나 하고 몰래 좀도둑질이나 일삼지. 내가 여기서 굶어 죽거나 죽임을 당한대도 그건 전부 내 잘못이겠지. 하지만 정글로 돌아가기 위해 노력해야 해. 분명 발루가 나를 때리기는 하겠지만 그게 반다로그와 멍청하게 장미 잎이나 쫓는 것보다는 나아.'

모글리가 도시 성벽으로 걸어가기가 무섭게 원숭이들이 도로 끌어당겼다. 그러더니 모글리더러 얼마나 행복한지 모른다며 고마운 마음을 가지라고 으르고 꼬집어 댔다. 모글리는 이를 악물고 아무 말도 하지 않았지만, 소리치는 원숭이들을 따라 빗물이 반쯤 채워진 붉은 사암으로 된 저수지 위 테라스로 갔다. 테라스 중앙에는 무너진 하얀 대리석 정자가 있었는데 백 년 전 죽은 여왕들을 위해 지어진 것이었다. 반쯤 무너져 내린 둥근 지붕이 한때 여왕들이 드나들던, 궁전으로 통하는 지하 통로를 막고 있었다. 하지만 벽은 격자무늬가 새겨진 대리석 칸막이였다. 언덕 위로 달이 떠오르면 마노와 홍옥, 벽옥, 청금석이 박힌 아름다운 우윳빛 격자무늬 사이로 달빛이 새어 들어와 땅 위에 검은 벨벳 자수 같은 그림자를 드리웠다. 모글리는 짜증스럽고 졸리고 배가 고프면서도 스무 마리나 되는 반다로그들이 한꺼번에 몰려와 자신들이 얼마나 위대하고 현명하고 강하고 점잖은지, 자신들을 떠나려는 모글리가 얼마나 어리석은지 떠들어 대자 웃음을 참을 수 없었다.

반다로그들이 외쳤다.

"우리는 위대해. 우리는 자유로워. 우리는 멋져. 우리는 정글에서 가장 멋진 종족이야! 우리가 그렇게 말하니 그게 사실인 거야. 이제 네가 우리 얘기를 듣게 되었으니 정글 동물들에게 전해 주면 되겠구나. 그러면 앞으로 동물들이 우리를 아는 체할지도 모르지. 우리들의 가장 훌륭한 모습들에 관해 전부 얘기해 줄게."

모글리는 아무런 이의도 달지 않았다. 원숭이들은 자신들의 연설자가 부르는 반다로그 찬양 노래를 들으러 수백 마리씩 테라스로 모여들었다. 그리고 연설자가 잠시 숨을 돌리려 노래를 멈출 때마다 원숭이들이 한목소리로 외치는 것이었다.

"그건 사실이야. 우리 모두가 그렇다고 하니까."

모글리는 원숭이들이 질문을 던지기라도 하면 무조건 고개를 끄덕이고 눈을 깜박이며 "그래."라고 대답해 주었다. 하도 시끄러워서 머리가 빙빙 돌 지경이었다.

모글리가 혼잣말로 중얼거렸다.

"이 원숭이들은 전부 자칼 타바키한테 물려서 미친 게 틀림없어. 이건 분명 드와니, 광기야. 이 녀석들은 잠도 안 자나? 구름이 다가와 달을 가리고 있어. 큰 구름이 달을 다 가려 버리면 어둠을 틈타 도망칠 수도 있겠는데. 하지만 난 너무 피곤해."

도시 성벽 아래 무너진 배수로 속에 숨은 두 친구도 같은 달을 바라보고 있었다. 바기라와 카는 많은 원숭이들이 떼로 모여 있으면 얼마나 위험한지 잘 알기에 위험을 무릅써 가며 섣불리 나서지 않았다. 원숭이들은 절대 백 대 일의 상황이 아니고서는 싸우지 않았고 그런 불리한 싸움을 벌이려는 동물도 거의 없었다.

카가 속삭였다.

"난 나대로 서쪽 벽으로 가서 재빨리 경사면을 타고 내려가겠네. 녀석들이 수백 마리라고 해도 내 등 뒤에서 덤벼들지는 못할 거야. 하지만……."

"알고 있어. 발루가 여기 있었다면 좋았겠지만 우린 우리가 할 수 있는 데까지 해 봐야지. 저 구름이 달을 가리면 난 테라스로 가겠네. 원숭이들이 그곳에서 모글리를 두고 회의를 하는 것 같으니."

"행운을 비네."

카는 단호한 어조로 그렇게 말하고는 서쪽 벽을 향해 미끄러지듯 나아갔다. 그러나 공교롭게도 서쪽 벽은 무너진 곳이 별로 없어서 덩치 큰 뱀은 성벽을 타고 오르는 길을 찾는 데 시간이 좀 걸렸다.

구름이 달을 가리고 모글리가 앞으로 무엇이 닥쳐올지 생각하고 있을 때 테라스에서 바기라의 가벼운 발소리가 들려왔다. 검은 표범은 소리 하나 내지 않고 경사면으로 달려갔다. 바기라는 원숭이들을 물어뜯는 데 시간을 허비할 만큼 어리석지 않았다. 곧바로 모글리를 중앙에 둔 채 오십, 육십 겹으로 둘러싸고 앉은 원숭이들 속으로 달려 들어가 공격을 퍼부었다. 놀라고 화가 난 원숭이들이 울부짖었다. 바기라가 발밑에서 데굴데굴 구르며 발길질을 해 대는 원숭이들의 몸에 걸려 넘어지자 한 원숭이가 소리쳤다.

"여기 한 놈뿐이다! 죽여라! 죽여!"

한 무리의 원숭이들이 마구잡이로 물고 할퀴고 뜯고 잡아당기며 바기라를 에워싸는 동안 대여섯 마리의 원숭이들은 모글리를 잡아 정자 벽 위로 질질 끌고 가더니 부서진 둥근 지붕에 난 구멍 속으로 밀어 넣었다. 그 깊이가 족히 5미터는 되었으므로 사람들 손에서 큰 아이라면 심하게 다쳤을 것이다. 하지만 모글리는 발루에게 배운 대로 떨어질 때 두 발로 바닥에 내려앉을 수 있었다.

원숭이들이 소리쳤다.

"우리가 네 친구들을 해치울 때까지 거기 있어. 너하고는 나중에 놀아 줄 테니까. 독을 가진 종족이 널 살려 둔다면 말이야."

"너와 나, 우리는 한 핏줄이다."

모글리가 재빨리 뱀의 말로 소리쳤다. 사방에 쌓인 쓰레기더미에서 바스락대며 쉭쉭거리는 소리가 들려오자 모글리는 좀 더 확실히 해 두려고 다시 한 번 뱀의 말로 소리쳤다.

"그렇다면 모두들 목덜미를 접어라!"

여섯 마리쯤 되는 뱀들이 낮은 목소리로 말했다(인도에서 폐허가 된 곳에는 으레 뱀들이 살았고 그 낡은 정자에도 코브라들이 우글거렸다.).

"꼼짝 말고 서 있어라, 꼬마야. 네 발에 우리가 밟힐 수도 있으니까."

모글리는 가능한 한 조용히 서서 격자무늬 틈새로 밖을 내다보며 검은 표범을 둘러싸고 벌어지는 맹렬한 싸움 소리에 귀를 기울였다. 고함을 지르고 요란하게 캑캑거리며 옥신각신하는 소리, 바기라가 쉴 새 없이 덤벼드는 수많은 적들을 맞아 뒷걸음치고 껑충 뛰고 몸을 비틀고 거꾸러지며 깊고 거칠게 내뱉는 기침 소리가 들려왔다. 바기라는 난생 처음 목숨을 건 사투를 벌이고 있었다.

'분명 발루가 가까이 있을 거야. 바기라 혼자 왔을 리 없어.'

모글리는 이런 생각을 하며 큰 소리로 외쳤다.

"바기라, 저수지로 가! 저수지로 굴러가. 가서 뛰어들어! 물속으로 들어가라고!"

바기라도 이 소리를 들었고 모글리가 무사하다는 것을 알게 되자 새로운 힘이 솟았다.

바기라는 조용히 공격을 가하며 곧장 저수지를 향해 조금씩 필사적으로 나아갔다. 그때 정글과 가장 가까운 성벽 쪽에서 발루가 싸울 때 내는 천둥 같은 고함 소리가 들려왔다. 늙은 곰은 최선을 다해 달려왔지만 이제야 도착한 것이다.

발루가 외쳤다.

"바기라, 내가 왔네. 올라갈게! 서두르고 있어! 아우우! 발밑의 돌들이 자꾸 흘러내리는군! 곧 갈 테니 기다려라, 이 천하에 못된 반다로그들아!"

발루는 헐떡이며 테라스로 올라왔지만 곧 거침없이 몰려드는 원숭이 떼에 가려 머리밖에 보이지 않았다. 하지만 정면을 향해 엉덩이로 버티고 앉더니 두 앞발을 뻗어 원숭이들을 잡을 수 있을 만큼 잡아 꼭 끌어안았다. 그리고 외차가 돌아가며 물 위를 때리듯이 탁, 탁, 탁 규칙적으로 때리기 시작했다. 모글리는 첨벙 물에 뛰어드는 소리를 듣고, 바기라가 원숭이들이 더 이상 쫓을 수 없는 저수지에 무사히 도착했음을 알았다. 표범은 물 밖으로 머리를 내밀며 숨이 가빠 헐떡거렸고 붉은 계단 위에 세 줄로 늘어선 원숭이들은 화가 나서 펄쩍펄쩍 뛰었다. 혹여 바기라가 발루를 돕기 위해 물 밖으로 나오기라도 하면 사방에서 덤벼들 기세였다. 바로 그때 바기라가 물이 뚝뚝 떨어지는 턱을 치켜들고는 자포자기의 심정으로 뱀에게 도와 달라며 "너와 나, 우리는 한 핏줄이다."라고 외쳤다. 바기라는 카가 마지막 순간에 꽁무니를 빼고 달아났다고 생각한 것이다. 테라스 끝에서 원숭이들에게 깔려 제대로 숨도 못 쉬고 있던 발루조차 검은 표범이 도움을 청하는 소리를 듣고는 웃음을 참지 못하고 낄낄거렸다.

카는 막 서쪽 담장을 넘어 몸을 비틀며 바닥에 떨어졌고 그 바람에 담 위의 갓돌이 도랑으로 떨어졌다. 카는 더 이상 땅에서 떨어질 의사가 없었고 한두 번 똬리를 틀었다 풀며 자신의 긴 몸뚱이 구석구석이 제대로 움직이는지 확인했다. 그 와중에도 발루의 싸움은 계속되었고, 원숭이들은 바기라가 들어간 저수지에 대고 소리를 질러 댔다. 박쥐 망은 이리저리 날아다니며 큰 싸움 소식을 정글로 전했다. 그 소식에 야생 코끼리 하티도 나팔 소리 같은 울음소리를 내었고, 멀리 흩어져 있던 많은 원숭이 종족들도 잠에서 깨어나 차가운 소굴에 있는 동료들을 돕기 위해 나뭇길을 따라 휙휙 날아왔다. 그리고 시끄러운 싸움 소리는 근처 몇 킬로미터까지 퍼져 나가 낮에 활동하는 새들까지 모두 잠에서 깨어나게 만들었다. 카는 잔뜩 벼르며 사냥감을 향해 빠른 속도로 곧장 나아갔다. 비단구렁이가 가진 전투력은 온몸의 힘과 몸무게를 실어 머리로 상대를 치는 데 있었다. 냉정하고 차분한 마음으로 휘두르는, 500킬로그램에 가까운 창이나 쇠망치를 상상한다면 카가 싸울 때 모습을 대충은 그려 볼 수 있을 것이다. 길이가 1, 2미터쯤 되는 비단뱀도 가슴만 정통으로 후려치면 어른 남자 하나쯤은 쓰러뜨릴 수 있는데 카는 길이가 무려 9미터나 되었다. 카는 발루를 에워싼 원숭이들 한가운데로 첫 공격을 가했다. 입을 다물고 소리 없이 일격을 가하자 두 번 공격할 필요도 없었다. 원숭이들이 소리를 지르며 뿔뿔이 흩어졌던 것이다.

"카! 카다! 도망쳐! 도망쳐!"

원숭이들은 대대로 어른 원숭이들이 해 주는 카에 대한 이야기를 들으면 겁을 먹고 얌전하게 굴곤 했다. 밤도둑 카는 이끼가 자라는 것만큼 아주 조용하게 스르르 나뭇가지를 타고 다가와서는 가장 힘센 원숭이도 순식간에 잡아채 간다고 했다. 나이를 먹어서는 스스로를 죽은 나뭇가지나 썩은 그루터기처럼 보이게 할 수 있어서 가장 똑똑한 원숭이조차 속아 결국 그 나뭇가지에 잡히고 만다고 했다. 카는 원숭이들이 정글에서 가장 두려워하는 존재였다. 어느 누구도 카의 힘이 얼마 만큼인지 몰랐고, 어느 누구도 카의 얼굴을 똑바로 바라볼 수 없었으며, 카에게 붙잡혀서 살아 나온 원숭이도 없었던 것이다. 그래서 원숭이들은 겁에 질려 말을 더듬거렸고 담장과 지붕으로 달아났으며 발루는 깊은 안도의 한숨을 내쉬었다. 털가죽이 바기라보다 훨씬 두꺼운 발루였지만 원숭이들과의 싸움에서 심하게 부상을 입었던 것이다. 카는 그제야 처음으로 입을 열고는 길게 쉬잇 소리를 냈다. 차가운 소굴을 지키기 위해 멀리서 급하게 다가오던 원숭이들도 웅크린 채 그 자리에 얼어붙었고 급기야 그들의 무게를 이기지 못한 나뭇가지들이 휘고 딱 소리를 내며 부러지기까지 했다. 성벽 위나 빈 집에 있던 원숭이들도 소리 지르던 것을 딱 멈추었다. 온 도시에 정적이 감도는 가운데 모글리는 저수지 밖으로 나온 바기라가 젖은 몸을 터는 소리를 들었다. 그 순간 떠들썩한 소리가 다시 터져 나왔다. 원숭이들은 성벽 위로 뛰어올랐고 커다란 석상의 목에 매달리거나 총안이 있는 흉벽을 따라 이리저리 뛰어다니며 꽥꽥 소리를 질렀다. 한편 모글리는 정자 안에서 춤을 추며 격자무늬에 바짝 눈을 갖다 대고는 앞니 사이로 부엉이 울음소리를 내며 원숭이들을 조롱하고 비웃었다.

바기라가 헐떡이는 목소리로 말했다.

"인간의 아이를 저 함정에서 꺼내. 난 더 이상 못하겠어. 아이를 데리고 떠나자. 녀석들이 다시 공격할지도 몰라."

"내가 명령을 내리기 전에는 꼼짝하지 않을 걸세. 가만 있어!"

카가 쉬잇 소리를 내며 말하자 도시는 또다시 정적에 휩싸였다. 카가 바기라를 향해 말했다.

"더 일찍 올 수가 없었네, 형제여. 하지만 자네가 날 부르는 소리는 들은 것 같은데."

바기라가 더듬거리며 대답했다.

"내, 내가 싸우면서 소리를 질렀는지도 모르지. 발루, 어디 다친 거야?"

발루가 하나씩 차례로 다리를 흔들며 진지한 어조로 말했다.

"원숭이들이 날 잡아당겨서 새끼 곰 백 마리로 찢어 놓았을지도 몰라. 아우! 아프군. 카, 바기라와 내가 자네 덕에 목숨을 건진 것 같군."

"별 거 아니야. 인간의 아이는 어디 있나?"

"여기 함정에 갇혀 있어. 나 혼자선 빠져나갈 수가 없어."

모글리가 소리쳤다. 모글리 머리 위로 부서진 둥근 지붕이 막고 있었던 것이다.

안에 있던 코브라들이 말했다.

"어서 데려가. 녀석이 공작새 마오처럼 폴짝폴짝 뛰어다니니 이러다간 우리 새끼들을 밟아 죽이겠어."

카가 웃으며 말했다.

"하! 이 인간의 아이는 어딜 가나 친구가 있군. 얘야, 뒤로 물러서라. 그리고 독을 가진 종족이여, 몸을 숨겨라. 내가 벽을 무너뜨릴 테니."

카는 벽을 찬찬히 살피더니 대리석 격자무늬에서 빛바래고 금이 간 부분을 찾아냈다. 그 약한 부분을 머리로 두세 번 가볍게 치며 거리를 재는가 싶더니 몸을 바닥에서 2미터쯤 들어 올렸다. 그리고 머리에 온 힘을 실어 금 간 부분을 여섯 번 정도 정확히 내리쳤다. 격자무늬 벽은 먼지와 파편들을 자욱하게 날리며 무너져 내렸다. 모글리는 뻥 뚫린 구멍으로 뛰어나와 발루와 바기라에게 몸을 던졌고 둘의 굵은 목을 한 팔에 하나씩 감싸 안았다.

발루가 모글리를 부드럽게 안으며 물었다.

"다친 데는 없니?"

"아프고 배도 고프고 멍든 곳도 한두 군데가 아니야. 하지만 아, 저 녀석들이 내 형제들을 아주 심하게 다루었네. 피가 나잖아."

"녀석들도 마찬가지야."

바기라가 테라스와 저수지 주변에 널려 있는 죽은 원숭이들을 바라보며 입술을 핥았다.

발루가 훌쩍이며 말했다.

"이건 아무것도 아냐. 너만 무사하다면 정말 아무것도 아냐. 아, 자랑스러운 나의 작은 개구리!"

"그 얘긴 나중에 하도록 하지."

바기라가 냉랭한 목소리로 말했다. 모글리가 정말 싫어하는 목소리였다.

"여기 있는 카 덕분에 싸움에서도 이기고 네 목숨도 건진 거야. 우리의 관습에 따라 카에게 고맙다고 인사하렴, 모글리."

모글리는 고개를 돌려 자신의 머리에서 30센티미터는 더 높은 곳에서 흔들리는 거대한 비단구렁이의 머리를 보았다.

카가 말했다.

"이 녀석이 인간의 아이로군. 살갗이 아주 부드러운데? 반다로그와 그다지 다르지 않아. 얘야, 조심해라. 내가 막 허물을 벗은 황혼녘에 널 원숭이로 착각하지 않게 말이다."

모글리가 대답했다.

"너와 나, 우리는 한 핏줄이다. 오늘 밤 너는 내 목숨을 구해 주었어. 오, 카, 언젠가 네가 배가 고플 때 내가 잡은 사냥감이 네 것이 될 거야."

카가 눈을 반짝이며 말했다.

"아주 고마운 말이로구나, 어린 형제여. 이렇게 대담한 사냥꾼이 잡는 사냥감은 뭘까? 다음번 사냥을 나갈 때 내가 따라가 봐도 될까?"

"난 아직 너무 어려서 아무것도 잡지 못해. 하지만 염소를 잡을 수 있도록 몰아 줄 수는 있어. 배가 고플 때 찾아와서 내 말이 사실인지 확인해 봐. 내가 손재주는 좀 있거든."

모글리는 그렇게 말하며 두 손을 내밀었다.

"언젠가 네가 덫에 걸리기라도 하면 네게 진 빚을 갚을 수 있겠지. 여기 있는 바기라, 발루에게도. 모두에게 행운이 있길 빌어요, 스승님들."

"잘 말했다."

모글리가 감사의 말을 훌륭하게 전하자 발루가 큰 소리로 칭찬했다. 비단구렁이 카가 잠시 모글리의 어깨 위에 살짝 머리를 기대며 말했다.

"씩씩한 기상과 예의 바른 혀를 가졌구나. 얘야, 그 두 가지라면 정글 어디든 갈 수 있을 게다. 하지만 지금은 네 친구들과 함께 서둘러 여기를 떠나거라. 가서 자렴. 달이 저물고 나서 벌어질 일은 네가 봐서 좋을 게 없으니 말이다."

달이 언덕 너머로 지고 있었고, 서로 꼭 붙은 채로 벌벌 떨며 성벽과 흉벽 위에 줄지어 늘어서 있는 원숭이들은 너덜너덜해져서 흔들거리는 넝마 자락처럼 보였다. 발루는 저수지로 내려가 물을 마셨고 바기라는 털을 가지런히 다듬기 시작했다. 그사이 카는 테라스 중앙으로 미끄러지듯 나아가 크게 탁 소리가 나도록 입을 다물며 원숭이들의 시선을 자기 쪽으로 모았다.

"달이 진다. 아직 보이는가?"

나무 꼭대기에서 부는 바람 소리 같은 신음 소리가 성벽 쪽에서 들려왔다.

"카여, 보입니다."

"좋다. 이제 춤을 시작하도록 하지. 배고픈 카의 춤이다. 가만히 앉아 지켜보아라."

카는 머리를 좌우로 흔들며 두세 번 크게 원을 그리며 돌았다. 몸으로 고리 모양을 만들고 8자 모양을 만들기 시작하더니 삼각형이 되었다가 다시 흐물흐물 몸을 풀어 사각형, 오각형을 만들기도 하고 둥글게 똬리를 틀기도 했다. 결코 쉬지도, 서두르지도 않았으며 낮게 읊조리는 듯한 노래 또한 멈추지 않았다. 날이 점점 어두워지더니 마침내 스르르 움직이며 자세를 바꿔 똬리를 트는 모습은 보이지 않게 되었지만 비늘이 스치는 소리는 여전히 들려왔다.

발루와 바기라는 목구멍으로 그르렁 소리를 내며 목덜미 털을 곤두세운 채 그 자리에 굳은 듯 서 있었다. 그리고 모글리는 그저 신기한 듯 그 모습을 지켜보았다.

마침내 카의 목소리가 들려왔다.

"반다로그들이여, 내 명령 없이 손이나 발을 까딱할 수 있는가? 말해라!"

"당신의 명령 없이는 손도 발도 까딱할 수 없습니다, 카여!"

"좋다! 모두 내게 한 발짝 가까이 다가오너라."

원숭이들이 속수무책으로 줄줄이 휘청휘청 앞으로 나갔고, 발루와 바기라도 뻣뻣이 굳은 채로 그들과 함께 앞으로 한 걸음 내딛었다.

"더 가까이!"

카가 날카로운 소리를 내며 말하자 모두들 다시 움직였다.

모글리가 발루와 바기라를 데리고 나가려고 붙잡자 덩치 큰 두 짐승은 꿈에서 깨어나기라도 한 것처럼 화들짝 놀랐다.

바기라가 속삭였다.

"계속 내 어깨를 꼭 붙잡고 있어. 꼭 붙잡지 않으면 다시 카한테, 카한테 돌아가고 말 거야. 아아!"

모글리가 말했다.

"늙은 카가 먼지를 일으키며 빙빙 돌고 있을 뿐이라고. 가자."

그렇게 셋은 성벽 틈새로 빠져나와 정글로 향했다.

다시 고요한 숲 속에 서게 되자 발루가 말했다.

"휴! 두 번 다시 카와 한편이 되는 일은 없을 거야."

그러고는 온몸을 부르르 떨었다.

바기라 역시 몸을 떨며 말했다.

"카는 우리보다 훨씬 노련해. 그 자리에 계속 있었다면 얼마 안 있어서 난 카의 목구멍으로 곧장 걸어 들어갔을 거야."

발루가 말했다.

"많은 녀석들이 다시 달이 뜨기 전에 그 길로 걸어가겠지. 사냥을 꽤나 하게 되겠군. 자기 방식으로 말이지."

비단구렁이의 최면 능력에 관해서는 아무것도 모르는 모글리가 말했다.

"대체 그게 다 무슨 소리야? 내가 본 거라고는 커다란 뱀이 어두워질 때까지 바보 같이 빙빙 도는 모습뿐인데. 코는 다 벗겨져서 말이야. 하하!"

바기라가 버럭 화를 내며 말했다.

"모글리, 카의 코가 그렇게 된 건 모두 너 때문이야. 내 귀와 옆구리와 발, 발루의 목과 어깨가 물린 것도 다 너 때문이라고. 발루도 나도 여러 날 동안 기분 좋게 사냥하긴 힘들 거야."

발루가 말했다.

"그런 건 아무것도 아니야. 모글리를 다시 찾았잖아."

"그래. 하지만 이 녀석 때문에 우린 한창 사냥할 시간에 사냥도 못하고 심지어 다치고 털도 다 빠졌어. 내 등의 털이 반이나 뽑혔다고. 그리고 무엇보다 체면이 이만저만 깎인 게 아니야. 모글리, 기억해라. 검은 표범인 내가 카에게 도움을 청할 수밖에 없었다는 걸 말이다. 발루와 내가 배고픈 카의 춤 앞에서 작은 새처럼 멍청하게 넋이 빠졌던 것도. 이게 다 인간의 아이인 네가 반다로그들과 어울려서 생긴 일이야."

모글리가 슬픈 목소리로 말했다.

"맞아, 맞는 말이야. 난 못된 사람 새끼야. 그래서 내 뱃속도 슬퍼하고 있어."

"흠! 발루, 정글의 법칙에는 뭐라고 되어 있지?"

발루는 더 이상 모글리를 힘들게 하고 싶지 않았지만 정글의 법칙을 함부로 바꿀 수도 없어서 웅얼거리며 대답했다.

"슬픔이 형벌을 늦출 수 없다. 하지만 명심해, 바기라. 모글리는 아직 어려."

"명심할게. 하지만 녀석이 잘못을 했으니 이 자리에서 몇 대 맞아야지. 모글리, 할 말 있니?"

"없어. 내가 잘못했어. 발루와 네가 다쳤잖아. 마땅히 맞아야지."

바기라는 가볍게 두드리듯 사랑의 매 여섯 대를 때렸다. 표범 입장에서 보기에는 그 정도 매로는 잠든 표범 새끼 한 마리도 깨울 수 없었지만 일곱 살 소년에게는 피하고만 싶은 혹독한 매질이었다. 매를 다 맞고 난 모글리는 재채기를 하고는 아무 말 없이 자리에서 일어났다.

바기라가 말했다.

"자, 내 등에 올라타거라. 집으로 가는 거다."

정글의 법칙이 가진 미덕 가운데 하나는 벌을 받는 걸로 모든 게 청산된다는 것이다. 나중에 두고두고 잔소리를 듣는 경우는 없다.

모글리는 바기라의 등에 얼굴을 묻고 깊이 잠이 들었다. 어찌나 깊이 잠들었는지 굴로 돌아가 어미 늑대 옆에 눕혀질 때도 깰 줄을 몰랐다.

반다로그의 길 노래

여기 우리가 흔들리는 꽃 줄을 타고 간다.
시샘하는 달에 반쯤 다가갈 만큼!
거침없이 활보하는 우리 무리가 부럽지 않아?
우리처럼 특별한 손을 갖고 싶지 않아?
너희 꼬리도 이렇게 큐피드의 활 모양으로
굽어 있다면 좋지 않겠어?
화가 난 모양이구나. 하지만…… 뭐, 됐어.
형제여, 네 꼬리가 뒤에 축 늘어져 있네!

여기 우리가 나뭇가지에 줄지어 앉아 있다.
우리가 알고 있는 아름다운 것들을 생각하며
우리가 하려는 일들을 꿈꾸며
일이 분이면 모두 끝나지.
고귀하고 장엄하고 훌륭한 일이
우리가 바라기만 해도 이루어진다네.
이제 우리가 하려는 일은…… 뭐, 됐어.
형제여, 네 꼬리가 뒤에 축 늘어져 있네!

우리가 들었던 모든 이야기들을
박쥐나 네발짐승이나 새들이 말한 것들을
가죽이나 지느러미나 비늘이나 깃털을
모두 함께 서둘러 재잘거려라.

훌륭해! 멋져! 다시 한 번!
우리는 이제 꼭 사람처럼 말을 하지.
흉내를 내 보자, 우리가…… 뭐, 됐어.
형제여, 네 꼬리가 뒤에 축 늘어져 있네!
이게 원숭이 종족이 살아가는 방식이야.

그러니 우리와 함께하며 소나무 숲을 활개 치고 다니자.
가볍고 높게, 야생 포도가 흔들리는 곳을 쏜살같이 지나가자.
우리 뒤에 남은 쓰레기, 우리가 내는 고귀한 소음들로 볼 때
우린 분명, 분명 아주 멋진 일을 하게 될 거야!

호랑이! 호랑이!

용감한 사냥꾼이여, 사냥은 어찌 되었는가?
형제여, 망보는 일은 길고도 춥더군.
네가 잡으러 갔던 사냥감은 어찌 되었는가?
형제여, 사냥감은 여전히 정글에서 풀을 뜯고 있지.
네 자존심을 세워 주던 힘은 어디 갔는가?
형제여, 그 힘은 내 옆구리에서 빠져나가지.
그렇게 급히 가는 곳이 어디인가?
형제여, 나는 내 굴로 가 죽음을 맞이하리!

이제 다시 처음 이야기로 돌아가도록 하자. 모글리는 회의 바위에서 늑대 무리와 싸움을 벌인 뒤 늑대 굴을 떠나 마을 사람들이 사는 경작지로 내려갔다. 하지만 그곳에서 걸음을 멈추지는 않았다. 그곳은 정글과 너무 가까웠고, 지난번 늑대 회의에서 적어도 고약한 적 하나는 생겼으리라는 것을 알았기 때문이었다. 그래서 부랴부랴 계곡을 따라 이어지는 거친 길을 내려갔다. 그렇게 30킬로미터를 빠른 걸음으로 쉬지 않고 가다 보니 모글리는 어느새 낯선 마을에 도착하게 되었다. 계곡을 나서자 바위들이 점점이 박혀 있고 군데군데 좁은 골짜기가 나 있는 넓은 벌판이 펼쳐져 있었다. 벌판 한쪽 끝에 조그만 마을이 있었고 반대편 끝에는 무성한 정글이 깎아지른 듯 뻗어 나오다가 목초지 바로 앞에서 괭이로 자른 것처럼 뚝 끊어져 있었다. 들판 여기저기서 소와 물소가 풀을 뜯고 있었다. 소를 돌보던 사내아이들이 모글리를 보고는 소리를 지르며 달아났고, 인도의 마을에서 흔하게 볼 수 있는 누런 들개들이 짖어 댔다. 배가 고팠던 모글리는 발걸음을 옮겼고 마을 입구에 도착하자 해질녘이면 입구 앞에 세워 놓는 커다란 가시덤불이 한쪽으로 치워져 있는 게 보였다.

"흥!"

모글리는 콧방귀를 뀌었다. 밤에 먹을 것을 찾아 어슬렁거리다가 이런 장애물과 여러 번 마주쳤던 것이다.

"여기 사람들도 정글 동물들을 무서워하는 게로군."

모글리는 입구 옆에 앉아 있다가 사람이 나오자 자리에서 일어났다. 입을 벌리고는 손가락으로 입속을 가리키며 먹을 것이 필요하다는 뜻을 전했다. 그 모습을 지켜보던 남자는 사제를 부르며 다시 마을 길을 달려갔다. 사제는 하얀 옷을 입은 크고 뚱뚱한 남자로 이마에 노란색과 빨간색 점이 찍혀 있었다. 사제가 마을 입구로 나왔고 그 뒤로 족히 백 명은 되는 사람들이 따라 나왔다. 사람들은 모글리를 빤히 쳐다보면서 수군거리고 떠들어 대며 모글리에게 손가락질을 하기도 했다.

모글리가 마음속으로 중얼거렸다.

'이 인간 종족들은 예절이라고는 찾아볼 수가 없군. 회색 원숭이들이나 저렇게 행동할 거야.'

모글리는 긴 머리를 뒤로 젖히며 모인 사람들을 향해 얼굴을 찌푸렸다.

사제가 말했다.

"두려워할 게 뭐 있소? 저기 팔다리에 난 상처 자국들을 보시오. 늑대에게 물린 자국이오. 저 아이는 정글에서 도망친 늑대 소년일 뿐이오."

물론 함께 놀다 보면 어린 늑대들이 종종 뜻하지 않게 모글리를 세게 물 때가 있었다. 그래서 모글리의 팔과 다리는 온통 하얀 흉터투성이였다. 하지만 모글리는 결코 이런 걸 두고 물렸다고 하지 않을 것이다. 진짜로 물린다는 게 어떤 것인지 잘 알고 있었던 것이다.

두세 명의 아낙들이 입을 모아 말했다.

"아아! 늑대에게 물리다니 불쌍하기도 하지! 잘생긴 아이야. 눈이 붉은 불꽃같아. 메수아, 내가 보기에는 분명 호랑이에게 잡혀간 당신 아들과 비슷한 것 같은데."

"어디 봐요."

손목과 발목에 묵직한 구리 팔찌와 발찌를 찬 여자가 말했다. 여자는 손바닥으로 모글리의 얼굴을 잡고 자세히 들여다보았다.

"정말 그렇군요. 마르기는 했지만 우리 아들을 쏙 빼닮았어요."

사제는 영리한 사람이었다. 그는 메수아가 그 마을에서 가장 부유한 사내의 아내라는 사실을 잘 알고 있었다. 그래서 잠시 하늘을 올려다보더니 근엄하게 말했다.

"정글이 빼앗아 간 것을 다시 돌려주었구나. 자매여, 아이를 집으로 데려가시오. 그리고 잊지 말고 인간의 삶을 깊이 꿰뚫어 보는 사제를 공경하시오."

모글리가 속으로 중얼거렸다.

"내 목숨 값으로 치른 수소를 걸고 말하는데, 이 인간들이 이야기를 주고받는 모습이 늑대 무리에게 검사를 받는 것과 별반 다르지 않은 것 같군. 그래, 내가 인간이라면 반드시 인간이 되어야겠지."

메수아가 모글리를 자기 오두막으로 부르자 모인 사람들도 각자 흩어졌다. 그 오두막에는 빨갛게 옻칠을 한 침대, 흙으로 만들고 이상한 돋을새김 무늬를 새긴 커다란 뒤주, 구리 냄비 여섯 개가 있었다. 한쪽 벽에는 조그맣게 움푹 들어간 곳이 있었고 거기에는 힌두 신상이 놓여 있었다. 또 벽에는 시골 장터에서 흔하게 파는 거울이 걸려 있었다.

메수아는 모글리에게 우유를 가득 따라 주고 빵을 주었다. 그리고 모글리의 머리에 손을 얹고 눈을 들여다보았다. 그리고 어쩌면 호랑이가 정글로 물고 간 진짜 아들이 돌아온 것인지도 모른다는 생각에 아들의 이름을 불러 보았다.

"나투, 오, 나투!"

하지만 모글리는 그 이름을 모르는 눈치였다.

"내가 새 신발을 사 줬던 날이 기억 안 나니?"

메수아는 모글리의 발을 어루만졌다. 발이 뿔처럼 단단했다.

메수아가 슬픈 목소리로 덧붙였다.

"아니야, 발을 보니 신발을 한 번도 신어 보지 못한 것 같구나. 하지만 넌 우리 나투와 꼭 닮았어. 그러니 이제 내 아들이 되는 거야."

한 번도 지붕 있는 집에서 살아 본 적이 없는 모글리로서는 여간 거북한 게 아니었다. 하지만 지붕의 이엉을 보니 언제든 마음만 먹으면 잡아 뜯고 달아날 수 있을 것 같았고 창문에도 잠금 장치가 없었다.

"사람들의 말을 이해하지 못한다면 사람이 된들 무슨 소용이 있겠어? 지금의 난 정글에 들어온 사람처럼 바보에다 벙어리야. 사람들의 말을 배워야겠어."

모글리가 늑대들과 함께 사는 동안 정글의 수사슴들이 싸움을 걸 때 내는 소리나 멧돼지가 꿀꿀거리는 소리를 흉내 낸 게 그저 장난만은 아니었던 것이다. 그 덕에 모글리는 메수아가 단어를 말해 주는 족족 거의 문제없이 모두 따라 했고 날이 저물기도 전에 오두막에 있는 많은 물건들의 이름을 알게 되었다.

하지만 잠잘 때 곤란한 점이 하나 있었다. 모글리는 표범 잡는 덫처럼 생긴 그 오두막집에서는 자고 싶지가 않았던 것이다. 그래서 오두막집의 문이 닫히자 창문으로 빠져나갔다.

메수아의 남편이 말했다.

"자기 뜻대로 하게 내버려 둬요. 이제껏 침대에서 한 번도 자 본 적이 없다는 걸 생각해 봐요. 저 아이가 정말 우리 아들 대신 온 거라면 도망가지 않을 거요."

그렇게 해서 모글리는 들판 가장자리, 길게 자란 깨끗한 풀밭 위에 몸을 뻗고 누웠다. 하지만 눈을 감기 전 보드라운 회색 코가 모글리의 턱 밑을 찔렀다.

어미 늑대의 새끼들 가운데 첫째인 회색 형제였다.

"쳇! 30킬로미터나 너를 따라왔는데 그 보답이 고작 이거라니. 너한테서 벌써 사람처럼 장작불 냄새랑 가축 냄새가 진동하는군. 일어나라, 형제여. 소식을 가져왔어."

모글리가 회색 형제를 안으며 말했다.

"정글 식구들은 다 잘 있어?"

"붉은 꽃에 덴 늑대들만 빼고 모두 잘 있지. 자, 잘 들어. 시어

칸이 아주 멀리 사냥을 떠났는데 털이 심하게 그슬려서 다시 자라면 돌아오겠다는군. 돌아왔을 땐 네 뼈를 와인궁가 강에 가라앉히겠다고 맹세를 하더군."

"그럼 그것까지 포함해서 지금까지 맹세한 게 두 개가 되는군. 나도 조그맣게 약속한 게 있으니까. 어쨌든 새로운 소식은 늘 반가워. 난 오늘 밤 피곤해. 새로운 일들이 너무 많았거든. 하지만 앞으로도 계속 소식을 전해 줘."

회색 형제가 걱정스럽게 말했다.

"네가 늑대라는 걸 잊지는 않겠지? 인간들 때문에 잊는 건 아니겠지?"

"절대 그럴 일 없어. 내가 너와 우리 동굴 식구들 모두를 사랑한다는 걸 늘 기억할 거야. 하지만 내가 무리에서 쫓겨났다는 것도 기억할 거야."

"인간 무리에서도 쫓겨날 수 있다는 걸 잊지 마. 어린 형제여, 인간은 인간일 뿐이야. 그들이 하는 말은 개구리들이 물속에서 입만 뻐끔거리는 거나 진배없어. 여기 다시 내려오게 될 땐 방목지 끝에 있는 대나무 숲에서 너를 기다릴게."

그날 밤 이후 석 달 동안 모글리는 마을 어귀를 벗어날 수 없었다. 사람들의 생활 방식과 관습을 배우느라 너무 바빴던 것이다. 먼저 모글리는 몸에 옷을 걸쳐야 했는데 여간 거추장스러운 게 아니었다. 다음으로 돈에 대해 배워야 했는데 털끝만큼도 이해할 수가 없었다. 밭을 가는 법도 배웠는데 도무지 그 용도를 알 수가 없었다. 거기다 마을 아이들 때문에 몹시 화가 나기도 했다. 정글의 법칙을 배운 덕에 화를 억누를 수 있는 게 그나마 다행이었다. 정글에서는 화를 억누를 수 있느냐에 따라 목숨과 먹이가 왔다 갔다 했던 것이다. 하지만 모글리가 놀이를 할 줄 모른다거나 연을 날릴 줄 모른다고, 혹은 어떤 단어를 잘못 발음한다고 놀릴 때에는 털도 없는 어린 새끼들을 죽이는 게 정정당당하지 않다는 사실만 아니었다면 아이들을 붙잡아 반으로 뚝 분지르고 말았을 것이다.

모글리는 자신이 가진 힘이 어느 정도인지 전혀 몰랐다. 정글에서는 다른 동물들에 비하면 힘이 약하다는 정도는 알고 있었다. 하지만 마을 사람들은 모글리가 황소만큼이나 힘이 세다고 했다.

그리고 모글리는 사람들 사이에 차별을 두는 신분 제도에 대해서도 전혀 아는 바가 없었다. 그래서 옹기장이의 당나귀가 진흙 구덩이에서 미끄러졌을 때 꼬리를 잡고 끄집어내 주고, 카니와라에 있는 시장에 싣고 갈 항아리 쌓는 일을 도와주었다. 그 일은 매우 충격적이었는데, 옹기장이는 매우 천한 신분의 사람이었고 당나귀는 그보다 더 천했던 것이다. 사제가 그 일로 모글리를 나무라자 모글리는 사제도 당나귀에 태워 버리겠다고 위협했다. 사제는 메수아의 남편을 찾아가 모글리에게 가능한 한 빨리 일을 시키는 게 좋겠다고 조언했다. 그러자 마을 촌장이 바로 다음날부터 모글리에게 물소가 풀을 뜯는 동안 지키는 일을 하라고 지시했다. 모글리는 뛸 듯이 기뻐했다.

그리고 그날 밤 어엿한 마을 일꾼으로 임명된 모글리는 매일 저녁마다 커다란 무화과나무 아래에 있는 석조 단상에서 열리는 모임에 나가게 되었다. 그것은 마을 친목회 같은 것으로 촌장과 경비원, 이발사(마을에 떠도는 소문에 관해 모르는 게 없었다.), 마을 사냥꾼이자 소총을 가진 볼데오가 모여서 담배를 피웠다. 머리 위 나뭇가지에는 원숭이들이 앉아 떠들어 댔고 단상 밑에는 코브라가 사는 작은 구멍이 있었다. 마을 사람들은 코브라를 신성시해서 매일 밤 접시에 우유를 담아 바쳤다. 노인들은 나무 주위에 둘러앉아 밤이 깊도록 이야기를 나누며 커다란 후카(물담뱃대)를 빨았다. 노인들은 신과 사람과 귀신이 나오는 신기한 이야기를 했다. 볼데오는 정글에 사는 짐승들 이야기를 해 주었는데 단상 바깥에 앉아서 이야기를 듣던 아이들의 눈이 튀어나올 만큼 아주 신기한 이야기들이었다. 정글이 바로 코앞에 있었던 까닭에 이야기 대부분은 동물들에 관한 것이었다. 사슴과 멧돼지가 마을 농작물을 뿌리째 뽑아 가고 이따금 해질녘에 호랑이가 마을 입구가 빤히 보이는 곳에서 사람을 잡아가기도 했다는 것이었다.

모글리가 그들이 나누는 이야기 속 동물들에 관해 잘 아는 것은 당연했다. 그래서 볼데오 노인이 무릎 위에 소총을 올려놓고 이런저런 신기한 이야기를 한참 떠들어 대는 동안 터져 나오려는 웃음을 들키지 않으려고 얼굴을 가렸다. 하지만 어깨가 들썩이는 건 어쩔 수가 없었다.

볼데오는 메수아의 아들을 잡아간 호랑이가 귀신 들린 호랑이로 몇 년 전에 죽은 못된 고리대금업자 노인의 혼이 씌었다는 얘기를 하고 있었다.

"이건 틀림없는 사실이야. 고리대금업자인 푸룬 다스가 폭동이 일어나 회계 장부가 모두 불에 탔을 때 사람들한테 맞은 것 때문에 늘 다리를 절었거든. 그런데 내가 말한 호랑이도 절름발이야. 녀석의 발자국이 고르지 않은 걸 보면 알 수 있지."

노인들도 모두 고개를 끄덕이며 맞장구를 쳤다.

"맞아, 맞아. 그건 분명 사실이야."

모글리가 입을 열었다.

"전부 다 지어낸 터무니없는 얘기죠? 그 호랑이가 태어날 때부터 절름발이인 건 누구나 다 안다고요. 자칼만큼의 용기도 없는 호랑이한테 고리대금업자의 혼이 씌었다는 건 애들이나 하는 얘기예요."

볼데오는 놀라서 잠시 말을 잃었고 촌장은 빤히 쳐다보기만 했다. 볼데오가 말했다.

"오호라! 네가 그 정글에서 온 꼬마 녀석이군. 네가 그렇게 잘났으면, 그 호랑이 가죽을 카니와라에 가져가지 그러냐. 정부에서 그 호랑이를 잡는 사람에게 현상금 100루피를 준다던데 말이야. 아니, 그보다 어른들이 말씀하실 때는 끼어들지 않는 거야."

집으로 돌아가려고 일어난 모글리가 어깨 너머로 돌아보며 소리쳤다.

"저녁 내내 여기 붙어 앉아 들었는데 아저씨가 한 정글 이야기는 한두 가지 빼고는 전부 다 거짓말이었어요. 정글이 바로 코앞에 있는데도 말이에요. 그런데 어떻게 아저씨가 봤다는 귀신이며 신이며 도깨비 이야기를 믿으라는 거예요?"

볼데오가 모글리의 버릇없는 말에 씩씩거리자 촌장이 얼른 끼어들었다.

"저 아이는 곧 소를 몰고 나가야 한다네."

대부분의 인도 마을에서는 사내아이 몇몇이 이른 아침에 소 떼와 물소 떼를 몰고 나가 풀을 뜯기고 밤이 되면 몰고 돌아오는 게 관습이었다. 소 떼는 백인을 밟아 죽이기도 했지만 정작 키가 제 코에 닿을락 말락 하는 아이들이 때리고 소리치고 윽박지르는 것은 내버려 두었다. 아이들은 소 떼와 함께 있으면 안전했다. 호랑이라 해도 감히 소 떼를 공격할 수는 없었기 때문이었다. 하지만 때때로 꽃을 따거나 도마뱀을 잡느라 제멋대로 떨어져 나왔다가 호랑이에게 물려 가는 일은 있었다. 모글리는 새벽녘에 소들 중에 가장 덩치가 큰 '라마' 등에 올라타고 마을 거리를 지났다. 뒤쪽으로 곡선을 그리고 뻗은 긴 뿔과 사나운 눈을 가진 회청색 물소들이 외양간에서 나와 차례로 그 뒤를 따랐다. 모글리는 함께 다니는 아이들에게 자신이 대장이라는 점을 분명히 해 뒀다. 모글리는 길고 반들거리는 대나무로 물소들을 때리며 사내아이들 가운데 하나인 캄야에게 자신은 물소들을 몰고 갈 테니 아이들끼리 소들에게 풀을 먹이라고 말했다. 그리고 소 떼 곁에서 멀리 떨어지지 않게 조심하라고 당부했다.

인도의 목초지에는 여기저기 바위와 관목과 풀숲과 조그만 골짜기가 많아서 소 떼가 흩어져 사라지곤 했다. 물소들은 대개 물웅덩이나 진흙탕에 머물면서 몇 시간이고 따뜻한 진흙 속에서 뒹굴거나 햇볕을 쬐었다. 모글리는 물소들을 몰고 정글로부터 와인궁가 강이 흘러나오는 들판 언저리로 갔다. 그러고는 라마의 목에서 내린 다음 재빨리 대나무 숲으로 가 회색 형제를 만났다.

회색 형제가 말했다.

"아, 벌써 여러 날 여기서 널 기다렸어. 그런데 소를 몰다니 어떻게 된 거야?"

"명령을 받았어. 한동안 마을 목동 노릇을 해야 해. 시어 칸에 관해 새로운 소식이라도 있니?"

"시어 칸이 돌아와서 여기서 오랫동안 널 기다렸지. 사냥감이 부족해서 다시 떠나기는 했지만 말이야. 하지만 널 죽일 작정인가 봐."

"잘됐군. 시어 칸이 떠나 있는 동안에는 내가 마을에서 나오면 확인할 수 있도록 너나 다른 형제들 중 하나가 저 바위에 앉아 있도록 해. 그리고 녀석이 돌아오면 들판 한가운데 있는 다크 나무 옆 골짜기에서 날 기다려. 굳이 제 발로 시어 칸의 입속으로 걸어 들어갈 필요 없잖아."

회색 형제와 만나고 난 뒤 모글리는 그늘 진 곳을 골라 물소들이 주위에서 풀을 뜯는 동안 누워서 잠을 잤다. 인도에서 소 떼를 모는 일은 세상에서 가장 여유로운 일 가운데 하나다. 소들은 돌아다니며 풀을 씹고 누웠다가 다시 움직이기만 할 뿐 음매 울지도 않았다. 그저 낮게 웅얼거리는 정도였는데, 물소들은 그런 소리마저도 거의 내는 법이 없었다. 한 마리씩 차례로 진흙탕에 들어가서 쑥 몸을 담그고는 수면 위로 코와 밝은 녹청색 눈만 내놓고 통나무처럼 꼼짝 않고 있었다. 뜨거운 햇볕에 피어오른 아지랑이가 바위들을 어른거리게 보이도록 만들었고 소 모는 아이들은 솔개 한 마리가(언제든 한 마리만 보였다.) 머리 위 까마득히 높은 곳에서 울어 대는 소리를 들었다. 아이들은 자신들이나 소가 죽어가기라도 하면 그 솔개가 쏜살같이 날아올 것을 알고 있었다. 그리고 몇 킬로미터 떨어진 곳에서 이 모습을 본 다른 솔개가 따라 내려오고 뒤를 이어 한두 마리씩 내려오다가 쓰러진 먹잇감의 숨이 다 끊어지기도 전에 수십 마리의 굶주린 솔개들이 나타나리란 걸 알고 있었다.

아이들은 자고 깨고를 반복했다. 그리고 마른 풀로 조그만 바구니를 엮어서 그 안에 메뚜기를 잡아넣기도 하고 사마귀 두 마리를 잡아 싸움을 시키기도 했다. 아니면 정글에서 자라는 빨갛고 검은 열매로 목걸이를 만들기도 하고 바위 위에서 햇볕을 쬐는 도마뱀이나 진흙탕 근처에서 개구리를 사냥하는 뱀을 구경했다. 그러고 나면 마지막 부분에 원주민의 독특한 떨림이 붙는 길고 긴 노래를 불렀다. 그래도 아이들은 하루가 보통 사람들의 평생보다 더 긴 것 같아서 진흙으로 성을 짓고 사람과 말과 물소를 만드는 것이었다. 그리고 진흙 인형들 손에 갈대를 끼워 넣고는 자신이 왕이고 인형들은 자신의 군대인 양 상상하거나 혹은 자신이 신이 되어 경배를 받는다고 상상하는 것이었다. 그러다 저녁이 되어 아이들이 소리쳐 부르면 물소들은 잇따라 총이 발사되는 것처럼 요란한 소리를 내며 질척질척한 진흙탕 밖으로 느릿느릿 걸어 나왔다. 그러고는 모두가 긴 행렬을 이루며 회색 들판을 지나 불빛이 반짝이는 마을로 돌아갔다.

모글리는 날마다 물소들을 이끌고 진흙탕으로 데려갔다. 그리고 날마다 들판 너머 2킬로미터쯤 떨어진 곳에 앉은 회색 형제의 등을 보고 아직 시어 칸이 돌아오지 않았음을 확인했다. 모글리는 날마다 풀밭에 누워 주변에서 들려오는 소리에 귀를 기울이며 정글에서 보낸 지난날을 생각했다. 만약 시어 칸이 와인궁가 강 옆의 정글에 절름거리는 발을 들여놓기라도 했다면 모글리가 길고 조용한 아침에 그 소리를 들었을 것이다.

마침내 신호를 보내는 장소에 회색 형제의 모습이 보이지 않는 날이 찾아왔다. 모글리는 웃으며 물소들을 이끌고 다크 나무 옆 골짜기로 향했다. 골짜기는 온통 금빛이 도는 붉은 꽃들로 뒤덮여 있었다. 그곳에 회색 형제가 등에 난 털을 바짝 세우고 앉아 있었다. 회색 형제가 숨을 헐떡이며 말했다.

"시어 칸은 네가 방심하게 하려고 한 달 동안 숨어 있었던 거래. 어젯밤 타바키와 함께 네 흔적을 쫓아 부리나케 산을 넘었어."

모글리가 얼굴을 찡그리며 말했다.

"시어 칸은 두렵지 않은데 타바키는 아주 교활하단 말이야."

회색 형제가 살짝 입술을 핥으며 말했다.

"무서워할 것 없어. 내가 새벽에 타바키를 만났어. 지금쯤 자신이 얼마나 똑똑한지 솔개들에게 떠벌리고 있겠지. 하지만 등을 부러뜨려 놓겠다니까 나한테도 다 털어놓더군. 시어 칸의 계획은 오늘 저녁에 마을 입구에서 널 기다리는 거래. 다른 누구도 아닌 너를 말이야. 시어 칸은 지금 와인궁가의 크고 마른 골짜기에 틀어박혀 있어."

"녀석이 오늘 뭘 좀 먹었나? 아니면 굶고 사냥을 하는 거야?"

모글리가 물었다. 모글리에게는 그 대답이 생과 사를 가늠하는 중요한 것이었다.

"새벽에 돼지 한 마리를 잡아먹고 물도 마셨어. 시어 칸은 복수를 앞두고도 절대 굶지 못하는 녀석이잖아."

"그런 바보, 바보를 봤나! 정말 어리석기 짝이 없군! 먹고 마시기까지 하다니. 제가 잠까지 자고 일어나는 동안 나는 그냥 기다리고만 있을 줄 아나 봐? 지금 어디에 틀어박혀 있다고? 우리 숫자가 열만 돼도 누워 있는 녀석을 끌어낼 수 있을 텐데. 이 물소들은 녀석의 냄새를 맡기 전에는 공격하지 않을 거야. 그리고 나도 물소들 말은 할 줄 모르고. 우리가 시어 칸 뒤를 바짝 쫓아서 물소들이 녀석의 냄새를 맡게 할 순 없을까?"

"녀석이 흔적을 없애려고 와인궁가 강을 따라 멀리 헤엄을 쳤다는군."

"분명 타바키가 그러라고 말해 줬을 거야. 절대 시어 칸 혼자서 그런 꾀를 냈을 리 없어."

모글리는 손가락을 입에 넣고 서서 생각에 잠겼다.

"와인궁가의 큰 골짜기란 말이지. 여기서 800미터쯤 가면 골짜기에서 들판으로 이어진 곳이 있어. 소들을 몰고 정글을 돌아 골짜기 맨 위쪽으로 올라간 다음 휩쓸고 내려오는 거야. 하지만 골짜기 아래로 슬그머니 도망칠지도 몰라. 아래쪽도 막아야 돼. 회색 형제, 소 떼를 둘로 나누어 줄 수 있겠어?"

"나 혼자서는 안 될 거야. 하지만 우릴 도와줄 현명한 이를 데려왔어."

회색 형제가 빠른 걸음으로 달려가더니 구덩이 속으로 쑥 들어갔다.

이윽고 구덩이에서 모글리도 잘 아는 커다란 회색 머리가 올라왔다. 그리고 온 정글에서 가장 음산한 울음소리가 무더운 공기를 가득 채웠다. 한낮에 사냥을 나온 늑대의 울음소리였다.

모글리가 손뼉을 치며 외쳤다.

"아켈라! 아켈라! 네가 날 잊지 않을 거라고 짐작했어. 우린 지금 큰일을 앞두고 있어. 아켈라, 소 떼를 둘로 갈라 줘. 암소와 송아지들을 한데 모으고 수소와 밭 가는 물소를 따로 모으는 거야."

두 늑대가 뛰어가서 스퀘어 댄스(*미국에서 가장 인기 있는 포크 댄스 중의 하나. 이하 *표시-옮긴이 주)를 추듯 소의 무리 속으로 들어갔다 나왔다 했고 소들은 콧김을 내뿜고 고개를 치켜들며 두 편으로 갈라졌다. 한 무리에서는 암소들이 송아지들을 한복판에 모아 놓고 서서 잔뜩 노려보며 거칠게 앞발을 굴렀다. 늑대가 잠시 멈칫하기라도 하면 달려들어 밟아 죽일 기세였다. 다른 무리에서는 젊은 수소들이 콧김을 내뿜으며 쿵쿵 발을 구르고 있었다. 더욱 위압적으로 보이기는 해도 보호할 송아지가 없기 때문에 오히려 이들이 덜 위험했다. 남자 여섯이 달려들어도 이렇게 깔끔하게 소 떼를 나눌 수는 없었을 것이다.

아켈라가 숨을 헐떡이며 말했다.

"다음 명령은 뭐야? 소들이 다시 한데 모이려고 해."

모글리가 라마의 등에 훌쩍 올라탔다.

“아켈라, 수소들을 왼쪽으로 몰고 가. 회색 형제, 우리가 가고 나면 암소들을 모아서 골짜기 아래로 몰고 가도록 해.”

회색 형제가 숨을 헐떡이며 급하게 물었다.

“어디까지?”

모글리가 소리쳤다.

“골짜기 양옆이 시어 칸이 뛰어넘을 수 없을 만큼 높은 곳까지 가 줘. 우리가 내려갈 때까지 거기서 암소들을 데리고 있어.”

아켈라가 짖어 대자 수소들은 물밀듯이 움직였고 회색 형제는 암소들 앞을 가로막고 섰다. 암소들이 달려들자 회색 형제는 소들 바로 앞에서 달리며 골짜기 아래쪽까지 갔고 그 사이 아켈라는 수소들을 멀리 왼쪽으로 몰고 갔다.

모글리가 소리쳤다.

“잘했어! 한 번 더 공격하면 어지간히 움직이겠군. 조심해. 아켈라, 조심해. 너무 세게 물면 소들이 공격할지도 몰라. 이랴! 이건 블랙벅(*인도영양.)을 모는 것보다 더 신 나는걸. 이 물소들이 이렇게 재빨리 움직일 거라고 생각이나 했어?”

아켈라가 먼지 속에서 헐떡이며 말했다.

“나도 한창때는 이 녀석들을 사냥했어. 물소들을 정글로 몰고 갈까?”

“그래, 정글로 몰아! 어서 정글 쪽으로 방향을 돌려. 라마는 지금 불같이 화가 나 있어. 아, 내가 오늘 녀석에게 바라는 걸 말해 줄 수만 있다면 얼마나 좋을까!”

이번에는 수소들이 오른쪽으로 방향을 틀어서 앞을 가로막고

선 잡목 숲으로 그대로 돌진했다. 800미터쯤 떨어진 곳에서 소 떼를 돌보며 이 모습을 지켜보던 아이들이 물소들이 미쳐서 도망친다고 소리치며 마을을 향해 전속력으로 달려갔다.

모글리의 계획은 아주 간단한 것이었다. 커다란 원을 그리며 오르막길을 따라 골짜기 꼭대기에 오른 다음 소들을 데리고 골짜기를 내려와 시어 칸을 수소 떼와 암소 떼 사이에 가두는 게 전부였다. 먹이를 먹고 물을 실컷 마신 뒤라 시어 칸이 싸우거나 골짜기 양옆으로 기어오를 수 있는 상태가 아님을 알고 있었던 것이다. 모글리는 이제 소리를 내어 물소들을 진정시켰고 아켈라는 뒤로 멀찌감치 떨어져 한두 번 컹컹거리며 뒤처진 소들을 재촉했다. 물소 떼는 아주 커다란 원을 그렸다. 골짜기에 너무 가까이 다가가서 시어 칸이 미리 알아채게 만들고 싶지는 않았기 때문이었다. 마침내 모글리는 우왕좌왕하는 소 떼를 골짜기 꼭대기의 풀밭에 모았다. 그곳에서부터 골짜기 끝까지 비탈길이 이어졌다. 그 위에서 내려다보면 나무 꼭대기 너머로 아래쪽 들판이 보였다. 하지만 모글리가 바라본 것은 골짜기 양옆이었다. 모글리는 골짜기 양옆이 거의 수직으로 곧게 뻗은 데다 덩굴 식물들이 뒤덮고 있어서 호랑이가 나가고 싶어도 발 디딜 곳이 없는 것을 아주 만족스러운 눈빛으로 바라보았다.

모글리가 손을 치켜들며 말했다.

"소들이 한숨 돌리게 해 줘, 아켈라. 아직 시어 칸의 냄새는 못 맡은 것 같아. 숨 좀 쉬게 해 줘. 난 시어 칸에게 누가 왔는지 알려 줘야 하니까. 녀석은 이제 꼼짝 못해."

모글리는 두 손을 입에 모으고 골짜기 아래를 향해 소리쳤다.

마치 동굴에 대고 소리를 지르는 것처럼 메아리가 바위마다 부딪히며 퍼져 나갔다.

한참 뒤에 실컷 먹고 막 잠에서 깬 호랑이가 졸린 목소리로 천천히 으르렁거리는 소리가 들려왔다.

"누가 날 부르는 거냐?"

시어 칸이 외치자 화려한 빛깔의 공작새 한 마리가 날카롭게 소리를 지르며 골짜기 밖으로 날아올랐다.

"나, 모글리다. 이 가축 도둑아, 이제 회의 바위로 갈 시간이다! 아켈라, 어서 소들을 몰고 내려가! 가자, 라마, 가자!"

소들은 가파른 비탈길 가장자리에 서서 잠시 멈칫했다. 하지만 아켈라가 사냥할 때처럼 큰 소리로 짖어 대자 기선이 급류를 타듯 잇달아 곤두박질쳤고 사방으로 모래와 돌멩이가 튀어 올랐다.

일단 소들이 달리기 시작하자 누구도 멈출 수가 없었다. 그리고 소들이 골짜기 바닥에 완전히 내려서기도 전에 라마가 시어 칸의 냄새를 맡고 우렁찬 소리로 울부짖었다.

라마 등에 타고 있던 모글리가 말했다.

"하하! 너도 이제 내 계획을 알았구나!"

시커먼 뿔을 달고 입에는 거품을 물고 두 눈을 부릅뜬 소들이 홍수 때 바위 덩어리들이 굴러떨어지듯 골짜기로 마구 쏟아져 내려왔다. 그 중에 약한 물소들은 골짜기 가장자리로 밀려나 덩굴식물들을 헤치고 나아갔다. 소들은 자신들의 앞에 기다리고 있는 일이 무엇인지 잘 알고 있었다. 어떤 호랑이도 물소 떼의 무시무시한 공격에 맞설 수 있을 거란 희망을 가질 수는 없었다. 시어 칸은 우르르 몰려오는 소들의 발소리를 듣고 무거운 몸을 일으켜 골짜기를 내려가며 도망갈 길은 없는지 주위를 두리번거렸다. 하지만 골짜기 양쪽 비탈은 가파르기만 했고, 잔뜩 먹고 마신 탓에 몸이 무거웠던 시어 칸은 싸움만은 피할 수 있기를 바라며 계속 앞으로 나아갈 수밖에 없었다. 물소 떼는 좁은 골짜기가 울리도록 큰 소리로 울부짖으며 시어 칸이 방금 떠난 물웅덩이로 첨벙첨벙 뛰어들었다. 골짜기 아래쪽에서 그 소리에 화답하듯 울부짖는 소리가 들려왔고 시어 칸이 몸을 돌리는 게 보였다. 시어 칸은 최악의 경우에 새끼들을 거느린 암소들보다는 수소들을 상대하는 편이 차라리 낫다는 것을 알고 있었다. 다음 순간 라마가 뭔가 푹신한 것을 밟고는 발을 헛디뎌 휘청거리더니 다시 앞으로 내달렸다. 그 뒤를 수소들이 따르며 그대로 암소 떼와 충돌했다. 약한 물소들은 그 충격으로 벌렁 나가떨어지기도 했다. 뿔로 들이받고 발을 구르고 씩씩거리며 두 무리가 엉켜 함께 들판으로 나왔다. 때를 엿보던 모글리는 라마의 등에서 내려와 막대기를 사방으로 마구 휘둘렀다.

"빨리, 아켈라! 소들을 떼어 놔. 흩어 놓지 않으면 서로 싸울 거야. 아켈라, 소들을 몰고 가. 자, 라마! 자! 자! 얘들아. 진정해, 진정해! 다 끝났어."

아켈라와 회색 형제는 이리저리 뛰어다니며 물소들의 다리를 살짝 깨물었다. 물소 떼가 다시 골짜기 쪽으로 몸을 돌리기도 했지만 모글리가 라마를 돌려세우자 다른 물소들도 그 뒤를 좇아 진흙웅덩이로 내려왔다.

더 이상 시어 칸을 밟을 필요도 없었다. 이미 숨이 끊어졌고 벌써 솔개들이 몰려들고 있었다.

"형제들이여, 저건 개죽음이나 다름없군."

모글리는 사람들과 살게 되면서 항상 칼집에 넣어 목에 두르고 다녔던 칼을 꺼내며 말했다.

"하지만 제대로 맞서 싸우지도 못했을 거야. 녀석의 가죽은 회의 바위에 널어놓으면 잘 어울리겠군. 서둘러 일을 시작해야 해."

사람들 사이에서 자란 사내아이라면 혼자서 3미터나 되는 호랑이 가죽을 벗길 생각은 꿈에도 하지 않았을 것이다. 하지만 모글리는 동물 가죽이 어떻게 붙어 있고 어떻게 벗길 수 있는지 누구보다 잘 알았다. 그래도 힘든 일이기는 했다. 모글리는 한 시간 동안 낑낑거리며 가죽을 자르고 찢었다. 늑대들은 혀를 길게 늘어뜨리고 있다가 다가와서 모글리가 지시하는 대로 가죽을 끌어당겼다.

곧이어 누군가의 손이 모글리의 어깨에 와 닿았다. 모글리가 고개를 들어 보니 볼데오가 소총을 들고 서 있었다. 물소들이 우르르 달아난 일을 아이들이 마을에 알렸고 화가 머리끝까지 난 볼데오가 소 떼를 잘 돌보지 못한 모글리를 혼내려고 단단히 벼르고 온 것이었다. 늑대들은 사람이 다가오는 것을 보자마자 재빨리 숨어 버렸다.

볼데오가 화가 나서 소리쳤다.

"이게 무슨 바보 같은 짓이냐? 너 따위가 호랑이 가죽을 벗길 수 있다고 생각하다니! 물소들이 어디서 호랑이를 죽인 거냐? 게다가 그 다리를 저는 호랑이로구나. 녀석의 목에 100루피 현상금이 걸려 있는데. 자, 자, 소들이 달아나게 놔둔 일은 눈감아 주도록 하마. 그리고 호랑이 가죽을 카니와라에 가져가서 현상금을 받으면 그 가운데 1루피를 네게 주마."

볼데오는 부싯돌과 부시를 찾아 허리춤에 두른 천을 뒤적거렸다. 그리고 시어 칸의 수염을 불에 그슬리려고 허리를 굽혔다. 대부분의 인도 사냥꾼들은 호랑이의 혼이 자신들에게 씌는 것을 막기 위해 호랑이 수염을 태웠다.

모글리가 앞발 가죽을 벗겨 내며 혼잣말을 하듯 중얼거렸다.

"흥! 그러니까 당신이 이 가죽을 카니와라에 가져가서 현상금을 받겠다는 거지? 나한테는 1루피를 주고 말이지? 이 가죽은 나대로 쓸 데가 있을 것 같단 말이야. 이봐요! 그 불 좀 치워요!"

"마을 최고의 사냥꾼에게 그게 무슨 말버릇이야? 이 호랑이를 죽일 수 있었던 건 어리석은 물소들이 도와주고 네 운이 좋아서야. 호랑이가 배불리 먹었으니까 망정이지, 그렇지 않았으면 벌써 30킬로미터는 달아났을 거다. 이 거지 녀석아, 넌 가죽도 제대로 벗기지 못하잖아. 헌데 이 볼데오가 호랑이 수염을 태우지 말라는 말을 들어야 한단 말이지. 모글리, 너한텐 현상금에서 1아나(*루피의 1/16에 해당하는 인도의 화폐.)도 떼어 주지 않을 거야. 대신 호되게 때려 주마. 호랑이를 내려놔!"

이제 어깨 가죽을 벗기기 시작한 모글리가 말했다.

"내 목숨 값을 한 수소를 걸고 말하는데, 내가 한낮이 다 가도록 늙은 원숭이하고 쓸데없는 소리를 계속해야 하는 거야? 이봐, 아켈라. 이 늙은이가 나를 성가시게 하는군."

여전히 시어 칸의 머리를 굽어보고 있던 볼데오는 어느새 풀밭에 대자로 뻗어 있었고 회색 늑대 한 마리가 그를 밟고 서 있었다. 모글리는 온 인도에 자기 혼자밖에 없는 것처럼 계속해서 가죽을 벗기고 있었다.

모글리가 목소리를 낮춰 말했다.

"그래, 당신 말이 다 맞아, 볼데오. 당신은 나에게 현상금을 한 푼도 주지 못할 거야. 이 절름발이 호랑이와 나는 오래도록 싸움을 하고 있었거든. 아주 오래되었지. 그런데 내가 이긴 거야."

볼데오 편에서 말하자면 그가 10년만 젊었어도 언젠가 숲에서 마주친 적이 있는 아켈라와 한번 맞서 볼 수 있었을 것이다. 하지만 사람을 잡아먹는 호랑이와 개인적으로 싸움을 벌인 이 소년의 명령을 따르는 늑대라면 평범한 동물은 아닌 듯했다. 볼데오는 이것은 가장 사악한 마법이라고 생각하며 목에 건 부적이 자신을 보호해 줄 수 있을지 걱정이 되었다. 볼데오는 금방이라도 모글리가 호랑이로 변하는 모습을 보게 될지도 모른다고 생각하며 쥐 죽은 듯 조용히 누워 있었다.

마침내 볼데오가 쉰 목소리로 속삭였다.

"마하라지! 위대한 왕이여!"

모글리는 고개를 돌리지도 않고 픽 웃음을 터뜨리며 말했다.

"그래."

"저는 늙은이일 뿐입니다. 이 늙은이가 당신이 단순히 소 치는 아이가 아니란 걸 몰랐습니다. 그만 일어나서 돌아가도 될까요? 아니면 당신의 종복이 저를 갈기갈기 찢어 놓을 건가요?"

"가라, 조심히 가. 하지만 다음에는 내 사냥감에 손대지 마. 아켈라, 놓아줘."

볼데오는 절뚝거리며 있는 힘껏 마을로 도망쳤다. 도망치면서도 모글리가 뭔가 무시무시한 것으로 변하지 않을까 어깨너머로 뒤를 살폈다. 마을에 도착한 볼데오는 마법이니 마술이니 주술이니 하는 얘기들을 늘어놓았고 그 말을 들은 사제는 심각한 얼굴이 되었다.

모글리는 하던 일을 계속했다. 그리고 땅거미가 질 무렵에야 모글리와 늑대들은 커다랗고 화려한 가죽을 다 벗겨 낼 수 있었다.

"이제 이 가죽을 숨기고 물소 떼를 데리고 마을로 돌아가야 해! 아켈라, 소들을 모는 일을 좀 도와줘."

안개 자욱한 황혼 속에서 소들을 모아 마을 가까이까지 갔을 때 불빛들이 보이고 소라고둥 소리와 종소리가 들려왔다. 마을 사람들 가운데 절반은 마을 입구에서 모글리를 기다리고 있는 것 같았다.

'내가 시어 칸을 잡았기 때문일 거야.'

모글리가 그런 생각을 하고 있는데 빗발치듯 날아오는 돌멩이들이 귓전을 스치고 지나갔다. 마을 사람들이 소리쳤다.

"마법사! 늑대 새끼! 정글의 악마! 가! 당장 꺼지지 않으면 사제가 널 다시 늑대로 만들어 버릴 거야. 쏴요, 볼데오, 쏴!"

구식 소총이 탕 소리를 내며 발사되자 어린 물소 한 마리가 고통으로 울부짖었다. 마을 사람들이 소리쳤다.

"저것도 마법이야! 총알도 비켜 가게 할 수 있어. 볼데오, 당신의 물소가 쓰러졌어."

더 많은 돌멩이들이 날아오자 당황한 모글리가 말했다.

"도대체 이게 무슨 일이지?"

아켈라가 침착하게 말했다.

"네 동족이라는 사람들도 늑대 무리와 크게 다르지 않구나. 총알이 의미하는 게 있다면 그건 사람들이 널 내쫓겠다는 것이겠지."

사제가 신성시하는 툴시 나무의 잔가지를 흔들며 소리쳤다.

"늑대! 늑대 새끼! 썩 꺼져라!"

"또야! 지난번에는 사람이라고 쫓아내더니 이번에는 늑대라고 쫓아내는군. 아켈라, 가자."

그때 한 여자, 바로 메수아가 소 떼를 향해 달려오면서 소리쳤다.

"아, 내 아들, 아들아! 네가 마음대로 짐승으로 변신할 수 있는 마법사라고 하더구나. 난 그 말을 믿지 않아. 하지만 어서 떠나라. 안 그러면 사람들이 널 죽일 거야. 볼데오는 네가 마법사라고 했지만 난 네가 죽은 나투의 복수를 했다는 걸 알아."

마을 사람들이 소리쳤다.

"돌아와, 메수아! 돌아와. 안 그러면 당신한테도 돌을 던지겠어."

모글리가 조그맣고 흉하게 웃어 보였다. 돌멩이 하나가 입에 맞았던 것이다.

"어서 돌아가요, 메수아. 이것도 저 사람들이 해질 무렵 커다란 나무 밑에서 하는 헛소리랑 똑같은 거예요. 어쨌든 당신 아들의 목숨을 빼앗은 복수는 했어요. 잘 있어요. 그리고 어서 가요. 저 사람들이 다시 돌을 던지기 전에 얼른 소 떼를 돌려보낼 거니까. 난 마법사가 아니에요, 메수아. 잘 있어요!"

모글리가 소리쳤다.

"아켈라, 다시 한 번 소들을 몰아 줘야겠어."

물소들은 이미 마을로 돌아가고 싶어 안달이 난 상태였으므로 아켈라가 짖어 댈 필요도 없었다. 물소들은 정신없이 마을 문으로 돌진해 들어갔고 그러자 사람들이 사방으로 황급히 흩어졌다.

모글리가 경멸하는 듯한 말투로 소리쳤다.

"잘 세어 봐! 내가 한 마리 훔쳤을지도 모르니까 말이야. 똑똑히 세어 봐. 난 더 이상 당신들 소를 몰지 않을 테니까. 잘 있어라, 사람의 아이들아. 내가 늑대들을 몰고 와 거리에서 너희들을 사냥하지 않는 건 다 메수아 덕분인 줄 알아라."

모글리는 홱 돌아서서 외로운 늑대 아켈라와 함께 걸어갔다. 고개를 들어 하늘의 별들을 바라보자 행복한 기분이 들었다.

"아켈라, 더 이상 덫처럼 생긴 곳에서 자는 일은 없을 거야. 어서 시어 칸의 가죽을 가지고 돌아가자. 마을 사람들을 사냥하지는 않을 거야. 메수아가 나한테 아주 잘해 줬거든."

들판 위로 달이 떠오르자 들판이 온통 뿌옇게 보였다. 겁에 질린 마을 사람들은 모글리가 사라져 가는 모습을 지켜보았다. 늑대 두 마리를 거느리고 머리에 꾸러미를 인 채 단숨에 수십 킬로미터를 집어삼키는 불길처럼 한결같이 빠른 늑대 걸음으로 사라져 갔다. 그러자 마을 사람들은 그 어느 때보다 요란하게 사원의 종을 치고 소라고둥을 불었다. 메수아는 울음을 그치지 못했고 볼데오는 자신이 정글에서 겪은 모험담을 잔뜩 부풀려서 떠들어 댔다. 급기야 아켈라가 뒷발로 서서 사람처럼 이야기하더라는 얘기까지 지어냈다.

모글리와 두 마리 늑대가 회의 바위가 있는 언덕에 도착했을 때는 달이 막 질 무렵이었다. 그들은 어미 늑대의 동굴 앞에서 걸음을 멈추었다.

모글리가 소리쳤다.

"엄마, 사람들이 나를 자신들의 무리에서 쫓아냈어요. 그래도 내가 한 약속대로 시어 칸의 가죽을 가져왔어요."

어미 늑대가 뒤에 새끼들을 거느리고 위엄 있는 태도로 동굴에서 걸어 나왔다. 가죽을 본 어미 늑대의 눈에서 빛이 났다.

"작은 개구리야, 시어 칸이 널 죽이겠다고 이 동굴에 머리와 어깨를 들이밀었던 그날 내가 말했었지. 사냥꾼이 사냥을 당할 날이 올 거라고 말이다. 잘했다."

덤불 속에서 굵은 목소리가 들려왔다.

"꼬마 형제여, 잘했다. 네가 없으니 정글이 쓸쓸하더구나."

바기라가 맨발로 서 있는 모글리에게 달려왔다. 일행은 함께 회의 바위로 올라갔다. 모글리는 아켈라가 앉던 평평한 바위 위에 시어 칸의 가죽을 펼쳐 놓고는 대나무 조각 네 개로 고정시켰다. 아켈라가 그 위에 엎드려 예전처럼 큰 소리로 회의를 소집했다.

"보아라, 잘 보아라, 늑대들이여!"

모글리가 처음 이곳에 왔던 날에 외쳤던 소리처럼 우렁찼다.

아켈라가 자리에서 물러난 뒤로 늑대 무리는 우두머리 없이 제멋대로 사냥을 하고 싸움을 벌였다. 하지만 늑대들은 습관적으로 아켈라의 부름에 응했다. 그 중에는 함정에 빠져서 절름발이가 된 늑대들도 있었고, 총상을 입고 절뚝거리는 늑대들도, 상한 먹이를 먹고 옴이 오른 늑대들도 있었다. 그리고 많은 수가 사라졌다. 어쨌든 남아 있는 늑대들은 모두 회의 바위로 모여들었고 시어 칸의 줄무늬 가죽이 바위 위에 펼쳐져 있는 것을 보았다. 속이 텅 비고 축 늘어진 발끝에 커다란 발톱이 달랑거렸다.

그 순간 모글리가 아무런 음조도 없는 노래를 만들어 부르기 시작했다. 목구멍에서 저절로 흘러나오는 듯했다. 모글리는 시어칸의 멋진 가죽 위에서 펄쩍펄쩍 뛰고 숨이 턱까지 차도록 발장단을 맞추면서 소리 높여 노래를 불렀다. 회색 형제와 아켈라가 노래 중간중간 길게 울부짖었다.

"잘 보아라, 늑대들이여. 내가 약속을 지키지 않았나?"

노래를 끝낸 모글리의 말에 늑대들이 그렇다는 뜻으로 짖어 댔다. 그때 온몸이 찢어져 엉망이 된 늑대가 외쳤다.

"아켈라여, 우리를 다시 이끌어 주시오. 오, 인간의 아이여, 우리를 다시 이끌어 주시오. 우리는 이런 무법 상태로 지내는 데 넌더리가 났소. 우리는 다시 한 번 자유민이 되고 싶소."

바기라가 그르렁거리는 소리로 말했다.

"안 되지. 그럴 순 없어. 너희는 배가 부르면 다시 미쳐 버리고 말 거야. 대가 없이 거저 자유민이 될 수는 없어. 자유를 위해 싸워라. 그것이 너희가 할 일이다. 늑대들이여, 받아들여라."

모글리가 말했다.

"사람 무리도, 늑대 무리도 모두 날 쫓아냈어. 나는 이제 정글에서 혼자 사냥할 거야."

네 마리 늑대 형제들이 말했다.

"그럼 우린 너와 함께 사냥할 거야."

그래서 모글리는 그날부터 네 형제들과 함께 다니며 정글에서 사냥을 했다. 하지만 모글리가 항상 혼자였던 건 아니다. 몇 년이 지난 뒤 모글리도 어른이 되었고 결혼도 했던 것이다.

하지만 그것은 어른들의 이야기이다.

모글리의 노래

회의 바위에 간 모글리가 시어 칸의 가죽 위에서 춤추며 부른 노래

나, 모글리가 노래를 하네. 온 정글은 내가 한 일을 들어라.
시어 칸이 나를 죽이겠다고, 죽이겠다고 했지!
황혼녘에 마을 입구에서 개구리 모글리를 죽이겠다고 했어!
시어 칸은 먹고 마셨지. 시어 칸, 실컷 마셔라.
네가 언제 또 마실 수 있겠느냐?
잠자며 사냥하는 꿈이나 꿔라.
나는 홀로 소들이 풀을 뜯는 들판에 서 있네.
회색 형제여, 내게 오너라. 외로운 늑대여, 내게 오너라.
곧 큰 사냥이 시작될 테니!
거대한 물소들을, 성난 눈을 한 푸른 수소 떼를 몰고 와라.
내가 명령한 대로 이리저리 소들을 몰아라.
시어 칸, 너는 아직도 자고 있는가? 일어나라, 어서 일어나!
여기 내가 왔다. 수소들을 이끌고.
물소들의 왕, 라마가 발을 쿵쿵 구르네.
와인궁가 강이여, 시어 칸은 어디로 갔느냐?
시어 칸은 구덩이를 파는 이키도 아니고,
하늘을 나는 공작새 마오도 아니지.
나뭇가지에 매달리는 박쥐 망도 아니야.
삐걱거리는 작은 대나무들아,
시어 칸이 어디로 도망갔는지 알려 주렴.
오, 저기 있구나! 오, 저기 있어.

라마의 발밑에 절름발이 호랑이가 누워 있네.
일어나라, 시어 칸! 일어나서 죽여라!
여기 먹이가 있다. 수소의 목을 부러뜨려라!
쉬! 시어 칸이 잠들었다. 깨우지 않을 거야.
녀석은 아주 힘이 세니까.
솔개들이 보러 내려왔네.
검은 개미들이 뭔 일인가 알아보려고 올라왔어.
시어 칸을 기리기 위해 모두 모였네.
이런! 내 몸을 가릴 옷이 없구나.
솔개들이 내가 벌거벗은 걸 알게 될 텐데.
여기 모인 이들을 만나기가 부끄럽구나.
네 털가죽을 빌려 주렴, 시어 칸.
네 화려한 줄무늬 털가죽을 빌려 주면 회의 바위에 입고 갈 텐데.
내 목숨 값을 한 수소를 걸고 말하는데, 나는 약속을 했어.
조그만 약속을 말이야.
네 털가죽만 있으면 내가 한 약속을 지킬 수 있지.
칼을 들고, 사람들이 쓰는 칼을 들고, 사냥꾼의 칼을 들고
내 선물 위로 허리를 숙일 거야.
와인궁가 강이여, 시어 칸이 내게 품은 사랑의 대가로
제 털가죽을 내게 주는 것을 지켜보아라.
당겨라, 회색 형제여! 당겨라, 아켈라! 시어 칸의 가죽은 무거우니.
사람 무리가 화가 났네. 돌멩이를 던지고 유치한 말을 한다네.
내 입에서 피가 나네. 어서 도망가자.
밤새도록, 무더운 밤이 다 지나도록

나와 함께 빨리 달리자, 형제들이여.
우리는 마을의 불빛을 떠나 낮게 뜬 달을 향해 갈 거야.
와인궁가 강이여, 사람 무리가 나를 쫓아냈네.
아무런 해도 끼치지 않았는데 그들은 나를 두려워했지. 왜지?
늑대 무리여, 너희도 나를 쫓아냈지.
정글이 내게 문을 닫았고
마을도 문을 닫았네. 왜지?
박쥐 망이 짐승과 새들 사이를 오가듯
나도 마을과 정글 사이를 오간다네. 왜지?
나는 시어 칸의 가죽 위에서 춤을 춘다네. 하지만 마음은 무거워.
마을 사람들이 던진 돌에 맞아 입술이 찢어지고 상처를 입었지만
정글로 돌아온 내 마음은 가볍기만 해. 왜지?
이 두 가지 마음이 봄날에 뱀들이 싸우듯이 내 안에서 싸우네.
눈에서 물이 흘러나와. 하지만 물이 흐르는 동안에도 웃지. 왜지?
나 모글리는 둘이라네. 하지만 시어 칸의 가죽이 내 발밑에 있네.
온 정글이 내가 시어 칸을 죽인 것을 알고 있지.
보아라, 잘 보아라, 늑대들이여!
아! 나의 마음은 이해할 수 없는 것들로 무겁기만 하네.

하얀 물개

잘 자라, 우리 아가. 밤이 찾아왔구나.
초록빛으로 반짝이던 바닷물도 까맣게 물들었구나.
부서지는 파도 위의 달이 내려다보며 우릴 찾는다.
파도가 찰랑대는 웅덩이 속에서 쉬는 우리를
큰 물결과 물결이 만나는 곳, 그곳이 네 푹신한 베개가 되리니.
아, 지친 작고 작은 발을 가진 우리 아기, 편안히 잠들어라!
폭풍이 너를 깨우지 못하고 상어도 널 덮치지 못할 것이니.
천천히 흔들리는 바다 품에 안겨 자거라.

—물개의 자장가

이 모든 이야기들은 머나먼 베링 해의 세인트폴 섬에 있는 노바스토시나, 즉 '노스 이스트 포인트'라고 불리는 곳에서 수 년 전에 일어난 일이다. 굴뚝새 림머신이 내게 이 이야기를 들려주었다. 일본으로 가는 증기선의 삭구 위로 날려 온 것을 내가 선실로 데려가, 건강을 회복하고 다시 세인트폴 섬으로 날아갈 수 있도록 며칠 동안 따뜻하게 해 주고 먹을 것을 주며 보살폈다. 림머신은 매우 이상한 새지만 진실을 말할 줄 아는 새다.

볼일이 있지 않는 한 노바스토시나는 아무도 찾지 않는 곳이고 정기적으로 이곳을 찾는 동물은 물개뿐이었다. 물개들은 여름 몇 달 동안 수십만 마리씩 차가운 회색 바다에서 기어 올라왔다. 노바스토시나 바닷가는 세상에서 물개가 생활하기에 가장 좋은 곳이었던 것이다.

시 캐치도 그 사실을 잘 알고 있었다. 그리고 매년 봄이면 그 어디에 있든지 헤엄을 쳐서, 어뢰정처럼 헤엄을 쳐서 곧장 노바스토시나로 향했다. 그리고 가능한 한 바다와 가까운 바위에 자리를 잡기 위해 다른 물개들과 싸우며 한 달을 보냈다. 시 캐치는 열다섯 살 먹은 커다란 회색 물개로 어깨에 갈기 같은 털이 나 있고 길고 날카로운 송곳니가 있었다. 시 캐치가 앞발을 짚고 몸을 들어 올리면 바닥에서 1미터 높이까지 다다랐다. 그리고 배짱이 두둑한 누군가가 그의 몸무게를 쟀다면 거의 300킬로그램에 가까웠을 것이다. 시 캐치의 온몸에는 격렬한 싸움 때문에 생긴 상처 자국들이 남아 있었지만 늘 다시 싸울 준비가 되어 있었다. 시 캐치는 마치 적의 얼굴을 똑바로 바라보기가 두려운 것처럼 한쪽으로 고개를 돌리고 있다가 번개처럼 머리를 날렸다. 일단 커다란 이빨을 다른 물개의 목에 단단히 박아 넣으면 상대가 안간힘을 쓰며 도망치려고 해도 고분고분 놔주는 법이 없었다.

하지만 시 캐치는 싸움에 지고 도망가는 물개를 쫓지는 않았다. 그것은 바다의 규칙에 어긋나는 일이었기 때문이다. 그저 바닷가에서 새끼를 키울 장소를 구할 수 있으면 그만이었다. 하지만 매년 봄이 되면 같은 목적을 가진 물개들이 4만에서 5만 마리는 되었고 바닷가에서 들리는 휘파람 소리, 고함 소리, 울음소리, 바람 소리는 끔찍할 정도였다.

허친슨 언덕이라고 불리는 조그만 언덕에서 내려다보면 5킬로미터가 넘는 땅이 온통 싸우는 물개들로 뒤덮여 있었다. 그리고 밀려드는 파도 속에는 이 싸움에 끼어들려고 서둘러 육지를 향해 다가오는 물개들의 머리가 점점이 박혀 있었다. 물개들은 파도 속에서도 싸우고 모래밭에서도 싸우고 새끼를 키우는 반들반들한 현무

암 위에서도 싸웠다. 물개들 역시 사람만큼이나 어리석고 불친절했기 때문이다. 물개 부인들은 5월 말이나 6월 초가 지나서야 섬을 찾았다. 싸움에 휘말려 갈기갈기 찢기고 싶지 않았던 것이다. 아직 가정을 꾸리지 않은 두서너 살의 어린 물개들은 싸움꾼들 사이를 지나 섬 안쪽으로 1킬로미터쯤 들어갔다. 그리고 무리를 지어 모래 언덕에서 놀고 초록 식물들이 자라는 게 보이면 모조리 문질러 벗겨 냈다. 이들을 홀루시키, 즉 총각 물개라고 불렀는데 노바스토시나에만 해도 이삼십만 마리쯤 있었다.

어느 봄 시 캐치가 막 마흔다섯 번째 싸움을 끝냈을 때 매끈하고 날렵한 몸매에 다정한 눈을 가진 아내, 매트카가 바다에서 기어 올라왔다. 시 캐치는 아내의 목덜미를 물어 자신이 마련해 둔 자리에 툭 내려놓으며 퉁명스럽게 말했다.

"여느 때처럼 또 늦었군. 어디 있었던 거야?"

시 캐치는 바닷가에 있는 네 달 동안에는 아무것도 먹지 않았고 그래서 그 무렵에는 신경이 날카로웠다. 매트카는 그런 시 캐치에게 말대꾸를 할 만큼 어리석진 않았다. 그녀는 주위를 돌아보며 정답게 속삭였다.

"정말 생각이 깊네요. 예전 자리를 다시 차지했군요."

"그래야 할 것 같더라고. 내 꼴 좀 봐!"

시 캐치는 스무 군데나 긁혀서 피를 흘리고 있었다. 한쪽 눈은 거의 보이지 않았고 옆구리는 갈기갈기 찢겨 있었다.

매트카가 뒷발로 부채질을 하며 말했다.

"정말, 남자들이란! 어째서 남자들은 합리적으로 조용하게 자리를 정할 수 없는 거예요? 당신은 꼭 범고래랑 싸운 것처럼 보여요."

"5월 중순부터 내가 한 건 싸움밖에 없어. 올해 이 바닷가는 한심스러울 정도로 북적거려. 보금자리를 찾아 루카논 바닷가에서 온 물개들만 해도 백 마리는 만났어. 왜 모두들 자기가 살던 곳에 남아 있지 못하는 거야?"

"이렇게 북적거리는 곳 말고 오터 섬에 갔다면 훨씬 더 행복했을 거라는 생각이 자주 들어요."

"흥! 오터 섬은 홀루시키나 가는 곳이야. 그리로 갔다간 다들 우릴 보고 겁쟁이라고 할 거야. 체면을 지켜야지, 여보."

시 캐치는 살찐 어깨 사이로 의기양양하게 얼굴을 묻고는 잠시 눈을 붙이는 척했다. 하지만 싸울 태세로 경계를 늦추지 않았다. 모든 물개와 그 아내들이 육지에 오르자 그들이 떠들어 대는 소리가 세찬 바람 소리를 뚫고 몇 킬로미터 떨어진 바다까지 들려왔다. 바닷가에 있는 물개들 수는 아무리 적게 잡아도 백만 마리가 넘었다. 나이 든 물개, 어미 물개, 새끼 물개, 홀루시키들이 싸우고 실랑이를 벌이고 칭얼거리고 기어다니며 함께 놀았다. 떼를 지어 바다로 뛰어들었다가 올라오고, 끝없이 펼쳐진 바닷가를 빽빽이 채우며 누워 있다가 안개 속에서 작게 무리를 지어 다툼을 벌였다. 잠시 해가 나와서 온갖 것들을 진줏빛과 무지갯빛으로 물들이는 때를 제외하고 노바스토시나에는 늘 안개가 끼어 있었다.

매트카의 새끼 코틱은 그런 혼란 속에서 태어났다. 새끼 물개가 으레 그렇듯이 얼굴과 어깨밖에 없는 듯했고 엷은 푸른색 눈을 가지고 있었다. 하지만 털이 어딘가 달라 보여서 엄마 물개는 새끼를 자세히 살펴보았다.

마침내 매트카가 말했다.

"시 캐치, 우리 아기가 털이 하얗게 되려나 봐요!"

시 캐치가 콧방귀를 뀌며 말했다.

"그게 무슨 속 빈 조개, 말라빠진 해초 같은 소리야. 세상에 하얀 물개 같은 건 없어."

매트카가 말했다.

"이제 어쩔 수 없어요. 그렇게 되는 걸 막을 수는 없다고요."

그러고는 엄마 물개들이 새끼들에게 불러 주는 물개 노래를 나지막하게 흥얼거렸다.

태어난 지 여섯 주가 될 때까지는 헤엄쳐선 안 돼.
머리는 가라앉고 발만 뜰 테니까.
여름의 강풍과 범고래는 아기 물개에게 좋지 않아.

아가야, 정말 좋지 않아.
아주아주 좋지 않지.
하지만 물장구치며 튼튼하게 자라라.
네게 나쁜 일은 생기지 않을 거야.
바다의 아이야.

물론 처음에 새끼 물개는 그 말이 무슨 뜻인지 이해하지 못했다. 엄마 곁에서 뒤뚱뒤뚱 기어다녔고, 아빠 물개가 다른 물개와 싸우면서 미끄러운 바위를 오르내리며 구르고 으르렁거릴 때는 허둥지둥 자리를 피할 줄도 알았다. 매트카는 늘 먹이를 찾아 바다에 나가곤 했다. 새끼 물개는 이틀에 한 번 먹이를 먹었지만 그때만큼은 실컷 먹고 잘 자랐다.

코틱이 태어나 가장 먼저 한 일은 섬 안쪽으로 기어가는 것이었다. 그곳에서 같은 또래의 새끼 물개 수만 마리를 만나 강아지들처럼 함께 놀다가 깨끗한 모래밭에서 잠을 자고 다시 놀았다. 어른 물개들도 새끼들을 신경 쓰지 않았고 홀루시키들도 자기들 구역에만 붙어 있었기 때문에 새끼들은 아주 즐겁게 놀 수 있었다.

매트카는 깊은 바다에서 물고기를 잡아 돌아오면 곧장 새끼 물개들의 놀이터로 갔다. 그리고 어미 양이 새끼 양을 부르듯 코틱을 부르고 코틱의 대답 소리가 들릴 때까지 기다렸다. 그러고는 앞발을 휘두르고 좌우로 새끼 물개들을 발라당 넘어뜨리면서 소리가 나는 쪽을 향해 일직선으로 곧장 나아갔다. 놀이터에는 늘 몇 백 마리의 엄마 물개들이 새끼들을 찾아다녔고 새끼들은 항상 활기가 넘쳤다. 그래도 매트카가 코틱에게 당부한 게 있었다.

"흙탕물에 누워서 옴이 옮지만 않는다면, 상처가 나고 긁힌 부분을 거친 모래로 비비지 않는다면, 거센 파도가 칠 때 바다에서 헤엄을 치지만 않는다면 여기선 그 어느 것도 널 해치지 못해."

새끼 물개는 어린아이들처럼 헤엄을 칠 수 없었지만 끝까지 헤엄치는 법을 배워야 직성이 풀렸다. 코틱이 처음 바다에 들어갔을 때 자신의 키보다 높은 파도에 휩쓸렸고, 엄마가 노래에서 일러 준 것처럼 커다란 머리는 가라앉고 뒷발만 물 위에 둥둥 떴다. 다시 파도가 밀려와 바닷가로 밀어 주지 않았다면 물에 빠져 죽었을지도 모른다.

그 뒤로 코틱은 바닷가 웅덩이에 누워서 몸 위로 파도가 밀려들면 물장구를 치며 떠 있는 법을 배웠다. 누워서도 늘 큰 파도가 밀려오지는 않는지 눈을 크게 뜨고 지켜보았다. 코틱은 태어난 지 두 주일이 지났을 때 지느러미발 쓰는 법을 배웠다. 배우는 동안 내내 버둥거리며 물속에 들어갔다 나왔다 했는데, 기침을 하고 툴툴거리며 바닷가로 기어 올라와 모래밭에서 선잠을 자고는 다시 물속으로 돌아갔다. 그리고 마침내 자신이 진정으로 물에서 사는 동물임을 알게 되었다.

그 뒤로 코틱이 친구들과 어떻게 놀았는지 상상할 수 있을 것이다. 큰 파도 아래로 쑥 잠기기도 하고 부서지는 파도를 타고 밀려와 바닷가 안쪽까지 휘몰아치는 파도와 함께 육지에 철퍼덕 내려앉기도 했다. 또 어른 물개들이 하는 것처럼 꼬리로 서서 머리를 긁기도 하고 파도가 친 뒤 모습을 드러낸 미끌미끌하고 해초가 무성한 바위 위에서 '나는 성의 왕이다' 놀이를 하기도 했다.

이따금 큰 상어의 것 같은 얇은 지느러미가 바닷가 가까이 다가오곤 했다. 코틱은 그게 어린 물개가 걸려들었다 하면 덥석 잡아먹어 버리는 범고래 그램푸스라는 것을 알고 있었다. 그래서 코틱이 쏜살같이 바닷가로 도망치면 그 지느러미는 마치 처음부터 관심도 없었다는 듯 천천히 떠나갔다.

10월 말이 되자 물개들은 가족끼리 또는 종족끼리 모여 세인트 폴 섬을 떠나 깊은 바다로 나가기 시작했다. 그래서 더 이상 보금자리를 놓고 싸움을 벌이지 않았고 홀루시키들은 좋아하는 곳 어디서나 놀 수 있었다.

매트카가 코틱에게 말했다.

"내년엔 너도 홀루시키가 될 거야. 하지만 올해는 고기 잡는 법을 배워야 해."

둘은 함께 태평양을 건넜다. 매트카는 코틱에게 지느러미발을 옆구리에 단단히 붙이고 물 밖으로 코만 내놓은 채 누워서 잠자는 법을 가르쳐 주었다. 길게 넘실대는 태평양의 너울만큼 편안한 요람도 없었다. 코틱이 온몸이 따끔거린다고 하자 매트카는 '물의 느낌'을 배우고 있는 거라고 말해 주었다. 그리고 따끔거리고 얼얼한 느낌은 폭풍이 밀려올 징조이기 때문에 열심히 헤엄을 쳐서 달아나야 한다고 했다.

매트카가 말했다.

"조만간 너도 어디로 헤엄을 쳐야 할지 알게 될 거야. 하지만 당장은 돌고래를 따라갈 거야. 돌고래는 아주 현명하거든."

돌고래 무리가 물속으로 첨벙 들어가 물살을 가르자 코틱은 있는 힘껏 돌고래를 좇아갔다. 코틱이 숨을 헐떡이며 물었다.

"어디로 가야 할지 어떻게 아세요?"

무리의 우두머리가 하얀 눈을 굴리며 물속으로 쑥 들어갔다.

"애야, 내 꼬리가 따끔거리면 뒤에서 폭풍이 쫓아온다는 뜻이지. 어서 가자! '끈끈한 물(적도를 의미한다.)'의 남쪽에 있을 때 꼬리가 따끔거린다면 그건 폭풍이 앞에서 치고 있다는 뜻이니까 북쪽으로 가야 돼. 어서 가자! 여기 물은 느낌이 안 좋아."

코틱은 이밖에도 아주 많은 것을 배웠으며 항상 뭔가를 배워 나갔다. 매트카는 바다 밑바닥의 둑을 따라 대구와 큰 넙치를 따라가는 법과 해초 사이에 있는 구멍에서 조그만 물고기들을 빼내는 법을 가르쳐 주었다. 코틱은 수심 이백 미터 아래에 있는 난파선을 피하는 법과 물고기들처럼 뱃전에 난 창문으로 총알 같이 들

어갔다가 다른 창문으로 튀어 나오는 법도 배웠다. 그리고 온 하늘에 번개가 번쩍할 때 파도 위에서 춤추는 법과 뭉툭한 꼬리를 가진 신천옹과 군함새가 바람에 실려 날아갈 때 정중하게 앞발을 흔드는 법, 앞발을 옆구리에 바짝 붙이고 꼬리를 구부린 채 돌고래처럼 수면 위 1미터 이상 뛰어오르는 법을 배웠다. 또 날치는 뼈밖에 없으니 잡지 말라는 것과 18미터 깊이에서 전속력으로 헤엄쳐 대구의 어깻살을 물어뜯으라는 것과 특별히 노 젓는 배가 아닌 이상 보트나 큰 배는 절대로 멈춰서 구경해서는 안 된다는 사실도 배웠다. 여섯 달이 지났을 무렵 코틱은 깊은 바다에서 물고기 사냥에 관해 알아야 할 것은 모두 배웠고 그동안 내내 육지에는 올라오지 않았다.

어느 날 코틱은 주앙 페르난

데스 섬 근처의 따뜻한 바닷물 속에 누워 살짝 잠이 들어 있었다. 봄기운이 찾아왔을 때 사람들이 그런 것처럼 어지럽고 온몸이 나른한 느낌이 들었다.

그러고는 천 킬로미터도 넘게 떨어진 곳에 있는 노바스토시나의 잘 다져진 바닷가 모래와 친구들과 했던 놀이들, 해초 냄새, 물개의 울음소리와 싸움이 생각났다. 바로 그 순간 코틱은 북쪽으로 방향을 돌려 부지런히 헤엄치기 시작했다. 가는 길에 목적지가 같은 수십 마리의 친구들을 만났다.

친구들이 말했다.

"안녕, 코틱! 올해 우린 모두 홀루시키가 되었어. 루카논 해변에서 부서지는 큰 파도를 타고 불꽃 춤을 출 수도 있고 새로 자란 풀밭 위에서 놀 수도 있어. 그런데 그 털은 어디서 생긴 거야?"

코틱의 털은 이제 거의 새하얗게 변해 있었다. 코틱은 자신의 털을 아주 자랑스럽게 생각했지만 이렇게만 말했다.

"어서 가자! 육지에 오르고 싶어서 좀이 쑤실 지경이야."

그렇게 해서 어린 물개들은 자신들이 태어난 바닷가에 도착했다. 그들의 아버지인 어른 물개들이 뭉게뭉게 피어오른 안개 속에서 싸우는 소리가 들려왔다.

그날 밤 코틱은 한 살배기 물개들과 함께 불꽃 춤을 추었다. 여름밤 노바스토시나에서 루카논으로 가는 길은 온통 불타는 듯했다. 물개들은 기름 같은 흔적을 남기며 헤엄을 쳤고 물개들이 펄쩍 뛰어오를 때마다 불꽃이 번쩍했다. 그리고 파도가 부서지며 거대한 줄무늬와 소용돌이 같은 빛을 냈다. 그러고 나서 물개들은 섬 안쪽 홀루시키들의 구역으로 향했다. 그리고 새로 자란 야생 밀밭에서 이리저리 구르며 바다에 나가 있는 동안 자신들이 겪은 일들을 이야기했다. 물개들은 사내아이들이 열매를 줍던 숲에 관해 이야기를 하듯 태평양에 관해 이야기했다. 누구든 물개들의 말을 알아들었다면 멀리 바다로 나가 이제까지 볼 수 없었던 새로운 태평양의 해도도 만들 수 있었을 것이다. 그때 서너 살 된 홀루시키들이 허친슨 언덕을 쌩하고 내려오며 소리쳤다.

"저리 비켜, 이 어린것들아! 바다는 아주 깊어서 너희는 아직 그 안에 뭐가 있는지 몰라. 혼 곶이나 한번 돌아보고 와서 말해. 거기, 너. 그 하얀 털은 어디서 난 거야?"

"어디서 얻은 게 아니고 자란 거야."

코틱이 이렇게 말하고 그 홀루시키를 자빠뜨리려고 하는 찰나, 납작하고 붉은 얼굴에 머리카락이 검은 남자 둘이 모래 언덕 뒤에서 나타났다. 인간을 한 번도 본 적이 없던 코틱은 기침을 하며 고개를 숙였다. 홀루시키들은 그저 몇 미터 물러나 멍청한 눈으로 바라보며 앉아 있었다. 그들은 다름 아닌 물개 사냥꾼 대장인 케릭 부터린과 그의 아들 파탈라몬이었다. 그들은 물개 보금자리에서 1킬로미터도 떨어지지 않은 작은 마을에서 온 사람들로 도살장으로 몰고 갈 물개들(물개들은 양처럼 몰고 가는 게 가능했다.)을 정하고 있었다. 나중에 물개 가죽으로 외투를 만들려는 것이었다.

파탈라몬이 말했다.

"와! 보세요! 하얀 물개가 있어요."

기름때와 연기 그을음에 절은 케릭 부터린의 얼굴이 하얗게 질렸다. 그는 알류트 족이었고 알류트 족은 그리 잘 씻는 사람들이 아니었다. 케릭은 기도문을 중얼거리기 시작했다.

"만지지 마, 파탈라몬. 하얀 물개는 태어나서 처음 보는군. 자하로프 영감의 유령인지도 몰라. 작년에 큰 폭풍이 불 때 실종됐잖아."

"가까이 가지 않을래요. 왠지 불길해요. 그런데 저 녀석이 정말 돌아온 자하로프 영감일까요? 그 영감한테 갈매기 알 몇 개를 빚졌는데."

"쳐다보지 마라. 저기 네 살짜리 녀석들이나 몰고 가자고. 오늘 이백 마리는 가죽을 벗겨야 하는데 아무래도 사냥철이 이제 시작이라 사람들도 일이 서툴 거야. 백 마리면 충분해. 서둘러라!"

파탈라몬이 한 무리의 홀루시키 앞에서 물개의 어깨뼈 한 쌍으로 달각달각 소리를 내었고 홀루시키들은 훅훅 숨을 몰아쉬며 얼어붙은 듯 움직이지 못했다.

파탈라몬이 다가가자 물개들도 움직이기 시작했고 케릭이 그들을 섬 안쪽으로 몰고 갔다. 물개들은 친구들 곁으로 돌아가려고도 하지 않았다. 수십만 마리의 물개들이 친구들이 사라지는 것을 지켜보면서도 아무 일 없다는 듯 놀이를 계속했다. 코틱만이 무슨 일인지 물었고, 매년 사람들이 와서 6주에서 두 달 동안 저런 식으로 물개를 몰아간다는 것 외에 코틱에게 뭔가 말해 줄 수 있는 물개는 한 마리도 없었다.

"따라가 볼래."

코틱은 그렇게 말하고 발을 질질 끌며 눈이 튀어나올 정도로 열심히 무리를 따라갔다.

파탈라몬이 소리쳤다.

"하얀 물개가 우리를 따라오고 있어요. 물개가 제 발로 도살장으로 오는 건 처음이에요."

"쉿! 돌아보지 마라. 자하로프의 유령이 틀림없어. 사제에게 이 일을 알려야겠구나."

도살장까지의 거리는 800미터밖에 되지 않았지만 도착하는 데는 꼬박 한 시간이 걸렸다. 물개가 너무 빨리 움직이다 보면 몸에서 열이 나 가죽을 벗길 때 군데군데 털이 빠진다는 걸 케릭도 알고 있었던 것이다. 그래서 사냥꾼들은 아주 천천히 물개들을 몰아 바다사자의 길목을 지나고 웹스터 하우스를 지나 솔트 하우스에 도착했다. 솔트 하우스에서는 더 이상 바닷가의 물개들이 보이지 않았다. 코틱은 숨을 헐떡이면서도 궁금한 마음에 끝까지 일행을 쫓았다. 마치 세상의 끝에 있는 것처럼 느껴졌지만, 등 뒤에서 물개 보금자리의 떠들썩한 소리가 터널을 지나는 기차 소리만큼이나 크게 들려왔다. 케릭은 이끼 위에 앉아 묵직한 백랍 시계를 꺼내더니 30분 동안 물개들의 몸이 식기를 기다렸다. 코틱은 케릭의 모자챙에 맺힌 안개가 방울져 떨어지는 소리를 들을 수 있었다. 잠시 뒤 열두어 명의 남자들이 손에 1미터쯤 되는 쇠몽둥이를 들고 나타났다. 케릭이 무리 가운데서 다른 물개에게 물려 상처가 있거나 아직 몸이 뜨거운 한두 마리를 가리키자, 남자들이 바다코끼리의 목 부분 가죽으로 만든 무거운 장화를 신은 발로 그 물개들을 걷어찼다. 그러자 케릭이 말했다.

"시작하자!"

그 말과 함께 남자들이 재빨리 물개들의 머리를 몽둥이로 내리쳤다.

10분이 지난 뒤 코틱은 더 이상 친구들을 알아볼 수가 없었다.

코부터 뒷발까지 가죽이 벗겨져 바닥에 수북이 쌓였던 것이다.

더 이상 지켜볼 필요도 없었다. 코틱은 그대로 돌아서서 전속력으로 달려(물개도 잠깐 동안은 매우 빠르게 내달릴 수 있다.) 바다로 내려왔다. 이제 갓 자라기 시작한 콧수염이 공포로 곤두섰다. 파도가 밀려와 부서지고 커다란 바다사자들이 앉아 있는 바다사자의 길목에 도착하자 코틱은 차가운 물속에 뛰어들어 파도에 몸을 맡긴 채 가쁜 숨을 몰아쉬었다.

바다사자 한 마리가 퉁명스럽게 말했다. 바다사자들은 대개 자기들끼리만 지내는 것을 좋아했던 것이다.

"거기 누구냐?"

코틱이 말했다.

"스쿠치니! 오첸 스쿠치니!(저 혼자예요! 저 혼자 남았어요!) 사람들이 바닷가에 있는 홀루시키들을 전부 죽이고 있어요."

바다사자가 해안가 쪽으로 고개를 돌렸다.

"허튼 소리 하지 마라! 네 친구들이 언제나처럼 저렇게 떠들어대고 있잖아. 케릭이 물개들을 해치우는 모습을 본 게로구나. 벌써 30년째 그렇게 하고 있는걸, 뭐."

"너무 끔찍해요."

코틱은 파도가 덮치자 뒤로 물러나 두 앞발을 돌려 몸의 균형을 잡았다. 그리고 약 8센티미터밖에 안 되는, 물 밖으로 삐죽 나온 바위 끝에 섰다.

"한 살배기치곤 잘하는구나!

바다사자가 훌륭한 수영 솜씨를 알아보고는 그렇게 말했다.

"네 입장에서 보기에는 상당히 끔찍했겠지. 하지만 너희 물개들이 매년 이곳으로 온다면 당연히 사람들이 알고 잡으러 오겠지. 사람들이 전혀 오지 않는 섬을 찾으면 모를까, 너희는 늘 그렇게 끌려갈 거야."

"그런 섬은 없을까요?"

"내가 20년 동안 폴투스(넙치)를 따라다녔는데 아직 찾지 못했어. 하지만 어디 보자. 넌 어른들과 이야기하는 걸 좋아하는 것 같구나. 바다코끼리 섬에 가서 시 비치와 얘기해 보는 건 어떨까? 그라면 뭔가 알지도 몰라. 그렇게 서두르지 마라. 헤엄쳐서 10킬로미터를 가야 해. 얘야, 내가 너라면 먼저 물 밖으로 나가서 잠부터 자겠구나."

코틱은 좋은 충고라는 생각이 들어서 물개들이 있는 해변으로 헤엄쳐 갔다. 물 밖으로 나와 물개들이 으레 그러듯이 온몸을 씰룩거리며 30분 동안 잠을 잤다. 그러고는 곧장 바다코끼리 섬으로 향했다. 그 섬은 노바스토시나에서 거의 정확히 북동쪽에 위치한 작고 야트막한 바위섬이었다. 여기저기 바위들이 튀어나오고 갈매기 둥지들이 널려 있었는데 바로 그곳에 바다코끼리들이 모여 살고 있었다.

코틱은 늙은 시 비치에게 가까이 다가갔다. 크고 못생기고 너무 살이 찐 데다 피부에 무언가 도톨도톨 나고 목이 굵고 긴 송곳니를 가진 북태평양의 바다코끼리였다. 잘 때만 빼고는 예의를 차리지 않았다. 마침 그때 시 비치가 뒷발을 파도에 반쯤 담근 채 자고 있었다.

갈매기들이 너무 시끄럽게 울어 대서 코틱은 목청껏 소리쳤다.

"일어나세요!"

"하! 호! 흠! 거기 누구냐?"

시 비치가 옆에 있던 바다코끼리를 긴 엄니로 툭 쳐서 깨웠고 그러자 긴 엄니에 맞은 바다코끼리가 옆에 있는 바다코끼리를 깨웠다. 그렇게 해서 바다코끼리들이 전부 잠에서 깨어나 사방을 둘러보았지만 정작 코틱은 발견하지 못했다.

"여기요! 저예요!"

코틱이 말했다. 파도에 몸을 맡기고 흔들리는 모습이 조그맣고 하얀 민달팽이처럼 보였다.

"이런! 놀라서 껍질 벗겨질 뻔했네!"

시 비치가 외치자 바다코끼리들이 일제히 코틱을 바라보았다. 그 모습이 마치 클럽에 가득 모인 나른한 표정의 노신사들이 꼬마

아이를 바라보는 것 같았다. 코틱은 이제 더는 가죽이 벗겨지는 얘기를 듣고 싶지 않았다. 이미 볼 만큼 많이 봤던 것이다. 그래서 얼른 이렇게 소리쳤다.

"사람들이 절대 오지 않으면서 물개들이 지낼 만한 곳이 없을까요?"

시 비치가 눈을 감으며 말했다.

"가서 직접 찾아보렴. 어서 가거라. 우린 바쁘니까."

코틱이 돌고래처럼 공중으로 뛰어오르더니 목청껏 소리를 질렀다.

"조개나 먹는 바다코끼리! 조개나 먹는 바다코끼리!"

코틱은 시 비치가 아주 무서운 바다코끼리인 척 행동하지만 늘 조개와 해초를 찾아다닐 뿐 물고기는 한 번도 잡아 본 적이 없음을 알고 있었다. 못되게 굴 기회만 찾고 있던 갈매기들인 치키와 구버루스키, 에파트카, 부르고마스터, 키티웨이크, 그리고 퍼핀들은 소리를 지르기 시작했다. 림머신이 내게 들려준 이야기에 따르면 거의 5분 동안 바다코끼리 섬은 대포를 쏘아도 들리지 않을 만큼 시끄러웠다고 한다. 섬에 사는 동물들이 일제히 소리를 질러 댔다.

"조개나 먹는 스타리크(영감탱이)!"

그러는 사이 시 비치는 툴툴거리고 헛기침을 해 대며 이리저리 뒹굴었다.

코틱이 숨넘어가는 소리로 말했다.

"이제 말씀해 주실래요?"

시 비치가 대답했다.

"가서 바다소에게 물어봐라. 아직 살아 있다면 네게 말해 줄 수 있을 게다."

코틱이 급히 방향을 돌리며 물었다.

"바다소를 만나면 제가 어떻게 알아보죠?"

"바다에서 시 비치보다 못생긴 건 바다소밖에 없어."

부르고마스터 갈매기가 시 비치의 코밑에서 빙빙 돌며 소리쳤다.

"못생기고 더 무례하기까지 하지! 영감탱이!"

코틱은 소리를 질러 대는 갈매기들을 뒤로하고 노바스토시나로 다시 헤엄쳐 갔다.

그러나 물개들이 살 만한 조용한 곳을 찾겠다는 코틱의 생각에 동의하는 물개는 단 한 마리도 없었다. 물개들은 코틱에게, 사람들은 예전부터 쭉 홀루시키를 몰고 갔으며 늘 있는 일일 뿐이라고 말했다. 그렇게 끔찍한 일을 보고 싶지 않았다면 애초에 도살장에 가지 말았어야 한다고 말이다. 하지만 물개들 가운데 누구도 도살 장면을 본 적이 없으니 친구들과 코틱 사이에는 분명 차이가 있었다. 게다가 다른 물개들과 달리 코틱은 하얀 물개였다.

아들이 겪은 이야기를 듣고 난 시 캐치가 말했다.

"네가 해야 할 일은 잘 자라서 아빠처럼 큰 물개가 되고 바닷가에 보금자리를 마련하는 거야. 그러면 사람들도 널 내버려 둘 거다. 5년 후에는 너도 혼자 힘으로 싸울 수 있어야 해."

상냥한 엄마 매트카마저도 이렇게 말했다.

"네가 물개들이 죽는 걸 막을 수는 없어. 코틱, 바다에 나가 놀렴."

코틱은 바다로 나가 몹시 무거운 마음으로 불꽃 춤을 추었다.

그해 가을 코틱은 서둘러 그 섬을 떠났다. 자신의 둥근 머릿속에 박힌 생각 때문에 홀로 길을 떠난 것이다. 바다에 바다소가 실제로 있기만 하다면 찾아낼 생각이었다. 그리고 물개들이 살기 좋게 잘 다져진 해변이 있고 사람들은 찾아올 수 없는 조용한 섬을 찾아낼 생각이었다. 코틱은 밤낮으로 500킬로미터에 가까운 거리를 헤엄쳤고 북태평양과 남태평양을 오가며 혼자 찾고 또 찾았다. 코틱은 말로 다 할 수 없는 온갖 모험을 겪었고 돌묵상어, 점박이상어, 귀상어에게 잡힐 뻔하다가 가까스로 도망치기도 했다. 바닷속을 어슬렁거리는 온갖 악당들과 심하게 예의 바른 물고기들, 수백 년 동안 한자리를 떠나지 않고 그 사실을 매우 자랑스럽게 여기는 붉은 점무늬 가리비도 만났다. 하지만 바다소는 만날 수 없었고 마음에 드는 섬도 찾을 수 없었다.

바닷가 모래가 좋고 단단하며 뒤쪽으로 물개들이 놀 만한 비탈이 있는 섬이면 늘 지평선 위로 고래 기름을 끓이는 포경선의 연기가 피어올랐다. 코틱은 그게 무슨 의미인지 알고 있었다. 그렇지 않으면 한때 물개들이 찾아왔지만 모조리 죽임을 당하고 흔적만 남은 섬이었다. 코틱은 사람들이 한 번 왔던 곳에는 언제고 다시 찾아올 거라는 사실을 알고 있었다.

코틱은 꼬리가 뭉툭한 신천옹과 알게 되었는데 신천옹은 케르겔렌 섬이 아주 평화롭고 조용한 곳이라고 말해 주었다. 코틱이 그곳을 찾았을 때 번개와 천둥이 치고 진눈깨비까지 날리는 폭풍우가 몰아쳐 시커멓고 험한 절벽에 부딪혀 산산조각이 날 뻔했다. 그래도 폭풍우를 뚫고 나아가 보니 그곳에도 한때 물개들의 보금자리가 있었음을 알 수 있었다. 그가 방문한 다른 섬들도 모두 마찬가지였다.

림머신은 코틱이 찾아다닌 섬들의 이름을 줄줄이 말해 주었다. 림머신의 말에 따르면 코틱은 매년 노바스토시나에서 넉 달 동안 쉰 것을 빼고 5년 동안 쉬지 않고 섬을 찾아다녔던 것이다. 섬에서 쉰 넉 달 동안 홀루시키들은 상상 속의 섬을 찾아다니는 코틱을 비웃곤 했다. 코틱은 적도에 있는 끔찍이 메마른 섬 갈라파고스에 갔다가 타 죽을 뻔하기도 했다. 조지아 섬, 사우스오크니 제도, 에메랄드 섬, 리틀나이팅게일 섬, 고프 섬, 부베 섬, 크로셋 군도, 희망봉 남쪽의 아주 작은 섬에도 다녀왔다. 하지만 어딜 가나 바다 생물들은 똑같은 말만 해 주었다. 옛날에 물개들이 그 섬을 찾아왔었지만 지금은 사람들이 다 죽여서 살아남지 못했다는 것이었다. 코틱이 태평양에서 수천 킬로미터를 헤엄쳐 가서 코리엔테스 곶이라고 불리는 곳까지 갔을 때였다(고프 섬에서 돌아오는 길이었다.). 그곳에서 바위에 앉은 초라한 모습의 물개 수백 마리를 발견했는데 그곳에도 사람들이 왔었다고 했다.

그 말에 코틱의 가슴은 찢어지는 듯했고 혼 곶을 돌아 자신이 살던 바닷가로 향했다. 북쪽으로 가던 코틱은 푸른 나무들이 울창하게 들어선 섬에 들르게 되었다. 그곳에서 다 죽어 가는 늙은 물개를 만나 물고기를 잡아 주고 자신의 슬픈 마음을 털어놓았다.

"이제 노바스토시나로 돌아갈 거예요. 홀루시키들과 함께 도살장으로 가게 된다고 해도 이제 상관없어요."

늙은 물개가 타이르듯 말했다.

"한 번만 더 찾아보렴. 나는 사라진 마사푸에라 서식지의 마지막 생존자란다. 사람들이 십만 마리나 되는 우리를 죽이던 때에 바닷가에서는 이런 얘기가 나돌았지. 언젠가 북쪽에서 온 하얀 물개가 물개들을 이끌고 조용한 곳으로 갈 거라고 말이다. 난 이미 늙어서 그런 날이 올 때까지 살지 못하겠지만 다른 물개들은 그런 날을 보게 되겠지. 그러니 한 번 더 찾아보렴."

코틱은 자신의 멋진 콧수염을 말며 말했다.

"바닷가에서 태어난 물개 가운데 하얀 물개는 저뿐이에요. 그리고 희건 검건 간에 새로운 섬을 찾겠다고 생각한 것도 저뿐이고요."

그 일로 코틱은 큰 힘을 얻었다. 그해 여름 노바스토시나에 돌아왔을 때 엄마 매트카는 코틱에게 결혼을 해서 정착하라고 간청했다. 코틱은 이제 더 이상 홀루시키가 아니고 다 자란 바다 사냥꾼이었던 것이다. 코틱은 이제 곱슬곱슬한 하얀 갈기가 어깨를 덮고 있었고 자신의 아버지처럼 크고 무겁고 사나웠다.

"제게 일 년만 더 시간을 주세요. 있잖아요, 엄마. 바닷가에 가장 가까이 밀려오는 건 늘 일곱 번째 파도예요."

정말 신기하게도 다음해까지 결혼을 미루겠다고 생각한 암컷 물개가 한 마리 있었다. 코틱은 마지막 탐험을 떠나기 전날 밤 그 물개와 함께 루카논 바닷가를 돌며 불꽃 춤을 추었다.

코틱은 이번에 서쪽으로 향했다. 거대한 넙치 떼가 지나간 흔적을 발견했기 때문이었다. 건강한 몸 상태를 유지하려면 적어도 하루에 100파운드의 물고기를 먹어야 했던 것이다. 코틱은 지칠 때까지 넙치 떼를 쫓다가 코퍼 섬 쪽으로 밀려가는 큰 파도에 몸을 맡긴 채 웅크리고 잠을 청했다.

코퍼 섬 연안에 대해 너무나 잘 알고 있던 코틱은 자정쯤 몸이 살짝 해초 밭에 부딪히는 것을 느끼자 이렇게 말했다.

"흠, 오늘 밤에는 조류가 세차게 흐르는군."

그러고는 물속에서 몸을 돌리며 천천히 눈을 뜨고 기지개를 켰다. 곧바로 코틱은 놀라서 고양이처럼 펄쩍 뛰어올랐다. 거대한 짐승들이 여울물에서 이리저리 냄새를 맡으며 무성한 해초를 뜯어먹는 것이 보였던 것이다.

코틱이 목소리를 낮춰 말했다.

"마젤란의 거대한 파도에 대고 말하건대, 저들은 도대체 누구지?"

그들은 바다코끼리, 바다사자, 물개, 곰, 고래, 상어, 물고기, 오징어와도 닮지 않았고 코틱이 처음 보는 동물이었다. 몸길이가 6미터에서 9미터쯤 되었고 뒷발은 없었다. 대신 삽처럼 생긴 꼬리가 있었는데 마치 젖은 가죽을 잘라 만든 것처럼 보였다. 머리는 이제껏 본 생김새 가운데 가장 우스꽝스러웠다. 그리고 해초를 뜯지 않을 때는 깊은 물속에서 꼬리 끝으로 균형을 잡은 채 서로를 향해 진지하게 인사를 하며 뚱뚱한 사람이 팔을 흔들 듯 앞발을 흔들었다.

"으흠! 안녕하세요, 여러분?"

코틱이 인사를 건네자 그 커다란 동물들은 개구리 시종(*루이스 캐롤의 동화 『이상한 나라의 앨리스』에 등장하는 여왕의 시종.)처럼 허리를 굽히고 앞발을 흔들며 답례했다. 그들이 다시 해초를 먹기 시작했을 때 보니 윗입술이 두 갈래로 갈라져 있어서 30센티미터쯤 벌려 틈 사이로 해초를 한 움큼 넣고 다시 오므릴 수 있었다. 그들은 입안 가득 해초를 밀어 넣고는 엄숙한 표정으로 우물우물 씹었다.

코틱이 말했다.

"먹는 모습이 되게 지저분하네요."

그들은 다시 인사를 했고 코틱은 점점 화가 치밀기 시작했다.

"좋아요. 어쩌다 앞발에 관절 하나가 더 있나 본데 그렇게 자랑할 필요 없어요. 얼마나 우아하게 절하는지는 잘 알겠다고요. 내가 정작 알고 싶은 건 당신 이름이에요."

갈라진 입술을 씰룩거리며 움직이고 유리 같은 초록 눈으로 빤히 쳐다보면서도 역시 말은 하지 않았다.

"그래! 내가 만난 동물 가운데 시 비치보다 못생긴 건 당신들뿐이야. 게다가 훨씬 더 무례해."

그 순간 코틱은 자신이 한 살배기일 때 바다코끼리 섬에서 부르

고마스터 갈매기가 소리쳤던 말이 퍼뜩 떠올랐다. 코틱은 물속에서 뒤로 공중제비를 하며 기뻐했다. 마침내 바다소를 찾았다는 것을 알게 된 것이다.

바다소들은 계속해서 풍덩 물속으로 들어가 해초를 뜯어 우물우물 먹는 일을 반복했다. 코틱은 여행 중에 귀동냥으로 배운 온갖 말로 이것저것 물었다. 바다 동물들도 사람만큼이나 매우 다양한 언어를 썼던 것이다. 하지만 바다소는 대답하지 않았다. 원래 말을 할 수가 없었던 것이다. 바다소는 일곱 개의 뼈가 있어야 할 목 안에 여섯 개의 뼈밖에 없었고 그래서 자기들끼리도 대화를 할 수 없다고 했다. 대신 앞발에 관절이 하나 더 있어서 위아래, 좌우로 흔들어 어설프게나마 일종의 전신 부호 같은 것을 만들었다.

한낮이 되자 코틱은 갈기가 쭈뼛쭈뼛 서고 이미 냉정을 잃은 지 오래였다. 그때 바다소들이 느릿느릿 북쪽으로 여행을 시작했다. 바다소들은 서로 우스꽝스러운 인사를 주고받기 위해 이따금씩 멈춰 서기도 했다. 코틱은 그 뒤를 따르며 생각했다.

"이렇게 멍청한 동물들이 안전한 섬을 찾지 못했다면 벌써 오래전에 몰살을 당했을 거야. 바다소들에게 좋은 곳이라면 물개들에게도 좋을 거야. 그건 그렇고 좀 서둘러 줬으면 좋겠는데."

코틱에게는 지루한 여행이었다. 바다소 무리는 하루에 60킬로미터에서 80킬로미터밖에 가지 않았다. 밤이면 먹이를 먹기 위해 멈췄고 항상 바닷가 근처를 떠나지 않았다. 코틱이 바다소들 위로, 아래로, 주위로 헤엄쳐 다녔지만 1킬로미터도 더 빨리 가게 할 수 없었다. 북쪽으로 더 멀리 가자 바다소들은 몇 시간마다 한 번씩 모여서 인사를 나누었고 코틱은 조바심이 나서 자신의 콧수염을 다 뜯고 싶을 지경이었다. 그러나 바다소들이 난류를 따라가고 있음을 알게 되었고 그들을 좀 더 존경하게 되었다.

어느 날 밤 바다소들이 마치 돌처럼 반짝이는 물속으로 가라앉더니, 코틱이 그들을 만난 이래 처음으로 빠르게 헤엄치기 시작했다. 뒤를 쫓던 코틱은 그 속도에 깜짝 놀라고 말았다. 바다소가 그렇게 헤엄을 잘 칠 줄은 꿈에도 몰랐던 것이다. 바다소들은 바닷가 절벽을 향해 나아갔다. 깊은 바닷속으로 뻗어 있는 그 절벽은 수심 36미터쯤 되는 곳에 시커먼 굴이 있었고 바다소들은 그 굴로 뛰어들었다. 한참을 헤엄친 뒤 신선한 공기가 간절히 필요할 때쯤 코틱은 바다소들을 따라 어두운 터널을 빠져나왔다.

"세상에! 오래 잠수를 하긴 했지만 그만한 가치가 있었어."

코틱이 숨을 헐떡이며 멀리 터널 건너편 수면 밖으로 솟구쳐 올랐다.

바다소들은 뿔뿔이 흩어져 코틱이 본 것 가운데 가장 멋진 바닷가에서 느릿느릿 해초를 뜯고 있었다. 물개들의 보금자리를 만들기에 꼭 맞는 반들반들 닳은 바위들이 수 킬로미터에 걸쳐 쭉 이어져 있었다. 그 너머 섬 안쪽에 비탈을 이룬 단단한 모래밭은 놀이터로 안성맞춤이었다. 물개들이 춤을 출 수 있는 큰 파도와 뒹굴 수 있는 긴 풀밭이 있었고 오르내릴 수 있는 모래 언덕도 있었다. 그러나 가장 좋은 건 따로 있었다. 코틱은 진정한 물개라면 절대 모를 수 없는 물의 느낌으로, 이곳에 한 번도 사람이 오지 않았음을 알게 되었다.

코틱이 가장 먼저 한 일은 물고기가 잘 잡히는지 확인하는 것이었다. 그런 다음 해안을 따라 헤엄을 치며 아름답게 너울대는 안개 속에서 쾌적하고 나직한 모래섬이 몇 개나 있는지 세었다. 멀리 북쪽으로 바다까지 이어진 길에는 모래톱이며 바위가 줄지어 늘어서 있어서 바닷가 10킬로미터 안으로는 배 한 척 들어올 수 없었다. 섬들과 육지 사이를 흐르는 깊은 해협은 깎아지른 듯한 절벽들이 있는 곳까지 이어졌고 절벽 아래 어딘가에는 터널 입구가 있었다.

"다시 노바스토시나에 온 것 같아. 하지만 거기보다 열 배는 좋아. 바다소들은 내가 생각한 것보다 훨씬 더 현명한 게 틀림없어. 사람들이 여길 찾아낸다 해도 절벽 아래로는 내려올 수가 없어. 그리고 바다 쪽으로 모래톱이 있어서 배가 부딪혀 산산조각이 나고 말걸. 바다에서 안전한 곳이 있다면 바로 여기야."

코틱은 남겨 두고 온 암컷 물개를 생각하기 시작했다. 어서 빨리 노바스토시나에 돌아가고 싶었지만 먼저 모든 질문에 답할 수 있도록 그 지역을 샅샅이 살펴보았다.

그런 다음 코틱은 물속으로 뛰어들어 터널 입구를 확인하고 그 터널을 지나 남쪽으로 헤엄쳤다. 바다소나 물개 말고는 그런 곳이 존재하리라고 그 누구도 상상하지 못할 것이다. 코틱조차도 절벽을 돌아보며 자신이 그 아래를 지나 왔다는 사실을 믿기 힘들었다.

천천히 헤엄을 친 것도 아닌데 고향으로 돌아가는 데는 꼬박 엿새가 걸렸다. 코틱이 바다사자의 길목 너머로 막 빠져나오자마자 가장 먼저 만난 것은 자신을 기다리던 암컷 물개였다. 암컷 물개는 코틱의 눈빛을 보고 코틱이 마침내 섬을 찾았다는 것을 알았다.

하지만 홀루시키들과 코틱의 아버지 시 캐치를 비롯한 다른 물개들은 코틱이 섬을 찾았다는 이야기를 하자 모두 코틱을 비웃었다. 코틱과 비슷한 나이의 젊은 물개가 이렇게 말했다.

"그래, 다 좋은 얘기야, 코틱. 하지만 아무도 모르는 곳에서 왔다고 하면서 우리더러 이렇게 무작정 따라오라고 명령하면 안 되지. 있잖아, 우리는 지금까지 보금자리를 두고 싸움을 벌여 왔어. 넌 그러지 않았지. 넌 바닷속을 헤매고 다니는 걸 더 좋아했지."

이 말을 들은 물개들이 웃음을 터뜨렸고 그 젊은 물개는 이리저리 머리를 비틀기 시작했다. 그해에 막 결혼을 한 탓에 유난히 호들갑을 떨고 있었던 것이다.

"난 싸워서 지킬 보금자리가 없어. 난 단지 모두에게 안전하게 살 장소를 보여 주고 싶을 뿐이야. 싸우는 게 무슨 소용이 있지?"

젊은 물개가 심술궂게 웃으며 말했다.

"아, 물론 네가 그렇게 물러선다면 난 더 이상 할 말이 없어."

"내가 이기면 나를 따라올 거야?"

코틱의 눈에 초록빛이 번뜩였다. 결국 싸워야 한다는 사실에 화가 치밀었던 것이다.

젊은 물개가 무심하게 대답했다.

"좋아. 네가 이기면 따라가지."

젊은 물개는 미처 마음을 바꿀 틈도 없었다. 코틱이 머리로 쏜살같이 들이받고는 젊은 물개의 두툼한 목덜미에 깊이 이빨을 박았던 것이다.

그런 다음 털썩 앉더니 바닷가까지 상대를 끌고 가서 흔들고 때려눕혔다. 그러고는 물개들을 향해 소리쳤다.

"난 지난 오 년 동안 너희를 위해 최선을 다했어. 마침내 모두가 안전하게 살 수 있는 섬을 발견했는데 그 멍청한 머리를 목에서 뽑아내지 않으면 믿지 않겠단 말이지. 그럼 가르쳐 주는 수밖에. 조심하라고!"

림머신은 해마다 만 마리의 덩치 큰 물개들이 싸우는 모습을 보아 왔지만, 자신의 짧은 생애 동안 코틱이 다른 물개들의 보금자리를 공격하는 것처럼 대단한 싸움은 본 적이 없다고 했다. 코틱은 제일 먼저 눈에 띄는 가장 큰 물개에게 몸을 날려 목을 물고는 상대가 끙끙대며 자비를 구할 때까지 목을 조르고 몸을 부딪치고 때렸다. 그런 다음 상대를 내팽개치고 다른 물개를 공격했다. 사실 큰 물개들은 매년 넉 달씩 굶는 데 반해 코틱은 그런 적이 없었고, 깊은 바다를 헤엄치고 다니느라 몸 상태가 매우 좋았으며, 무엇보다 아직 한 번도 싸운 적이 없었다. 코틱의 하얗고 곱슬곱슬한 갈기가 분노로 곤두섰고 눈에는 불꽃이 일었으며 커다란 송곳니는 번쩍거렸다. 그 모습이 매우 당당해 보였다.

코틱의 아버지 시 캐치는 아들이 쏜살같이 달려가 늙은 회색 물개들을 넙치라도 되는 것처럼 이리저리 끌고 다니고 젊은 총각 물개들을 사방으로 내팽개치는 것을 보았다. 시 캐치가 큰 소리로 한 번 울부짖고는 소리쳤다.

"코틱이 바보인지는 몰라도 이 바닷가에서 가장 뛰어난 싸움꾼이야. 아들아, 네 아비한테까지 달려들지는 마라! 나도 너와 함께 하마!"

코틱도 거기에 답하듯 울부짖었고 늙은 시 캐치는 콧수염을 빳빳이 세우고 기관차처럼 입김을 내뿜으며 어기적어기적 걸어 나갔다. 매트카와 코틱과 결혼할 암컷 물개는 웅크리고 앉아 남자들의 모습을 감탄하며 바라보았다. 그것은 굉장한 싸움이었다. 두 물개는 감히 아무도 고개를 들지 못할 때까지 싸움을 계속했다. 그러고는 큰 소리로 울부짖으며 나란히 서서 당당하게 해변을 걸어다녔다.

밤이 되어 북극광이 안개 사이로 깜빡일 때, 코틱은 빈 바위 위로 기어올라가 여기저기 흩어져 있는 보금자리들과 상처 입고 피 흘리는 물개들을 내려다보았다. 코틱이 말했다.

"자, 혼 좀 났겠지."

시 캐치가 심하게 상처를 입은 탓에 힘겹게 몸을 일으켜 세웠다.

"세상에! 범고래도 저들에게 더 심한 부상을 입히지 못했을 거다. 아들아, 네가 자랑스럽다. 그리고 네가 찾은 섬에 너와 함께 가겠다. 그런 곳이 있다면 말이다."

코틱이 으르렁거리며 말했다.

"자, 뚱뚱한 바다 돼지들아! 누가 나와 함께 바다소의 터널로 가겠는가? 대답해라, 안 그러면 다시 한 번 따끔한 맛을 보여 줄 테다."

파도의 잔물결이 번지듯 바닷가 전체가 술렁거렸다. 수많은 물개들이 지친 목소리로 말했다.

"같이 가겠다. 하얀 표범, 코틱을 따라가겠다."

그러자 코틱은 자랑스러운 듯 어깨 사이로 얼굴을 묻고 눈을 감았다. 코틱은 더 이상 하얀 물개가 아니었다. 머리부터 꼬리까지 피로 붉게 물들어 있었지만 상처 하나 살피거나 어루만지려고 하지 않았다.

일주일 뒤 코틱과 그의 무리(만 마리에 가까운 홀루시키들과 나이 든 물개들)는 바다소의 터널을 향해 북쪽으로 떠났다. 코틱이 물개들을 이끌었고 노바스토시나에 남은 물개들은 그들을 바보라고 비웃었다. 하지만 이듬해 봄, 태평양의 어장 근처에서 모두 만났을 때 코틱을 따라갔던 물개들은 바다소 터널 너머에 있는 새로운 바닷가에 관한 이야기를 해 주었다. 그리고 점점 더 많은 물개들이 노바스토시나를 떠났다.

물론 그 모든 일이 한 번에 이루어진 것은 아니다. 원래 물개들은 마음을 바꾸는 데 오랜 시간이 걸렸다. 하지만 매년 물개들은 노바스토시나, 루카논 그리고 다른 보금자리를 떠나 위험으로부터 안전하고 조용한 바닷가로 향했다. 그곳에는 해마다 살이 찌고 몸집도 커지고 강해진 코틱이 여름 내내 앉아 있었다. 그리고 홀루시키들은 사람이 오지 않는 그 바다에서 마음껏 놀았다.

루카논

이 노래는 물개들이 여름에 바닷가로 돌아갈 때 세인트폴 섬의 물개들이 부르는 크고 깊은 바다의 노래다. 말하자면 매우 애절한 물개들의 애국가라고 할 수 있다.

아침에 나는 친구들을 만났네(그런데 나는 늙었네!).
여름의 큰 파도가 밀려와 으르렁거리는 바닷가 바위에서
나는 부서지는 파도의 노래마저 삼킨 커다란 합창 소리를 들었네.
루카논 바닷가, 이백 만의 우렁찬 목소리.

초호 옆 기분 좋은 보금자리의 노래
발을 끌며 모래 언덕을 내려오는 무리들의 노래
바다를 휘저어 불꽃을 일으키는 한밤중 춤의 노래
물개 사냥꾼이 오기 전 루카논 바닷가여!

아침에 나는 친구들을 만났네(다시는 그들을 만날 수 없으리!).
그들은 떼 지어 오가며 바닷가를 까맣게 뒤덮었네.
하얗게 거품이 이는 앞바다를 뚫고 멀리까지 들리도록
우리는 바닷가를 찾는 무리들을 환호로 맞이하며
노래를 불러 주었네.

루카논 바닷가, 겨울 밀이 쑥쑥 자랐네!
흠뻑 젖은 주름진 이끼, 모든 걸 적시는 바다 안개!
닳고 닳아 반들반들 윤이 나는 놀이터의 커다란 바위들!
루카논 바닷가, 우리가 태어난 고향!

아침에 나는 친구들을 만났네. 다치고 뿔뿔이 흩어진 무리를
사람들은 물속에 있는 우리를 총으로 쏘고
육지에 있는 우리를 몽둥이로 때렸네.
사람들은 우리를 어리석고 순한 양처럼 솔트 하우스로 몰고 갔네.
그래도 우리는 루카논을 노래하네.
물개 사냥꾼이 오기 전 루카논을

남쪽으로, 남쪽으로 방향을 바꿔라! 오, 갈매기여, 가거라!
그리고 깊은 바다의 총독들에게
우리의 슬픈 이야기를 전해 주어라!
머지않아 폭풍에 휩쓸려 바닷가에 던져진 상어 알처럼
텅 빈 루카논 바닷가는
더 이상 그들의 아들들을 보지 못할 거라고!

리키티키타비

주름 가죽이 들어간 구멍에 대고
붉은 눈이 소리쳤다.
붉은 눈이 하는 말을 들어 보라.
"나그, 나와서 죽음의 춤을 추어라!"

눈과 눈, 머리와 머리를 맞대고
(박자를 맞춰, 나그.)
하나가 죽을 때 춤은 끝날 것이다.
(좋으실 대로, 나그.)
돌면 돌고 비틀면 비틀고
(도망가 숨어라, 나그.)
하! 두건 쓴 죽음의 신이 실패했도다!
(네게 재앙이 있으리라, 나그!)

이것은 인도 세고울리의 영국군 병영에 있는 큰 저택의 욕실에서 리키티키타비가 혼자 치른 위대한 전쟁 이야기다. 재봉새 다르지가 도움을 주었고, 마루 한복판으로 나오는 일 없이 항상 벽에 딱 붙어서 살금살금 돌아다니는 사향뒤쥐 추춘드라가 조언을 해 주었지만 실제 싸움은 리키티키타비가 했다.

리키티키타비는 몽구스였다. 털과 꼬리는 조그만 고양이를 닮았고 머리와 버릇을 보면 족제비와 많이 닮아 있었다. 눈과 쉴 새 없이 씰룩거리는 코끝은 분홍색이었다. 리키티키타비는 앞발이든 뒷발이든 하나 골라서 어디든지 원하는 곳을 긁을 수 있었다. 또 병 닦는 솔처럼 보일 때까지 꼬리를 한껏 부풀릴 수 있고, 긴 풀밭 위를 바삐 지나갈 때는 '리키-틱-티키-티키-칙' 하고 싸울 때 내는 소리를 냈다.

어느 날 리키티키는 한여름 홍수에 휩쓸려 아버지, 어머니와 살던 굴에서 밀려 나왔다. 발버둥치고 쿨럭거리며 길가 배수로로 떠내려갔다. 물 위를 떠다니는 작은 풀포기를 발견하고는 거기에 매달려 떠내려 오다가 정신을 잃었다. 다시 정신을 차렸을 땐 온몸이 진흙투성이가 된 채로 정원에 나 있는 작은 길 한복판에 뜨거운 햇볕을 받으며 누워 있었다. 어린 사내아이가 그 모습을 보며 말했다.

"죽은 몽구스가 있어요. 장례식을 치러 줘요."

그러자 아이의 엄마가 말했다.

"아니야. 집 안으로 데려가서 말려 주자. 어쩌면 죽지 않았을지도 몰라."

엄마와 아이가 리키티키를 집 안으로 데리고 들어가자 덩치 큰 남자가 리키티키를 엄지와 검지로 들어 올리며 죽은 게 아니라 조금 숨이 막혀 기절한 것이라고 했다. 수건으로 감싸서 따뜻하게 해주자 리키티키가 눈을 뜨고 재채기를 했다.

건장한 남자가 말했다(그는 그 집에 막 이사 온 영국인이었다.).

"자, 놀라게 하지 말고 어떻게 하는지 보자꾸나."

몽구스를 놀라게 하는 일은 세상에서 가장 힘든 일일 것이다. 몽구스는 코끝부터 꼬리까지 호기심으로 똘똘 뭉쳐 있기 때문이다. 모든 몽구스 집안의 좌우명은 '달려가 알아내라'였고 리키티키는 뼛속까지 몽구스였다.

리키티키는 수건을 살펴보고 먹을 게 아니라고 결론짓고는 탁자 위를 빙글빙글 뛰어다녔다. 그러고는 똑바로 앉아 털을 매만지고 몸을 긁더니 사내아이의 어깨 위로 뛰어올랐다.

아빠가 말했다.

"무서워할 것 없어, 테디. 녀석이 친구가 되려고 그러는 거야."

"아야! 녀석이 턱 밑을 간지럽혀요."

리키티키는 아이의 옷깃과 목 사이를 내려다보고 귀에 대고 코를 킁킁거리고 몸을 타고 내려와서는 바닥에 앉아 코를 문질렀다.

테디의 엄마가 말했다.

"어머나, 저건 야생 동물이잖아요! 잘해 줬으니까 저렇게 사람을 두려워하지 않는 거겠지만."

아빠가 말했다.

"몽구스들은 다 저래. 테디가 꼬리를 잡고 들어 올리거나 우리 속에 가두려고만 하지 않으면 하루 종일 집 안팎으로 뛰어다닐 거야. 먹을 걸 좀 줍시다."

가족들은 리키티키에게 날고기 한 점을 주었다. 리키티키는 날고기를 대단히 좋아했다. 다 먹은 뒤에는 베란다에 나가서 햇볕 아래에 앉은 다음 잔뜩 털을 부풀려 구석구석 빠진 곳 없이 털을 말렸다. 그러자 기분이 한결 좋아졌다.

리키티키는 생각했다.

'이 집에는 우리 가족이 평생 살펴도 모자랄 만큼 찾아볼 게 많이 있어. 계속 머물면서 알아봐야겠다.'

리키티키는 그날 온종일 집 안을 이리저리 헤매고 다녔다. 욕조에 빠져서 죽을 뻔하고 책상에 놓인 잉크병에 코를 박기도 했다. 그리고 어떻게 글을 쓰는지 보려고 덩치 큰 남자의 무릎에 기어 올라갔다가 남자의 궐련 끝에 코를 데기도 했다. 해질녘에는 테디의 방으로 쪼르르 달려가 석유램프의 불을 어떻게 밝히는지 지켜보았다. 그리고 테디가 잠자리에 들자 리키티키도 침대 위에 기어올랐다. 하지만 리키티키는 잠자리에서도 가만히 있지를 못했다. 밤새도록 무슨 소리가 날 때마다 벌떡 일어나 귀를 기울이고 어디서 소리가 났는지 알아내야 했기 때문이다. 테디의 엄마, 아빠가 잠자리에 들기 전 마지막으로 아이를 보러 들렀을 때 베개 위에 있던 리키티키는 깨어 있었다.

테디의 엄마가 말했다.

"난 저 녀석이 마음에 들지 않아요. 애를 물지도 모르잖아요."

아빠가 말했다.

"그런 짓은 절대 하지 않을 거요. 테디는 블러드하운드(*추적, 경찰견으로 유명한 개의 품종.)가 옆에서 지켜 주는 것보다 저 조그만 녀석이랑 있는 게 더 안전할 거요. 혹시 뱀이 아이 방에 들어온다면……."

하지만 테디 엄마는 그렇게 끔찍한 일은 생각하고 싶지 않았다.

이른 아침 리키티키가 테디의 어깨에 올라탄 채 베란다로 아침을 먹으러 나오자 사람들이 바나나와 삶은 달걀을 주었다. 그러자 리키티키는 이 사람 저 사람의 무릎에 앉았다. 예의 바르게 잘 자란 몽구스라면 늘 애완용 몽구스가 되어서 이 방 저 방으로 마음껏 뛰어다닐 수 있게 되길 원했기 때문이다. 게다가 리키티키의 엄마(한때 세고울리에 있는 장군의 집에서 살았다.)는 리키에게 백인과 만나게 되면 어떻게 해야 하는지 자세히 말해 주었던 것이다.

리키티키는 뭔가 구경할 게 있는지 보려고 정원으로 나갔다. 커다란 정원은 절반만 손질이 되어서 마샬 니엘 장미(*노란색 꽃이 피는 장미의 일종으로 느와제트 장미, 월계화 등의 이름으로도 불린다. 프랑스의 아돌프 니엘 원수의 이름을 따서 지어진 이름.)덤불이 정자만 한 크기로 무성하게 우거져 있었고 라임 나무와 오렌지 나무, 대나무, 긴 수풀이 자라고 있었다.

리키티키가 입술을 핥으며 말했다.

"이거 굉장히 멋진 사냥터군."

리키티키는 그 생각만으로도 꼬리가 병 닦는 솔처럼 부풀었다. 허둥지둥 정원을 오가며 여기저기 코를 킁킁대며 냄새를 맡았다. 그때 가시나무 덤불에서 매우 구슬픈 울음소리가 들려왔다.

재봉새 다르지와 그의 아내였다. 둘은 커다란 나뭇잎 두 장을 끌어다가 실 같이 가는 것으로 가장자리를 꿰매 아름다운 둥지를 만들었다. 그리고 둥지 안에 보드라운 솜과 깃털을 채워 넣었다. 가장자리에 앉아 우는 부부 때문에 둥지가 앞뒤로 흔들렸다.

"무슨 일이야?"

리키티키의 물음에 다르지가 대답했다.

"우린 너무 슬퍼. 어제 우리 새끼 하나가 둥지에서 떨어졌는데 나그가 잡아먹어 버렸어."

"흠! 정말 슬픈 일이군. 그런데 내가 여긴 처음이라 그러는데 나그가 누구야?"

다르지와 그의 아내는 대답은 하지 않고 둥지 속으로 몸을 웅크릴 뿐이었다. 덤불 아래 무성한 풀밭으로부터 낮게 쉭쉭 소리가 들려왔기 때문이다. 소리가 어찌나 섬뜩하든지 리키티키는 정확히 60센티미터 뒤로 펄쩍 물러났다. 그때 풀 위로 거대한 검은 코브

라, 나그의 머리와 우산처럼 펼친 목이 조금씩 솟아올랐다. 혀끝에서 꼬리까지의 길이가 1.5미터는 되었다. 몸의 삼분의 일 정도를 공중으로 들어 올리고는 바람에 흔들리면서도 쓰러지지 않는 민들레처럼 앞뒤로 몸을 흔들며 균형을 잡았다. 그리고 무슨 생각을 하고 있든 절대 눈빛이 변하지 않는 사악한 뱀의 눈으로 리키티키를 바라보았다.

나그가 말했다.

"누가 나그냐고? 내가 나그다. 위대한 신 브라마께서 우리 종족 모두에게 징표를 남겨 주셨지. 브라마께서 주무실 때 최초의 코브라가 자신의 목덜미를 펼쳐서 햇빛을 가려 드렸거든. 보아라, 그리고 두려워하라!"

나그는 그 어느 때보다 활짝 목을 펼쳤고 리키티키는 목덜미에 있는 안경 무늬를 보았다. 호크 단추의 둥근 고리 부분과 꼭 닮아 있었다. 리키티키는 잠시 두려웠지만 몽구스가 긴 시간 동안 두려움을 갖는 것은 있을 수 없는 일이었다. 리키티키가 살아 있는 코브라를 본 것은 처음 있는 일이었지만 엄마가 죽은 코브라를 먹여 준 적이 있었다. 그리고 다 자란 몽구스라면 살면서 꼭 해야 할 일이 뱀과 싸워 잡아먹는 일이라는 것을 리키티키도 알고 있었다. 나그 또한 그 사실을 알고 있었으므로 그의 차가운 마음 깊은 곳에서는 두려움이 생겨나고 있었다.

리키티키가 다시 꼬리를 부풀리며 말했다.

"그래, 징표고 뭐고 간에 둥지에서 떨어진 어린 새를 잡아먹는 게 옳은 일이라고 생각해?"

나그는 리키티키 뒤쪽 풀밭 속의 아주 조그만 움직임을 주시하

며 생각했다. 나그는 정원에 몽구스가 있다는 사실이, 머지않아 자신과 가족의 죽음을 의미한다는 것을 알고 있었다. 지금은 리키티키를 방심하게 만드는 게 우선이었다. 그래서 살짝 고개를 숙이고는 옆으로 돌렸다. 나그가 말했다.

"얘길 좀 해 보자고. 너도 알을 먹잖아. 그런데 난 왜 새를 먹으면 안 되지?"

그때 다르지가 외쳤다.

"뒤를 봐! 뒤를 조심해!"

리키티키는 뒤를 돌아보는 행동으로 시간을 낭비할 만큼 어리석지 않았다. 곧장 공중으로 힘껏 뛰어올랐고 그 순간 바로 밑으로 나그의 사악한 아내 나가이나의 머리가 휙 지나갔다. 나가이나는 리키티키가 말하는 동안 뒤에서 살금살금 기어와 끝장을 내려고 했던 것이다. 나가이나의 일격이 빗나가는 순간 그녀가 사납게 쉭쉭거리는 소리가 들려왔다. 리키티키는 나가이나의 등 위로 떨어질 뻔했는데 나이 많은 노련한 몽구스였다면 그 순간에 나가이나의 등을 꽉 물어 부러뜨려야 한다는 것을 알았을 것이다. 하지만 리키티키는 코브라의 맹렬한 반격을 받는 것이 두려웠다. 물긴 물었지만 그리 오랫동안 물고 있지 않았다. 이리저리 휘두르는 꼬리를 피해 펄쩍 뛰어올랐고 나가이나의 살점이 찢어지면서 그녀의 화만 돋웠다.

"이 못된, 못된 다르지!"

나그는 가시나무 덤불 속에 있는 둥지를 향해 몸을 최대한 높이 날렸다. 하지만 다르지는 뱀이 닿을 수 없는 위치에 둥지를 만들었고 그래서 둥지는 앞뒤로 흔들리기만 할 뿐이었다.

리키티키는 두 눈이 붉게 타오르는 것을 느꼈다(몽구스의 눈이 빨개지면 화가 난 것이다.). 그리고 조그만 캥거루처럼 꼬리와 뒷발로 버티고 앉아 화가 나서 끽끽거리며 주위를 둘러보았다. 하지만 나그와 나가이나는 이미 풀숲으로 모습을 감춘 뒤였다. 뱀은 공격이 실패하면 어떤 말도 하지 않았고 다음에 무슨 짓을 할 것인지 내색하는 법도 없었다. 리키티키는 그들을 쫓고 싶지 않았다. 한꺼번에 두 마리를 상대할 수 있을지 자신이 없었던 것이다. 그래서 집 근처의 자갈길로 쪼르르 달려와 그대로 주저앉아 생각에 잠겼다. 리키티키에게는 아주 중대한 문제였다.

박물학에 관한 오래된 책들에는 몽구스가 뱀과 싸우다 물리기라도 하면 달아나서 약초를 먹고 치료를 한다는 이야기가 나온다. 하지만 그것은 사실이 아니다. 승리는 오직 누가 빨리 보고 누가 빨리 움직이느냐의 문제다. 즉 뱀의 일격과 몽구스의 도약의 대

결인 셈이다. 뱀이 공격할 때 눈만으로는 뱀 머리의 빠른 움직임을 쫓을 수 없다. 그래서 재빨리 움직이는 것이 그 어떤 마법의 약초보다 훨씬 더 놀라운 결과를 만들어 낸다. 리키티키는 자신이 아직 어린 몽구스에 불과하다는 것을 알고 있었고 게다가 뒤에서 공격해 오는 것을 피했다고 생각하자 더욱 뿌듯한 마음이 들었다. 리키티키는 그 일로 자신감을 얻었고 테디가 길을 달려 내려올 때는 듬뿍 사랑을 받을 준비가 되어 있었다.

그러나 테디가 막 몸을 굽히는 순간 흙 속에서 뭔가가 꿈틀거리더니 조그만 목소리가 말했다.

"조심해. 나는 죽음의 신이니까!"

흙 속에 즐겨 누워 있곤 하는 조그만 갈색 뱀 카라이트였다. 카라이트에게 물리면 코브라에게 물리는 것만큼이나 위험했다. 하지만 너무 작은 탓에 아무도 주의를 기울이지 않았고 그런 만큼 사람들에게는 더 위험한 존재였다.

리키티키의 눈이 다시 붉어졌다. 그리고 집안 대대로 물려받은 흔들흔들 움직이는 특이한 몸짓으로 춤추며 카라이트에게 다가갔다. 보기에는 매우 우스꽝스러웠지만 완벽하게 균형 잡힌 걸음걸이였고 원한다면 어느 각도로든 몸을 날릴 수 있었다. 뱀을 상대하는 데 있어서 그만한 이점도 없었다. 리키티키는 자신이 나그와 싸울 때보다 훨씬 더 위험한 상대와 맞서고 있음을 몰랐다. 카라이트는 몸집이 아주 작아서 재빨리 몸을 돌릴 수 있었던 것이다. 만약 리키가 카라이트의 뒤통수 근처를 물지 않는다면 도리어 눈이나 입을 반격 당할 게 분명했다. 하지만 리키는 그런 사실을 몰랐다. 새빨개진 눈으로 몸을 앞뒤로 흔들며 물기 좋은 자리를 찾았다. 카라이트가 먼저 공격했다. 리키는 펄쩍 뛰어 옆으로 피했다가 다시 공격을 시도했다. 하지만 사악하고 조그만 잿빛 머리가 리키티키의 어깨 쪽을 공격했고 리키티키는 카라이트를 훌쩍 뛰어넘어야 했다. 뒤이어 카라이트의 머리가 리키티키를 바짝 쫓았다.

테디가 집을 향해 소리쳤다.

"아, 여기 보세요! 우리 몽구스가 뱀을 죽여요!"

테디 엄마의 비명 소리가 들려왔고 아빠가 막대기를 들고 뛰어나왔다. 카라이트가 너무 깊숙이 돌진해 오는 순간 리키티키가 펄쩍 뛰어 카라이트의 등에 올라탔다. 앞발 사이로 깊숙이 얼굴을 묻고 최대한 머리와 가까운 쪽을 문 채 이리저리 굴렀다. 리키티키에게 물린 뱀은 딱딱하게 몸이 굳었다. 리키티키는 집안의 식사 습관에 따라 꼬리부터 뱀을 먹어 치우려다가 문득 배불리 먹으면 움직임이 둔해지는 사실이 떠올랐다. 늘 강하고 민첩하게 움직이려면 날씬한 몸을 유지해야 했다.

리키티키가 피마자 덤불 아래로 모래 목욕을 하러 간 사이 테디의 아빠가 죽은 카라이트를 두들겨 댔다. 리키티키는 생각했다.

"뭐 하러 저러는 거지? 내가 다 해치웠는데."

테디의 엄마가 흙 속에 있는 리키티키를 들어 올리고 꼭 안았다. 울먹이며 리키티키가 테디의 목숨을 구했다고 말했다. 테디의 아빠는 리키티키가 온 것은 신의 뜻이라고 했고 테디는 겁을 먹고 휘둥그레진 눈으로 이 모습을 바라보기만 했다. 리키티키는 사람들이 그렇게 호들갑을 떠는 게 꽤 재미있었다. 물론 왜 그러는지 이해할 수는 없었지만 말이다. 테디 엄마의 행동은 테디가 흙장난을 했다고 쓰다듬고 칭찬하는 것과 다르지 않았다. 그만큼 리키티키에게 있어서 카라이트를 사냥한 것은 즐거운 일이었다.

그날 밤 저녁 식사 자리에서 리키티키는 식탁 위의 포도주 잔들 사이로 이리저리 움직이며 맛있는 음식을 세 차례나 배불리 얻어먹었다. 하지만 나그와 나가이나를 잊지는 않았다. 테디의 엄마가 쓰다듬고 토닥여 주는 것도, 테디의 어깨 위에 앉아 있는 것도 아주 즐거웠지만 이따금씩 눈이 새빨개지면서 '릭-틱-티키-티키-칙' 하며 길게 소리를 내지르곤 했다.

테디는 리키티키를 침대로 데리고 갔다. 그리고 자신의 턱 밑 자리에 억지로 눕히며 자라고 했다. 리키티키가 워낙 예의가 바른지라 물거나 할퀴지는 않았지만 테디가 잠들자마자 곧 집 안을 돌며 밤 산책을 시작했다. 그러다가 어둠 속에서 벽을 따라 살금살금 다니는 사향뒤쥐 추춘드라와 마주쳤다. 추춘드라는 늘 슬픔에 잠겨 있는 조그만 짐승이었다. 밤새도록 훌쩍이고 찍찍거리면서 방 한가운데로 뛰어들겠다고 마음을 먹지만 단 한 번도 그런 적이 없었다.

추춘드리가 거의 울먹이는 소리로 말했다.

"살려 줘, 리키티키. 살려 줘."

리키티키가 가소롭다는 듯 말했다.

"뱀 사냥꾼이 사향뒤쥐를 죽일 것 같아?"

추춘드라가 더욱 슬픈 목소리로 대답했다.

"뱀 사냥꾼은 뱀한테 죽는 법이지. 그리고 나그가 어두운 밤에 나를 너로 착각하지 않을 거라고 어떻게 장담할 수 있겠어?"

"그럴 위험은 전혀 없어. 나그는 정원에서 사는데 넌 정원에 가지도 않잖아."

"내 사촌인 추아가 그러는데……."

추춘드라가 갑자기 말을 멈췄다.

"너한테 뭐라고 했는데?"

"쉿! 나그는 어디든 갈 수 있어, 리키티키. 너도 정원에 있는 추아와 얘기를 나누었으면 좋았을 텐데."

"안 했잖아. 그러니 네가 대신 말해 줘. 어서 말해, 추춘드라. 그렇지 않으면 물어 버릴 테니까."

추춘드라는 주저앉더니 수염을 타고 눈물이 흘러내릴 때까지 펑펑 울었다. 추춘드라가 울먹이며 말했다.

"난 정말 불쌍한 놈이야. 방 한가운데로 달려 나갈 만큼의 용기도 가져 본 적 없어. 쉿! 난 아무것도 말해 줄 수가 없어. 저 소리가 들리지 않니, 리키티키?"

리키티키가 귀를 기울였다. 집은 쥐 죽은 듯 조용했지만 아주 희미하게 삭삭 소리가 들리는 것 같았다. 유리창 위를 걷는 말벌 소리만큼 아주 희미한 소리였는데 뱀의 비늘이 벽돌에 스치는 메마른 소리였다.

리키티키가 작은 목소리로 중얼거렸다.

"나그 아니면 나가이나야. 욕실의 배수로로 들어오고 있는 거야. 네 말이 맞아, 추춘드라. 추아와 얘길 했어야 했는데."

리키티키는 살며시 테디의 욕실로 가 보았지만 그곳에는 아무것도 없었다. 그래서 다시 테디 엄마의 욕실로 가 보았다. 매끈하게 회반죽을 바른 욕실 벽 아래쪽에는 물이 빠져나갈 통로를 만들기 위해 벽돌 하나가 빠진 곳이 있었다. 욕조 둘레로 움푹 파인 배수로를 통해 살며시 들어온 리키티키는 나그와 나가이나가 바깥에서 달빛을 받으며 서로 속삭이는 소리를 들었다.

나가이나가 그녀의 남편에게 말했다.

"집에 사람이 하나도 없으면 녀석도 떠날 수밖에 없을 거예요. 그럼 정원은 다시 우리 차지가 되겠죠. 조용히 안으로 들어가요. 그리고 첫 번째로 물어야 할 사람은 카라이트를 죽인 덩치 큰 남자라는 걸 명심해요. 그런 다음 나와서 내게 알려 줘요. 그럼 둘이 함께 리키티키를 사냥하는 거예요."

"그런데 정말 사람들을 죽여서 얻는 게 있을까?"

"전부요. 이 집에 사람이 살지 않았을 때 정원에 몽구스가 한 마리라도 있었던가요? 집이 비기만 하면 우리가 정원의 왕과 왕비예요. 그리고 멜론 밭에 있는 알들에서 우리 새끼들이 나오면 곧 조용히 지낼 곳이 필요할 거예요. 당장 내일이라도 나올지 몰라요."

나그가 말했다.

"그 생각은 못했군. 가겠소. 하지만 나중에 굳이 리키티키를 사냥할 필요는 없어. 난 그 덩치 큰 사내와 그의 아내, 아이까지 죽이고 나면 조용히 그 자리를 뜰 거요. 그러면 집이 빌 테고 리키티키는 사라지겠지."

이 말을 들은 리키티키는 분노와 증오로 몸을 가눌 수 없을 정도였다. 다음 순간 나그의 머리가 통로를 통해 들어왔고 곧이어 1.5미터나 되는 차가운 몸뚱이가 따라 들어왔다. 리키티키는 화가 나면서도 엄청난 몸집의 코브라를 보고 몹시 겁이 났다. 나그는 똬리를 튼 채 고개를 치켜들고 어두운 욕실 안을 바라보았다. 나그의 눈이 반짝거리는 게 보였다.

리키티키는 생각했다.

'내가 지금 여기서 녀석을 죽이면 나가이나가 금방 알아차리게 될 거야. 그렇다고 탁 트인 바닥에서 싸우면 나그 쪽에 더욱 승산이 생길 테고. 어떻게 해야 하지?'

나그가 앞뒤로 몸을 흔들더니 욕조에 물을 채우는 데 쓰는 커다란 물동이에서 물을 마시는 소리가 들렸다. 나그가 말했다.

"물맛 좋군. 카라이트가 죽을 때 그 덩치 큰 남자가 막대기를 가지고 있었어. 아직도 그 막대기를 가지고 있을지 몰라. 하지만 아침에 씻으러 들어올 때는 막대기를 들고 있지 않을 거야. 남자가 올 때까지 여기서 기다려야겠어. 나가이나, 내 말 들려? 난 날이 밝을 때까지 여기 시원한 곳에서 기다릴래."

밖에서는 아무런 대답이 없었고 리키티키는 나가이나가 이미 가 버렸다는 것을 알아챘다. 나그는 물동이 아래쪽 불룩한 부분에 몸을 천천히 친친 감았고 리키티키는 죽은 듯이 꼼짝 않고 있었다. 한 시간쯤 흐른 뒤에 리키티키는 조금씩 물동이를 향해 움직이기 시작했다. 나그는 잠들어 있었다. 리키티키는 나그의 커다란 등을 바라보며 어디를 무는 게 가장 좋을지 생각했다.

"만약 처음 달려들었을 때 녀석의 등을 부러뜨리지 못하면 나그가 날 공격할 거야. 나그가 공격을 하면…… 아, 리키!"

나그의 두툼한 목 부분을 보았지만 자신이 감당하기에는 너무 벅차 보였고 꼬리 근처를 물면 나그가 더 미쳐 날뛰기만 할 것 같았다.

마침내 리키티키가 말했다.

"반드시 머리를 공격해야 해. 목덜미 위쪽의 머리를 말이지. 그리고 일단 머리를 물게 되면 절대 놓아줘서는 안 돼."

그 순간 리키가 몸을 날렸다. 나그의 머리는 물동이의 불룩한 부분 아래쪽, 물동이와 조금 떨어진 곳에 놓여 있었다. 그리고 이빨이 닿는 순간 리키티키는 붉은 항아리의 불룩한 부분에 등을 딱 붙이고 나그의 머리를 꽉 눌렀다. 그 상태로 고작 1초간 버텼을 뿐이었지만 그 기회를 최대한 이용했다. 다음 순간 개가 쥐를 물고 흔들 듯이 나그가 리키티키를 이리저리 흔들며 패대기쳤다. 바닥 이쪽저쪽에 패대기치고 위아래로 흔들고 크게 원을 그리며 돌렸다. 하지만 리키티키의 눈은 여전히 새빨갰다. 나그가 채찍을 휘두르듯 자신의 몸을 바닥에 팽개쳤다. 그 바람에 양철 바가지와 비누 그릇, 목욕 솔이 이리저리 흩어지고 양철 욕조에 몸이 세차게 부딪혔지만 리키티키는 끝까지 매달려 있었다. 그리고 시간이 지날수록 점점 더 강하게 물었다. 죽게 되더라고 가문의 명예를 위해 뱀의 머리에 이빨을 단단히 고정시킨 채 발견되기로 결심했던 것이다. 리키티키는 바로 뒤에서 뭔가가 천둥소리를 내며 터지는 순간 눈앞이 핑 돌고 몸이 쑤시고 몸 마디마디가 떨어져 나가는 듯했다. 뜨거운 바람을 맞은 리키티키는 정신을 잃었고 붉은 화염에 털이 그슬렸다. 시끄러운 소리에 잠이 깬 덩치 큰 남자가 엽총의 총알 두 발을 모두 쏴서 나그의 목덜미를 맞췄던 것이다.

리키티키는 두 눈을 꼭 감은 채 움직이지 않았다. 이젠 틀림없이 죽었다고 생각한 것이다. 하지만 뱀의 머리는 전혀 움직이지 않았고 덩치 큰 남자가 리키티키를 들어 올리며 말했다.

"이번에도 몽구스야, 앨리스. 이번에는 이 조그만 녀석이 우리 목숨을 구했어."

테디의 엄마가 하얗게 질린 얼굴로 들어와 총에 맞은 나그의 잔해를 보았다. 리키티키는 몸을 질질 끌며 테디의 방으로 갔다. 그리고 남은 밤의 절반이 지나도록 온몸을 부드럽게 흔들며 정말 자신의 상상처럼 몸이 마흔 조각으로 부서진 건 아닌지 확인했다.

리키티키는 아침이 되어서도 온몸이 뻐근했지만 자신이 한 일에 아주 만족했다.

"이제 나가이나만 해결하면 되는데 나가이나는 나그 다섯 마리를 합친 것보다 더 악랄할 거야. 나가이나가 말한 알들이 언제 깨어날지 알 수도 없고. 가서 다르지를 만나 봐야겠어!"

리키티키는 아침을 기다릴 틈도 없이 다르지가 승리의 노래를 목청껏 불러 대고 있는 가시덤불로 서둘러 달려갔다. 나그가 죽었다는 소식은 벌써 정원 전체에 퍼져 있었다. 청소부가 죽은 나그를 쓰레기더미에 던져 놓았던 것이다.

리키티키가 화난 목소리로 말했다.

"아, 이 바보 같은 털 뭉치 같으니라고! 지금이 노래할 때냐?"

다르지는 노래했다.

"나그가 죽었다네, 죽었다네, 죽었다네! 용맹한 리키티키가 머리를 꽉 물고 늘어졌네. 덩치 큰 남자가 탕 소리 나는 막대기를 가져왔고 나그는 두 동강이 났다네. 다시는 우리 아기들을 잡아먹지 못할 거야."

리키티키가 조심스럽게 주위를 둘러보며 물었다.

"그 말이 모두 맞긴 한데 나가이나는 어디 있지?"

다르지가 노래를 계속했다.

"나가이나는 욕실 배수구로 와서 나그를 불렀다네. 나그는 막대기 끝에 걸려 밖으로 나왔지. 청소부가 막대기 끝으로 나그를 들어서 쓰레기더미에 던져 버렸지. 위대한 붉은 눈 리키티키에 대한 노래를 부르자!"

다르지가 목구멍을 한껏 부풀리더니 노래를 불렀다.

리키티키가 말했다.

"내가 네 둥지로 올라갈 수만 있으면 네 아기들을 전부 밖으로 밀어 버릴 텐데. 넌 언제 뭘 해야 하는지 분간을 못하는구나. 넌 거기 네 둥지에 있어서 안전하겠지만 나는 여기 아래에서 전쟁 중이란 말이다. 당장 노래를 멈춰, 다르지."

"위대하고 아름다운 리키티키를 위해 노래를 멈추리다. 오, 무시무시한 나그를 죽인 자여, 무슨 일인가?"

"마지막으로 묻겠는데 나가이나는 어디 있지?"

"마구간 옆에 있는 쓰레기더미에서 나그의 죽음을 슬퍼하고 있지. 하얀 이빨을 가진 위대한 리키티키여."

"하얀 이빨이고 뭐고 간에! 나가이나가 어디다 알을 뒀는지 들어 본 적 있어?"

"멜론 밭, 담장과 가장 가까운 쪽. 거의 하루 종일 햇볕이 내리쬐는 곳이지. 나가이나가 몇 주 전에 거기 숨겨 놨어."

"그동안 내게 그걸 말해 줘야겠다는 생각은 못한 거야? 담장과 가까운 쪽이랬지?"

"리키티키, 설마 그 알들을 먹을 건 아니지?"

"먹겠다는 건 아니야. 그렇지 않아. 다르지, 네가 티끌만큼이라도 지각이 있다면 마구간으로 날아가서 날개가 부러진 척해. 그리고 나가이나가 이곳 덤불까지 널 쫓아오게 만들어. 멜론 밭으로

가 봐야 하는데 지금 이대로 갔다간 나가이나한테 들키고 말 거야."

다르지는 아주 멍청한 새라서 한 번에 한 가지 생각밖에 할 줄 몰랐다. 게다가 나가이나의 새끼들도 자기 새끼들처럼 알에서 태어난다는 것을 알고 있었기 때문에 처음에는 그 알들을 죽이는 게 옳지 못하다고 생각했다. 하지만 다르지의 아내는 지각이 있는 새였고 그 알들이 나중에는 어린 코브라가 된다는 것을 알고 있었다. 그래서 자신이 둥지로부터 날아올랐다. 다르지는 새끼들을 품으면서 계속 나그의 죽음을 노래하게 내버려 두었다. 다르지는 여러 가지 면에서 사람과 아주 비슷했다.

다르지의 아내는 쓰레기더미 옆에 있는 나가이나 앞에서 날개를 퍼덕이며 소리를 질렀다.

"아, 날개가 부러졌어! 저 집 아이가 내게 돌을 던져서 날개가

부러졌어.”

그러더니 더욱 필사적으로 날개를 퍼덕거렸다.

나가이나가 고개를 들고 쉭쉭거리며 말했다.

“리키티키를 죽일 순간에 네가 녀석에게 주의를 줬다 이거지? 여기서 다리를 절다니 넌 오늘 장소를 잘못 골라도 한참 잘못 고른 거야.”

그러고는 흙 위를 미끄러지듯 움직이며 다르지의 아내 곁으로 다가갔다.

다르지의 아내가 날카로운 소리로 말했다.

“사내애가 돌을 던져서 날개를 부러뜨렸어!”

“그래, 내가 그 사내애에게 앙갚음을 해 줄 테니 죽기 전에 너한테도 위로가 좀 될 거다. 오늘 아침 내 남편은 쓰레기더미에 누웠지만 밤이 되기 전에 그 애도 그 집에 조용히 누워 있게 될 거야. 달아나도 소용없잖아. 내가 반드시 널 잡을 테니까. 이 어리석은 새야, 나를 봐라!”

다르지의 아내는 그 말에 따를 만큼 어리석지 않았다. 새가 뱀의 눈을 바라보게 되면 너무나 두려운 나머지 움직이지도 못하는 것이다. 다르지의 아내는 구슬프게 울면서 계속 퍼덕거리기만 할 뿐 날아오르지 않았다. 나가이나가 그 뒤를 바짝 뒤쫓았다.

리키티키는 둘이 마구간을 떠나 오솔길로 올라가는 소리를 듣고 서둘러 담장과 가까운 멜론 밭으로 달려갔다. 그리고 거기서 멜론들 주위에 널린 따뜻한 짚더미 속에 매우 교묘하게 숨겨진 스물다섯 개의 알을 찾아냈다. 크기는 달걀만 했지만 딱딱한 껍질 대신 희끄무레한 막에 싸여 있었다.

"정말 딱 맞춰 왔군."

얇은 껍질 속에 새끼 코브라들이 웅크리고 있는 게 보였던 것이다. 그리고 리키티키는 새끼 코브라들이 알에서 나오는 순간 그들 모두가 사람이나 몽구스를 죽일 수 있음을 알고 있었다. 리키티키는 최대한 빠른 속도로 알 위쪽을 물어뜯고 새끼 코브라들을 신경 써서 발로 꾹꾹 밟았다. 그리고 이따금씩 짚더미를 들춰 보며 빠뜨린 알은 없는지 확인했다. 마침내 단 세 개의 알만이 남게 되었고 리키티키는 혼자 신이 나서 낄낄 웃기 시작했다. 그때 다르지의 아내가 날카롭게 외치는 소리가 들렸다.

"리키티키, 내가 나가이나를 집 쪽으로 유인했더니 나가이나가 베란다로 들어가 버렸어. 그리고 아, 얼른 와. 사람들을 죽이려고 해!"

리키티키는 서둘러 알 두 개를 부순 다음 마지막 알을 입에 물고 허둥지둥 멜론 밭을 빠져나왔다. 그리고 바닥을 박차며 베란다를 향해 황급히 뛰어갔다. 테디와 테디의 엄마, 아빠는 아침을 먹기 위해 베란다에 나와 있었다. 하지만 아무도 아침을 먹고 있지 않았다. 자리에 앉은 채 돌처럼 굳어 있었고 얼굴은 하얗게 질려 있었다. 나가이나는 테디의 의자 옆에 깔린 매트 위에 높이 똬리를 틀고 앉아 있었다. 마음만 먹으면 쉽게 테디의 맨다리를 공격할 수 있는 곳에 자리를 잡고 앞뒤로 몸을 흔들며 승리의 노래를 부르고 있었다.

나가이나가 쉭쉭거리며 말했다.

"나그를 죽인 덩치 큰 남자의 아들아, 가만히 있어라. 난 아직 준비가 되지 않았으니 조금만 기다려라. 너희 모두 움직이지 마.

움직이면 공격할 거야. 움직이지 않아도 공격할 거고. 아, 어리석은 사람들아, 내 남편 나그를 죽이다니!"

테디의 눈은 아빠에게 고정되어 있었지만 아빠가 할 수 있는 일은 이렇게 속삭이는 것뿐이었다.

"가만히 앉아 있어라, 테디. 움직여선 안 돼. 테디, 가만히 있어."

그때 리키티키가 나타나 외쳤다.

"뒤를 돌아봐, 나가이나. 돌아서서 나와 싸우자!"

나가이나는 눈길도 돌리지 않으며 말했다.

"조금만 기다려. 곧 너한테도 앙갚음을 해 줄 테니까. 네 친구들을 좀 봐. 하얗게 질려서 꼼짝도 못하는구나. 겁을 먹은 게지. 움직일 엄두도 못 내지. 네가 한 발짝이라도 다가오면 바로 공격할 거야."

"담장 근처 멜론 밭에 있는 네 알들이나 살펴보시지. 가서 보라고, 나가이나."

커다란 뱀은 그 말을 듣고 반쯤 몸을 돌렸고 베란다에 놓인 알을 발견했다.

"아앗! 이리 내놔."

리키티키는 두 발로 알을 감싸 쥐었다. 리키티키의 눈이 새빨갛게 변해 있었다.

"뱀의 알은 값이 얼마나 되지? 새끼 코브라는? 그럼 새끼 킹코브라는? 그럼 마지막, 마지막으로 단 하나 남은 알은 얼마나 할까? 멜론 밭에 있는 다른 알들은 개미들이 다 먹어 치우고 있을 테니 말이야."

나가이나는 하나 남은 알 때문에 모든 걸 잊고 휙 몸을 돌렸다. 리키티키가 보니 테디의 아빠가 재빨리 커다란 손을 내밀어 테디의 어깨를 잡았다. 그리고 찻잔이 놓인 조그만 탁자 건너편, 나가이나로부터 안전한 곳으로 아이를 끌어당겼다.

리키티키가 낄낄거리며 말했다.

"속았지! 속았어! 속았어! 릭칙칙! 이제 아이는 안전해. 그리고 어젯밤 욕실에서 나그의 목덜미를 문 건 나, 바로 나야."

그러고는 머리를 바닥 가까이 숙이고 네발로 펄쩍펄쩍 뛰기 시작했다.

"그 녀석이 나를 이리저리 팽개쳤지만 나를 떼어 내지는 못했어. 녀석은 덩치 큰 남자가 총으로 두 동강 내기 전에 죽었어. 내가 죽였지. 리키티키칙칙! 나가이나, 덤벼. 어서 나랑 싸우자. 네가 과부로 있을 날도 길지는 않을 거야."

나가이나는 테디를 죽일 수 있는 기회를 놓쳐 버렸다는 사실을 깨달았다. 그리고 자신의 알은 리키티키의 앞발 사이에 있었다.

나가이나가 머리를 굽히며 말했다.

"리키티키, 알을 내게 줘. 마지막 남은 알을 내게 주면 멀리 떠나서 돌아오지 않을게."

"그렇지 않아도 떠나게 될 거야. 그리고 다시는 돌아오지 못할 테고. 나그가 있는 쓰레기더미로 가게 될 테니까. 이 과부야, 덤벼라! 덩치 큰 남자는 총을 가지러 갔지! 덤벼!"

리키티키는 나가이나가 공격할 수 없도록 거리를 유지하며 시뻘겋게 달아오른 석탄 같은 눈을 하고서 나가이나 주위로 펄쩍펄쩍 뛰어다녔다. 나가이나가 정신을 가다듬고 리키티키를 향해 몸을 날렸다. 리키티키는 펄쩍 뛰어서 뒤로 물러났다. 나가이나는 몇 번이고 반복해서 공격을 퍼부었고 그때마다 퍽 소리와 함께 베란다 바닥에 머리를 부딪쳤다. 그러면서도 용수철처럼 다시 몸을 세웠다. 리키티키는 나가이나의 뒤로 돌아가려고 빙글빙글 원을 그리며 춤을 추었고, 나가이나도 리키티키와 마주보려고 휙휙 몸을 돌렸다. 그래서 꼬리가 베란다 바닥을 스치면서 바람에 날리는 마른 낙엽 같은 소리를 냈다.

리키티키는 알을 까맣게 잊고 있었다. 알은 여전히 베란다에 놓여 있었고 나가이나는 점점 더 가까이 알 쪽으로 다가갔다. 마침내 리키티키가 숨을 돌리는 사이 알을 입에 물고 베란다 계단으로 몸을 돌렸다. 그리고 쏜살같이 계단을 내려갔고 리키티키가 그 뒤를 쫓았다. 코브라가 죽어라 하고 도망칠 때는 말의 목 위로 내리치는 채찍처럼 빠른 법이다.

리키티키는 반드시 나가이나를 붙잡아야 했다. 그렇지 않으면 이런 일이 또 일어날 거라는 사실을 알고 있었다. 나가이나는 곧장 가시덤불 옆 기다란 풀숲으로 향했다. 달리는 리키티키의 귀에 다르지가 여전히 부르고 있는 멍청한 승리의 노랫소리가 들려왔다. 하지만 다르지의 아내는 현명했다. 나가이나가 도망쳐 오자 둥지를 떠나 나가이나의 머리 근처에서 날개를 퍼덕였다. 만약 다르지가 도와줬더라면 나가이나를 돌려세웠을지도 모른다. 하지만 나가이나는 그저 고개를 숙이고 계속 도망쳤다. 그래도 잠깐 멈칫하는 사이에 리키티키가 그녀를 따라잡았다. 그리고 나가이나가 나그와 둘이 살던 쥐구멍으로 뛰어드는 순간 작고 하얀 이빨로 그녀의 꼬리를 꽉 물고 쫓아갔다. 아무리 현명하고 노련해도 코브라의 굴까

지 따라 들어가려고 하는 몽구스는 거의 없었다. 구멍 안은 깜깜했다. 구멍이 언제 갑자기 넓어져서 나가이나가 몸을 돌려 공격해 올지 전혀 알 수가 없었다. 리키티키는 꼬리를 꽉 문 채 뜨겁고 축축한 흙 경사면에서 두 발로 버티며 깜깜한 구멍 속으로 미끄러지지 않으려 안간힘을 썼다.

얼마 뒤 구멍 입구에 있는 풀들이 더 이상 흔들리지 않자 다르지가 말했다.

"리키티키도 이젠 가망이 없구나! 리키티키의 죽음을 슬퍼하는 노래를 불러야겠다. 용맹한 리키티키는 죽었다! 틀림없이 땅속에서 나가이나가 리키티키를 죽였을 것이다."

다르지는 그 순간에 즉흥적으로 만든 매우 애절한 노래를 불렀다. 그리고 가장 감동적인 대목을 부르려는 순간 다시 풀이 흔들렸다. 흙투성이가 된 리키티키가 콧수염을 핥으며 다리를 하나씩 빼내 구멍을 빠져나왔다. 다르지가 짧게 비명을 지르며 노래를 멈추었다. 리키티키는 몸을 흔들어 털에 묻은 흙을 털어 내며 재채기를 했다.

"다 끝났어. 나가이나는 다시는 나오지 못할 거야."

풀 줄기 사이사이에 사는 붉은 개미들이 그 말을 듣고는 사실인지 확인하려는 듯 구멍 속으로 줄지어 몰려가기 시작했다.

리키티키는 풀 속에 웅크린 채 그대로 잠이 들었다. 그리고 오후 늦게까지 깰 줄을 몰랐다. 리키티키에게도 아주 고된 하루였던 것이다.

드디어 잠에서 깨어난 리키티키가 말했다.

"이제 집으로 돌아가야겠어. 다르지, 쿠퍼스미스(*가슴이 붉은 오색조. '구리 그릇을 만드는 사람'이라는 뜻이 있다.)에게 이 일을 말해 줘. 나가이나가 죽은 걸 온 정원에 알릴 테니까."

쿠퍼스미스는 꼭 작은 망치로 구리 냄비를 두들기는 것 같은 소리를 낸다고 해서 그런 이름을 갖게 된 새였다. 쿠퍼스미스가 늘 그런 소리를 내는 까닭은 인도의 모든 정원을 돌며 귀를 기울이는 모든 이들에게 소식을 전하는 새이기 때문이다. 리키티키가 오솔길을 따라 올라가고 있는데 식사 시간을 알리는 작은 징처럼 소식을 알리는 녀석의 울음소리가 들려왔다. 그리고 "딩동톡! 나그가 죽었네! 딩동! 나가이나가 죽었네! 딩동톡!" 하며 외쳐 대는 소리에 정원의 모든 새들이 노래를 부르고 개구리들이 개굴개굴 울어 댔다. 나그와 나가이나가 어린 새들뿐만 아니라 개구리도 잡아먹곤 했던 것이다.

리키티키가 집에 도착하자 테디와 테디의 엄마, 아빠가(기절했다 깨어난 테디 엄마는 여전히 하얗게 질린 얼굴이었다.) 쫓아 나와서 리키티키를 보며 울음을 터뜨리려고 했다. 그리고 그날 밤 리키티키는 더 이상 먹을 수 없을 때까지 음식을 받아먹고는 테디의

어깨에 올라탄 채 침대로 갔다. 그리고 테디의 엄마가 밤늦게 보러 왔을 때도 여전히 침대에 있었다.

테디의 엄마가 아빠에게 말했다.

"저 몽구스가 우리의 목숨과 테디의 목숨을 살렸어요. 생각해 보세요. 우리를 전부 살린 거예요."

리키티키가 잠에서 깨 벌떡 일어났다. 몽구스들은 잠귀가 밝았던 것이다.

리키티키가 말했다.

"아, 당신들이군요. 무슨 걱정을 하는 거예요? 코브라는 다 죽었잖아요. 살아 있다 해도 내가 있잖아요."

리키티키는 스스로를 자랑스럽게 여길 만했다. 하지만 지나치게 자만하지는 않았다. 강한 이빨로 뛰어오르고 달려들고 물며 몽구스답게 정원을 지켰고 그리하여 단 한 마리의 코브라도 감히 정원 담장 안으로 머리를 들이밀지 못했다.

다르지의 노래

리키티키타비를 찬미하며 부른 노래

나는 가수이자 재봉사
그래서 기쁨도 두 배라네.
하늘에 울려 퍼지는 내 경쾌한 노래가 자랑스러워.
내가 꿰매서 만든 집이 자랑스러워.
위로 아래로 내 노래를 엮는다네. 내 집을 엮는다네.

네 귀여운 아기 새들에게 다시 노래를 부르네.
아, 엄마, 고개를 들어 보세요!
우리를 괴롭히는 악마가 죽었어요.
정원의 사신이 죽었어요.
장미들 속에 숨어 있던 공포가 힘을 잃었어요.
똥더미 위에 던져진 채 죽음을 맞았어요!

누가 우리를 구했느냐, 누가?
그가 사는 둥지와 그의 이름을 말해 줘.
용맹한 자, 진실한 자, 리키
불꽃같은 눈을 가진 티키
상아 같은 송곳니와 불꽃같은 눈을 가진 사냥꾼, 리키티키티키.

그에게 새들의 감사 인사를 전하라.
꽁지깃을 활짝 펼치고 전하라!

나이팅게일의 노래로 찬양하라.
아니, 내가 대신 찬양하리라.
들어라! 내가 붉은 눈과 병 모양의 꼬리를 가진
리키를 찬양하는 노래를 불러 줄 테니.

(여기서 리키티키가 끼어드는 바람에 노래의 나머지 부분은 알 수 없다.)

코끼리들의 투마이

나는 내가 누구였는지 기억하리라.
이제 밧줄과 쇠사슬이 지겹다.
내가 가졌던 힘과 숲에서의 일을 기억하리라.
나는 내 등을 사탕수수 한 다발에 사람에게 팔지 않으리라.
나는 내 종족, 숲 속의 친구들을 찾아가리라.

나는 동이 트고 아침이 밝아 올 때까지
입 맞추는 때 묻지 않은 바람과
쓰다듬는 깨끗한 물을 찾아가리라.
나는 내 발목에 채워진 족쇄도 잊고,
나를 묶어 놓은 말뚝도 부수리라.
나는 내 잃어버린 사랑과 주인 없는 친구들을 다시 찾으리라!

'검은 뱀'이라는 뜻의 이름을 가진 칼라나그는 47년 동안 코끼리가 할 수 있는 일이란 일은 모두 하며 인도 정부를 위해 봉사했다. 처음 붙잡혔을 때도 무려 스무 살이었으니 벌써 일흔을 바라보는 나이가 된 것이다. 코끼리로서도 아주 늙은 나이였다. 칼라나그는 이마에 커다란 가죽띠를 두르고 진흙 깊숙이 빠진 대포를 밀던 일도 기억했다. 1842년 아프간 전쟁이 일어나기 전이었는데 그때만 해도 칼라나그는 힘을 전부 다 발휘하지 못했다. '사랑스러운 라다'라는 뜻의 이름을 가진 엄마 코끼리 라다 파이어리는 칼라나그와 함께 사람들에게 붙잡혔다. 칼라나그의 젖니가 빠지기도 전에 엄마 코끼리는 두려움을 갖는 코끼리가 항상 다치기 마련이라고 말해 주었다. 어느 날 칼라나그는 그 충고가 옳다는 것을 알게 되었다. 포탄이 터지는 것을 처음 보았을 때 비명을 지르며 뒷걸음질치다가 소총들을 걸어 둔 보관대에 부딪히면서 몸에서 부드러운 부분이란 부분은 모조리 총검에 찔렸던 것이다. 그래서 칼라나그는 스물다섯 살이 되기 전에 두려운 마음을 버렸고 그 덕분에 인도 정부를 위해 일하는 코끼리들 가운데 가장 사랑받고 관심을 받는 코끼리가 되었다. 칼라나그는 인도 북부에서 행군할 때 500킬로그램이 넘는 천막들을 날랐고, 증기 기중기 끝에 매달려 배에 태워지고 며칠 동안 항해를 한 적도 있었다. 인도와 멀리 떨어진 낯선 바위투성이 땅에서 등에 박격포를 지고 나른 적도 있었다. 막달라에서는 죽은 테오도르 황제를 목격하기도 했다. 그리고 어디까지나 병사들의 말이지만 아비시니안 전투 훈장을 수여받고 다시 증기선을 타고 돌아왔다. 그로부터 10년 뒤에는 알리 머스지드라는 곳에서 동료 코끼리들이 추위와 간질병, 굶주림, 일사병으로 죽어 가는 것을 지켜보았다. 그런 뒤에는 남쪽으로 수천 킬로미터 떨어진 몰멘까지 가서 목재 저장소에 커다란 티크 목재를 끌어다 쌓는 일을 했다. 그곳에서 자신에게 주어진 몫의 일을 게을리하며 말을 듣지 않는 젊은 코끼리들을 초주검이 되도록 혼내 주었다.

그 뒤로 칼라나그는 목재를 끄는 일에 동원되기도 하고, 따로 그 일을 하도록 훈련받은 수십 마리의 코끼리들과 함께 가로 구릉에서 야생 코끼리들을 잡는 일을 돕기도 했다. 코끼리들은 인도 정부로부터 매우 철저하게 관리되었다. 코끼리를 사냥하고 붙잡고 길들이고 코끼리들을 필요로 하는 전국 각지에 보내는 일만 하는 전담 부서가 따로 있을 정도였다.

칼라나그는 어깨까지의 높이가 족히 3미터는 되었고 엄니는 1.5미터 길이에서 댕강 잘려 나가 있었다. 그래서 끝 부분이 갈라지는 걸 막기 위해 구리로 만든 테두리를 감아 놓았다. 하지만 칼라나

그는 그 뭉툭한 엄니로, 훈련받지 않은 코끼리가 뾰족한 엄니로 할 수 있는 것보다 더 많은 일을 할 수 있었다.

칼라나그는 몇 주 동안 구릉에 흩어져 있던 코끼리들을 신중하게 몰았다. 그렇게 사오십 마리의 야생 코끼리들을 마지막 방책 속으로 몰아넣게 되면 굵은 나무줄기들을 단단히 동여매 만든 거대한 문이 내려와 그들 뒤로 덜컹 소리를 내며 닫혔다. 그러면 칼라나그는 명령에 따라 성내고 울부짖는 그 아수라장(주로 밤이었고 횃불이 반짝거려서 거리를 가늠할 수 없는 때가 많았다.) 속으로 들어가 무리 가운데 큰 엄니를 가진 가장 크고 사나운 녀석을 골라 세차게 때리며 잠잠하게 만들었다. 그사이 다른 코끼리들 등에 올라탄 사람들이 좀 더 작은 야생 코끼리들을 밧줄로 묶었다.

지혜로운 검은 뱀 칼라나그는 싸움에 있어서 모르는 게 없었다.

한창때에는 다친 호랑이의 공격에 맞서 싸운 적도 한두 번이 아니었던 것이다. 부드러운 코가 다치지 않도록 돌돌 말고는 달려드는 짐승을 향해 재빠르고 날카로운 머리 공격으로 허공에서 강한 일격을 가하는 것이었다. 이것은 칼라나그가 온전히 혼자서 생각해낸 싸움 기술이었다. 호랑이를 쓰러뜨렸다면 자신의 거대한 무릎으로 눌러 호랑이가 숨이 완전히 끊어질 때까지 기다렸다. 그러고 나면 바닥에는 칼라나그가 꼬리를 잡고 끌고 갈 푹신한 줄무늬 가죽만 남게 되는 것이다.

"그래, 검은 뱀은 나 말고는 아무것도 두려워하지 않아."

큰 투마이는 그렇게 말했다. 그는 칼라나그가 붙잡히는 모습을 지켜보았던 '코끼리들의 투마이'의 손자이자 칼라나그를 아비시니아로 데려갔던 '검은 투마이'의 아들로, 지금은 그가 칼라나그를 몰았다.

"우리 집안 삼대가 자기를 먹이고 빗질해 주는 걸 보아 왔지. 이제는 사대까지 이어지는 걸 보겠구나."

"칼라나그는 나도 무서워해요."

작은 투마이가 몸에 누더기 한 장만을 걸치고 고작 1미터가 조금 넘는 키로 꼿꼿이 서서 말했다. 이제 열 살이 된 작은 투마이는 큰 투마이의 큰아들이었다. 다 크면 관습에 따라 아버지를 대신해 칼라나그를 타게 되고 묵직한 쇠막대기 안쿠스를 들게 될 것이다. 아버지와 할아버지와 증조할아버지가 써서 반들반들하게 닳은, 코끼리를 부릴 때 쓰는 막대기였다. 작은 투마이가 괜한 말을 하는 게 아니었다. 작은 투마이는 칼라나그의 그늘에서 태어났고, 걷기도 전에 칼라나그의 코를 가지고 놀았고, 걸음마를 떼자마자 데리고 다니며 물을 먹였던 것이다. 칼라나그 역시 작은 투마이가 작고 날카로운 목소리로 명령하는 것을 거스를 생각은 꿈에도 하지 않았다. 큰 투마이가 작은 갈색 아기를 칼라나그의 엄니 아래에 데려다 놓으며, 앞으로 주인이 될 아기에게 인사하라고 명령했던 날에도 죽일 생각은 꿈에도 하지 않았던 것처럼 말이다.

"그래, 칼라나그는 나를 무서워해."

작은 투마이는 그렇게 말하며 칼라나그에게 성큼성큼 다가갔다. 칼라나그를 늙고 뚱뚱한 돼지라고 부르며 한 발씩 차례로 들어보라고 명령했다.

"와, 너는 정말 덩치가 크구나."

그러고는 솜털이 보송보송한 머리를 흔들며 아버지가 한 말을 따라 했다.

"돈은 정부에서 내는지 모르겠지만 코끼리들은 코끼리를 부리는 우리들 거야. 칼라나그, 네가 늙으면 돈 많은 왕이 와서 정부에 돈을 내고 널 살 거야. 넌 몸집도 크고 예의도 바르니까. 그러면 넌 다른 일은 안 하고 황금 귀고리를 달고 황금 가마를 등에 얹고 금으로 뒤덮인 붉은 천을 옆구리에 두르고 왕의 행렬 맨 앞에서 걷기만 하면 돼. 아, 칼라나그, 그럼 난 은으로 된 안쿠스를 들고 네 목에 앉게 되겠지. 황금 막대기를 든 사람들이 우리 앞으로 달려가며 소리칠 거야. '왕의 코끼리가 나간다. 길을 비켜라!' 하고 말이야. 그럼 정말 좋겠지, 칼라나그. 하지만 정글에서 이렇게 사냥하는 것만큼 좋지는 않아."

큰 투마이가 말했다.

"흥! 넌 물소 새끼처럼 제멋대로구나. 이렇게 구릉을 오르락내

리락하는 게 정부 일 가운데 최고는 아니야. 나도 점점 나이가 드는 데다 야생 코끼리 잡는 일도 좋아하지 않으니까. 이렇게 돌아다니면서 야영을 하는 대신 한 칸에 코끼리 한 마리씩을 넣을 수 있는 벽돌로 만든 우리가 필요하단 말이야. 코끼리를 안전하게 매어 둘 수 있는 커다란 말뚝이 있어야 하고 운동을 시킬 수 있는 평평하고 넓은 길이 필요해. 아, 칸푸르 막사가 괜찮았는데. 근처에 시장도 있었고 하루에 세 시간만 일하면 됐으니까 말이야."

작은 투마이는 칸푸르의 코끼리 우리를 떠올리고는 아무 말도 하지 않았다. 작은 투마이는 야영 생활이 훨씬 더 좋았던 것이다. 그 넓고 평평한 길도 싫었고 매일 사료 저장고에서 풀을 찾아오는 것도, 칼라나그가 몇 시간이고 아무 할 일도 없이 말뚝에 묶여 안절부절못하는 것을 지켜보는 것도 싫었다.

작은 투마이가 좋아하는 것은 코끼리만 갈 수 있는 좁은 길로 올라가거나 골짜기 아래로 내려가는 것, 몇 킬로미터 떨어진 곳에서 풀을 뜯는 야생 코끼리들의 모습을 언뜻 보게 되는 것, 돼지와 공작새들이 칼라나그의 발에 밟힐까 겁을 먹고 우르르 도망가는 모습을 보는 것이었다. 그리고 따뜻한 비가 앞이 보이지 않을 정도로 쏟아져서 온 언덕과 골짜기가 흐릿해지는 광경, 그날 밤 어디서 야영을 하게 될지 아무도 짐작할 수 없는 안개 낀 아름다운 아침, 야생 코끼리를 침착하고 조심스럽게 몰아가는 일을 좋아했다. 그리고 코끼리를 몰아넣는 마지막 밤의 거친 움직임과 불꽃과 시끌벅적한 소리를 좋아했다. 야생 코끼리들은 산사태에 굴러떨어지는 바위들처럼 울타리 안으로 쏟아져 들어갔고 자신들이 빠져나올 수 없다는 것을 알고는 육중한 기둥에 쾅쾅 몸을 부딪쳤다. 하지만 결국은 함성 소리와 타오르는 횃불과 공포 사격에 놀라 울타리 안으로 물러났다.

그곳에서는 조그만 사내아이도 쓸모가 있었다. 그리고 투마이는 사내아이 셋의 몫을 했다. 손에 든 횃불을 흔들고 목청껏 소리를 질렀다. 코끼리들이 울타리로 쏟아져 들어가기 시작할 때가 가장 신 났다. 케다, 즉 울타리 모습은 세상의 종말을 보는 듯했고 사람들은 자신의 말소리도 들리지 않아서 서로 신호를 주고받아야 했다. 그러면 작은 투마이는 흔들리는 울타리 기둥 하나에 기어 올라갔는데 햇볕에 바랜 갈색 머리를 어깨까지 풀어헤치고 있었다. 횃불의 불빛에 비친 그 모습은 마치 도깨비 같았다. 잠시 조용해지는 순간 울부짖는 소리, 우당탕 달리는 소리, 밧줄을 휙 던지는 소리, 밧줄에 묶인 코끼리들의 신음 소리 너머로 작은 투마이가 카랑카랑한 목소리로 칼라나그를 격려하는 외침 소리가 들려왔다.

"마일, 마일, 칼라나그(계속해, 계속해, 검은 뱀아)! 단트 도(엄니로 찔러)! 소말로! 소말로(조심해, 조심해)! 마로! 마르(때려, 때려)! 기둥 조심해! 아레! 아레! 하이! 야이! 캬아아!"

그리고 칼라나그와 야생 코끼리는 케다 안에서 밀고 밀리는 큰 전투를 벌였다. 노련한 코끼리 사냥꾼들은 잠시 눈 위로 흘러내리는 땀을 훔치며, 기둥 위에서 기쁨에 몸을 들썩거리는 작은 투마이에게 고개를 끄덕여 주었다.

작은 투마이가 몸을 들썩거리기만 한 건 아니다. 어느 날 밤에는 울타리 기둥에서 내려와 코끼리들 사이로 슬그머니 들어갔다. 그리고 발길질을 하는 어린 코끼리의 다리를 단단히 묶으려고 하는 몰이꾼에게 땅에 떨어진 밧줄을 던져 주었다(원래 다 자란 동물들보다 어린 새끼들이 더 애를 먹이기 마련이다.). 칼라나그가 그런 작은 투마이를 보고 코로 들어 올려서 큰 투마이에게 건네주었다. 큰 투마이는 바로 그 자리에서 아들을 철썩 때리고는 기둥 위에 다시 올려놓았다.

다음날 아침 큰 투마이가 아들을 혼내며 말했다.

"코끼리 우리나 돌보고 작은 텐트나 나르면 되는데 그걸로 모자라서 벌써 네 힘으로 코끼리를 잡으러 나서야겠다는 거냐, 이 한심한 녀석아? 나보다 돈도 적게 받는 저 멍청한 사냥꾼들이 피터슨 나리에게 이 일을 얘기했을 거야."

작은 투마이는 더럭 겁이 났다. 백인에 대해 잘은 몰랐지만 작은 투마이에게 피터슨 나리는 세상에서 가장 위대한 백인이었다. 피터슨 나리는 모든 케다 운영을 책임지는 책임자였다. 즉 인도 정부에서 필요한 코끼리는 모두 그가 잡았고 이 세상 그 누구보다 코끼리의 습성에 관해 잘 알았다.

작은 투마이가 물었다.

"그럼, 그럼 어떻게 되는 거예요?"

"어떻게 되느냐고? 최악의 상황이 벌어질 수도 있지. 피터슨 나리는 미친 사람이야. 미치지 않았다면 왜 이 사나운 악마들을 사냥하러 다니겠어? 네게 코끼리 사냥꾼이 되라고 할지도 몰라. 열병이 만연하는 이 정글 아무 데서나 잠을 자고 결국에는 케다에서 밟혀 죽겠지. 이런 말도 안 되는 일이 아무 탈 없이 끝나서 다행이야. 다음 주면 코끼리 잡는 일도 끝나니 평지 사람인 우리는 다시 우리 자리로 돌아가는 거지. 그러면 우리는 판판한 길로 당당히 걸어다니며 여기서의 사냥을 모두 잊는 거야. 하지만 아들아, 네가 이 더러운 아삼 정글 사람들의 일에 끼어들다니 난 그게 너무 화가 나는구나. 칼라나그는 나 말고는 누구 말도 따르지 않으니 내가 할 수 없이 칼라나그와 함께 케다로 들어가야 하는 거야. 하지만 칼라나그도 싸움 코끼리일 뿐이고 코끼리들을 묶는 일은 돕지 않아. 그래서 난 코끼리 부리는 사람에 걸맞게 편안히 앉아만 있는 거야. 하찮은 사냥꾼이 아니라 코끼리를 부리는 사람이란 말이다. 그리고 일을 그만두게 되면 연금도 받게 되지. 투마이 가문 사람이 케다의 흙 속에서 코끼리 발에 밟히다니 말이 돼? 나쁜 놈! 못된 놈! 이 한심한 녀석아! 가서 칼라나그나 씻겨 주거라. 귀도 살펴 주고 발에 가시가 박히지 않았는지도 보고. 그러지 않으면 피터슨 나리가 널 잡아다 야생의 사냥꾼으로 만들어 버릴 거다. 코끼리 발자국이나 정글에 사는 곰이나 따라다니는 놈 말이다. 흥! 부끄러운 줄 알아! 썩 꺼져!"

작은 투마이는 한 마디 대꾸도 못 하고 물러나 칼라나그의 발을 살펴보면서 칼라나그에게 자기가 가진 불만을 모두 털어놓았다.

작은 투마이가 커다란 칼라나그의 오른쪽 귀 가장자리를 뒤집어 보며 말했다.

"아무 이상 없어. 사람들이 내 이름을 피터슨 나리한테 말했고 어쩌면, 어쩌면, 어쩌면...... 누가 알아? 와! 내가 정말 큰 가시를 뽑았어!"

그 뒤로 며칠 동안은 코끼리들을 모으고 길들인 코끼리 두 마리 사이에 새로 잡은 야생 코끼리들을 세워서 걸어다니는 연습을 시키는 일이 이어졌다. 들판으로 행군해서 내려갈 때 새로 잡은 코끼리들이 큰 말썽을 부리지 않게 하려는 것이었다. 그리고 낡아서 못 쓰게 되었거나 숲에서 잃어버린 담요나 밧줄, 그 밖의 물건들을 조사했다.

피터슨 나리가 자신의 똑똑한 암코끼리 푸드미니를 타고 나타났다. 사냥철이 막바지에 다다랐기 때문에 구릉 여기저기에 흩어져 있는 야영지를 돌며 돈을 지불하고 있었던 것이다. 원주민 사무원이 나무 아래 놓인 탁자에 앉아 몰이꾼들에게 임금을 주었다. 돈을 받은 사람들은 자신의 코끼리가 있는 곳으로 돌아가 출발을 기다리는 줄에 합류했다. 매년 정글에 머물면서 코끼리 사냥꾼들과 케다에서 고정적으로 일하는 일꾼들은 피터슨 나리 소유의 코끼리 등에 앉아 있거나 팔에 총을 낀 채 나무에 기대어 서 있었다. 그리고 떠나는 몰이꾼들을 놀리고 새로 잡은 코끼리들이 행렬을 벗어나 도망칠 때마다 웃음을 터뜨렸다.

큰 투마이가 작은 투마이를 데리고 사무원 앞으로 다가갔다. 그러자 추적꾼 우두머리 마추아 아파가 나직한 목소리로 친구에게 말했다.

"저기 코끼리 사냥꾼이 될 자질을 가진 녀석이 가는구나. 정글에 있어야 할 녀석이 평지에서 크다니 안타깝군."

피터슨 나리는 아주 귀가 밝았다. 세상 모든 생명체 가운데 가장 조용한 야생 코끼리의 소리를 듣는 사람으로서 당연한 일이었다. 줄곧 몸을 기대고 있던 푸드미니의 등에서 고개를 돌리며 말했다.

"무슨 말이냐? 평지에 사는 몰이꾼들은 전부 죽은 코끼리를 묶을 만한 재주도 없는 걸로 아는데."

"어른이 아니라 사내아입니다. 마지막 몰이 때 케다 속으로 들어가 바르마오에게 밧줄을 던져 주었답니다. 다들 어깨에 반점이 있는 어린 코끼리를 어미에게서 떼어 놓으려고 한참 진땀을 빼고 있었지요."

마추아 아파가 작은 투마이를 가리켰다. 피터슨 나리가 바라보자 작은 투마이는 머리가 땅에 닿도록 절을 했다.

피터슨 나리가 말했다.

"저 아이가 밧줄을 던졌다고? 코끼리를 매어 두는 말뚝보다 작구나. 얘야, 네 이름이 뭐냐?"

작은 투마이는 겁에 질려 아무 말도 못했다. 하지만 뒤에 선 칼라나그에게 손짓을 하자 코끼리는 작은 투마이를 코로 잡고 푸드미니 이마 높이까지 들어 올려 위대한 피터슨 나리 앞에 대령시켰다. 작은 투마이는 두 손으로 얼굴을 가렸다. 코끼리에 관한 것 말고는 그저 여느 아이처럼 부끄럼을 타는 어린아이였던 것이다.

피터슨 나리가 콧수염 아래로 미소를 지으며 말했다.

"오호! 네 코끼리에게 그런 재주는 왜 가르친 거냐? 지붕 위에 내다 말리는 덜 여문 옥수수라도 훔치려고?"

"나리, 옥수수가 아니라…… 멜론입니다."

작은 투마이의 말에 주위에 앉아 있던 사람들이 모두 웃음을 터뜨렸다. 대부분 어렸을 때 자기 코끼리에게 그런 재주를 가르친 경험들이 있었던 것이다. 작은 투마이는 바닥에서 2미터가 넘는 높이에 있었지만 그만큼 땅속으로 꺼지고 싶은 심정이었다.

큰 투마이가 못마땅한 얼굴로 말했다.

"나리, 제 아들 투마이입니다. 아주 못된 녀석이라서 언젠가 감옥에 갇히고 말 겁니다, 나리."

"내 생각은 좀 다른데. 저 나이에 코끼리가 가득 찬 케다를 두려워하지 않는다면 감옥에 가지는 않을 거야. 얘야, 여기 4아나를 줄 테니 가서 사탕이나 사 먹으렴. 그 더벅머리 속에 있는 뇌가 쓸 만한 거 같아 주는 거야. 조만간 너도 사냥꾼이 될 거다."

큰 투마이는 더욱 못마땅한 얼굴이 되었다. 피터슨 나리가 말을 이었다.

"하지만 케다는 아이들이 놀 만한 곳이 아니라는 사실을 기억해라."

작은 투마이가 깜짝 놀라서 물었다.

"나리, 거긴 들어가면 안 되는 건가요?"

피터슨 나리가 다시 웃으며 대답했다.

"그래. 네가 코끼리들이 춤추는 걸 보게 된다면 그땐 가능하지. 코끼리들이 춤추는 걸 보게 되거든 나한테 오렴. 그땐 어느 케다든지 모두 들어가게 해 주마."

또 한바탕 웃음이 터져 나왔다. 피터슨 나리의 말은 코끼리 사냥꾼들 사이에 오가는 오래된 농담이었는데 '정말 안 된다', '아니다'라는 의미였다. 멀리 숲 속에는 코끼리들의 무도회장이라고 불리는 평평하고 넓은 공터가 숨겨져 있었다. 그 무도회장도 아주 우연히 발견될 뿐이었는데 더욱이 코끼리들이 춤추는 것을 본 사람은 아무도 없었다. 코끼리 몰이꾼이 자신의 기술과 용기를 떠벌리면 다른 몰이꾼들이 이렇게 말하는 것이다.

"그래서 코끼리가 춤추는 건 언제 본 거야?"

칼라나그가 작은 투마이를 바닥에 내려놓자 작은 투마이가 다시 머리를 조아렸다. 그리고 아버지와 함께 자리로 돌아가 어린 동생에게 젖을 먹이는 엄마에게 자신이 받은 4아나짜리 은화를 주었다. 그리고 가족 모두가 칼라나그의 등에 올라탔다. 툴툴거리고 깩깩거리는 긴 코끼리 행렬이 언덕길을 따라 평지로 내려갔다. 새로운 코끼리들 때문에 행진은 매우 활기가 넘쳤다. 새 코끼리들은 여울을 건널 때마다 애를 먹였고 몇 분마다 한 번씩 달래거나 때려야 했다.

잔뜩 화가 난 큰 투마이는 칼라나그를 심술궂게 찔러 댔지만 작은 투마이는 말이 나오지 않을 만큼 행복했다. 피터슨 나리가 자신에게 관심을 기울이고 돈까지 주었기 때문이다. 마치 병사가 앞으로 불려 나가 총사령관으로부터 칭찬을 받았을 때의 느낌이었다.

마침내 작은 투마이가 엄마에게 살짝 물어보았다.

"피터슨 나리가 말한 코끼리들의 춤이란 게 뭐예요?"

큰 투마이가 그 말을 듣고 툴툴거렸다.

"네가 결코 언덕의 물소 떼 같은 추적꾼이 될 수 없다는 말이지. 바로 그런 뜻으로 한 말이야. 이봐, 거기 앞에 가는 당신, 뭣 때문에 길을 막고 있는 거야?"

두세 마리의 코끼리를 사이에 두고 앞서 가던 아삼 족 몰이꾼이 화가 난 표정으로 돌아보며 소리쳤다.

"칼라나그를 이리 좀 데려와. 여기 이 어린 녀석들의 버릇 좀 가르쳐야겠어. 피터슨 나리는 왜 하필 나더러 논바닥의 당나귀 같은 당신네들하고 내려가라고 했는지 모르겠어. 투마이, 당신 코끼리 좀 이리 보내라니까. 그 엄니로 이 녀석들을 좀 찌르라고 해. 언덕의 모든 신들을 걸고 말하는데 새로 잡힌 코끼리들한테 귀신이 들린 거야. 그게 아니면 정글에 있는 제 동료들 냄새를 맡았거나."

칼라나그는 새로운 코끼리들의 옆구리를 숨이 턱 막힐 정도로 강하게 때렸다. 그때 큰 투마이가 말했다.

"우리가 마지막 사냥 때 언덕에 있는 코끼리들을 모조리 쓸어 왔잖아. 이게 다 당신이 코끼리들을 조심성 없이 몰아서 그런 거야. 내가 이 긴 행렬 전체를 다 챙겨야겠어?"

몰이꾼이 말했다.

"저 말하는 꼴 좀 보게! 언덕에서 다 쓸어 왔다는군. 하하! 당신

네 평지 사람들은 정말 잘났군. 한 번도 정글을 본 적 없는 멍청이들 말고는 다 알 거야. 이번 사냥철이 끝난 걸 코끼리들도 눈치챘다는 걸 말이야. 그러니 오늘 밤 야생 코끼리들이 전부 다…… 말해 봤자 쇠귀에 경 읽기지."

작은 투마이가 큰 소리로 물었다.

"코끼리들이 뭘 하는데요?"

"아, 꼬마야. 너구나? 그래, 너한테는 말해 줄게. 넌 머리가 좋으니까. 코끼리들이 춤을 출 거다. 그러니 언덕에 있는 코끼리들을 모조리 쓸어 온 네 아빠는 오늘 밤 말뚝에 쇠사슬을 이중으로 감아야 할 거다."

"이게 다 무슨 말이야? 40년 동안 대대로 코끼리들을 돌봐 왔는데 코끼리들이 춤을 춘다는 그런 헛소리는 들어 본 적이 없어."

"그래, 오두막에 사는 평지 사람이 오두막의 네 벽 말고 뭘 알겠어? 그럼 오늘 밤 당신 코끼리들을 풀어놓고 무슨 일이 일어나는지 지켜보던가. 내가 녀석들이 춤을 추는 걸 본 게 어딘가 하면…… 오, 맙소사! 다잉 강은 왜 이렇게 구불구불한 거야? 여기 여울이 또 있군. 어린 코끼리들은 헤엄이라도 치게 해야겠어. 거기 뒤에 있는 너, 가만히 있어."

행렬은 이렇게 떠들고 다투고 첨벙거리며 강을 건너서 새로운 코끼리들을 맞아들이는 캠프 같은 곳으로 향했다. 하지만 코끼리들은 캠프에 도착하기 훨씬 전부터 잔뜩 흥분해 있었다.

캠프에 도착한 뒤 코끼리들의 뒷다리에 사슬을 묶어서 커다란 말뚝에 매었고 여기에 새로운 코끼리들에게는 밧줄까지 묶었다. 그리고 코끼리들 앞에 풀을 쌓아 주었다. 언덕의 몰이꾼들은 아직 오후 빛이 남아 있을 때 피터슨 나리에게 돌아갔고, 돌아가면서 평지 몰이꾼들에게 그날 밤은 특히 조심하라고 일렀다. 평지 몰이꾼들이 이유를 물었지만 껄껄 웃기만 했다.

작은 투마이는 저녁 어둠이 깔리자 칼라나그의 저녁을 챙겨 주었고 말할 수 없이 행복한 마음에 톰톰을 찾아 캠프를 돌아다녔다. 인도 아이들은 가슴이 벅차올라도 도가 지나칠 정도로 시끄럽게 떠들거나 뛰어다니거나 하지 않았다. 자리에 앉아 혼자서 자기 나름의 연회를 열었다. 피터슨 나리가 말을 걸어 주다니! 작은 투마이가 원하는 것을 찾지 못했다면 펑 터져 버렸을지도 모른다. 하지만 캠프의 사탕 장수가 손바닥으로 치는 작은 북 톰톰을 빌려 주었다. 별들이 하나둘 뜨기 시작하자 칼라나그 앞에 책상다리를 하고 앉아 톰톰을 무릎 위에 올려놓고 치고 치고 또 쳤다. 코끼리가 먹는 풀들 사이에 혼자 앉아 자신에게 일어났던 명예로운 일을 생각하고 또 생각하며 더욱 신 나게 북을 쳤다. 가락도 노래도 없었지만 북을 치는 것만으로도 행복했다.

새로운 코끼리들은 밧줄을 잡아당기며 이따금씩 꽥 소리를 지르거나 나팔 소리 같은 울음소리를 냈다. 캠프 오두막에서는 작은 투마이의 엄마가 어린 동생을 재우며 위대한 시바 신에 대한 아주 오래된 노래를 불러 주는 소리가 들렸다. 오래전 시바 신이 모든 동물들에게 각자 무엇을 먹어야 하는지 정해 주었다는 내용이었다. 깊이 마음을 달래 주는 자장가로 1절은 이랬다.

수확을 주시고 바람이 불게 하시는 시바 신이여.
오래전 어느 날의 문턱에 앉아

옥좌에 앉은 왕부터 성문 앞에 앉은 거지까지
자기 몫의 음식과 노역과 운명을 나눠 주셨네.
모든 걸 만드시는 시바, 우리의 보호자여
마하데오! 마하데오! 그분이 모든 걸 만드셨네.
낙타에게는 가시나무를, 소에게는 여물을
잠결의 아이에게는 엄마의 가슴을. 아, 내 어린 아들아!

작은 투마이는 한 소절이 끝날 때마다 흥겹게 탕탕탕 북을 쳐 댔다. 그러다 졸음이 밀려오자 칼라나그 옆에 놓인 풀더미 위에 몸을 뉘였다.

마침내 코끼리들도 여느 때처럼 하나둘씩 눕기 시작했다. 줄의 오른쪽에 서 있던 칼라나그만이 그대로 서 있었다. 칼라나그는 몸을 좌우로 천천히 흔들며 언덕에서 아주 천천히 불어오는 밤바람 소리를 들으려고 귀를 바짝 당겼다. 대기는 모든 밤의 소리들로 가득했다. 대나무 줄기들이 탁탁 부딪히는 소리, 덤불 속에서 살아 있는 뭔가가 바스락거리는 소리, 반쯤 잠을 깬 새들(새들은 우리 상상보다 훨씬 더 흔히 밤에 잠을 자지 않는다.)이 뭔가를 긁으며 꽥꽥 우는 소리, 아주 멀리서 들리는 물 떨어지는 소리, 그 소리들이 모두 합쳐져 하나의 거대한 침묵을 만들었다. 한동안 잠들어 있던 작은 투마이가 잠에서 깼을 때 달빛이 눈부시게 빛나고 있었다. 칼라나그는 여전히 귀를 바짝 당긴 채 서 있었다. 작은 투마이는 풀더미 속에서 바스락거리며 몸을 돌렸고 하늘의 별들을 반쯤 가린 칼라나그의 커다란 등을 바라보았다. 그렇게 바라보고 있는데 무슨 소리가 들렸다. 아득히 멀리서 들려오는 소리는 침묵을 뚫고 나온 바늘구멍만 한 소리에 지나지 않았다. 바로 기적 소리 같은 야생 코끼리의 울음소리였다.

그러자 줄지어 누워 있던 코끼리들이 전부 총에 맞기라도 한 것처럼 벌떡 일어났다. 결국 요란한 코끼리 소리에 자고 있던 몰이꾼들도 일어나 밖으로 나왔다. 그리고 코끼리들이 전부 조용해질 때까지 커다란 나무망치로 말뚝을 더 깊이 박고 밧줄을 단단히 죄고 묶었다. 새로 온 코끼리 한 마리가 말뚝이 거의 뽑힐 정도로 날뛰자 큰 투마이는 칼라나그의 다리에 묶었던 사슬을 벗겨서 그 코끼리의 앞발과 뒷발을 묶었다. 대신 칼라나그의 다리에는 가는 새끼줄 같은 고리를 살짝 끼워 넣고 단단히 묶여 있다는 사실을 잊지 말라고 말했다. 투마이 자신도 익히 알고 있듯이 자신과 자신의 아버지, 할아버지도 벌써 수백 번씩이나 똑같은 방법을 써 왔던 것이다. 그러나 칼라나그는 평소처럼 소리를 내어 명령에 답하지 않았다. 가만히 서서 고개는 살짝 들고 귀를 부채처럼 펼친 채 달빛 너머 겹겹이 골짜기를 이룬 가로 구릉을 바라보았다.

"녀석이 밤에 날뛰지 않는지 지켜봐."

큰 투마이는 작은 투마이에게 그렇게 이르고 다시 오두막에 들어가 잠을 청했다. 작은 투마이도 막 잠이 들려는데 야자 껍질로 만든 줄이 작게 툭 하며 끊어지는 소리가 들렸다. 그리고 칼라나그는 골짜기 입구에서 구름이 빠져나오듯 천천히, 소리 없이 말뚝에서 벗어났다. 작은 투마이는 달빛이 비치는 길을 따라 맨발로 칼라나그를 쫓아 달려가면서 낮은 목소리로 칼라나그를 불렀다.

"칼라나그! 칼라나그! 나도 데려가, 칼라나그!"

칼라나그는 소리 없이 돌아서서는 달빛 속에 서 있는 소년을 향해 성큼성큼 세 걸음을 되돌아왔다. 코를 내려 아이를 목덜미에 휙 감아올리고는 작은 투마이가 제대로 앉기도 전에 숲으로 미끄러지듯 들어갔다.

성난 코끼리의 울음소리가 코끼리들이 있는 캠프로부터 크게 한 번 들려오더니 침묵이 모든 것을 덮었다. 칼라나그도 다시 움직이기 시작했다. 때때로 파도가 뱃전을 휩쓸고 지나가듯 높이 자란 풀포기가 칼라나그의 옆구리를 스쳤고 야생 후추 덩굴이 등을 긁기도 했으며 대나무가 칼라나그의 어깨에 닿으면서 뿌드득 소리를 내기도 했다. 하지만 그런 와중에도 칼라나그는 전혀 소리를 내지 않고 마치 무성한 가로 숲이 연기라도 되는 것처럼 유유히 지나갔다. 칼라나그는 오르막길로 가고 있었다. 하지만 작은 투마이가 나무들 사이로 보이는 별들을 올려다보았지만 어느 쪽으로 가는지 알 수 없었다.

마침내 칼라나그가 오르막길 끝에 도착했고 잠시 걸음을 멈추었다. 작은 투마이의 눈에 몇 킬로미터에 걸쳐 빽빽이 들어선 나무의 꼭대기가 달빛을 받아 얼룩덜룩한 부드러운 털처럼 보였다. 아래 계곡에서는 강물 위로 푸른빛이 도는 하얀 안개가 피어올랐다. 투마이는 앞으로 몸을 기대고 그 모습을 바라보면서 발아래에 있는 숲이 깨어나는 것 같은, 깨어나서 살아 움직이고 북적거리는 것 같은 느낌을 받았다. 과일을 먹는 큰 갈색 박쥐가 귀를 스치고 지나갔고 덤불 속에서는 호저 가시가 타닥타닥 소리를 냈다. 나무들 사이의 어둠 속에서는 멧돼지가 코를 킁킁거리며 축축하고 따뜻한 흙을 열심히 파헤치는 소리가 들렸다.

나뭇가지들이 다시 머리 위로 우거졌다. 칼라나그가 천천히 골짜기로 내려가기 시작한 것이다. 이번에는 조용히 움직이지 않고 가파른 경사면을 따라 제어가 되지 않는 대포처럼 순식간에 내려갔다. 거대한 네 다리를 피스톤처럼 척척 움직이며 한 걸음에 2미터가 넘는 거리를 나아갔다. 앞다리 관절의 주름진 피부에서 걸을 때마다 버석거리는 소리가 났다. 칼라나그 양쪽의 수풀은 칼라나그가 지나가자 캔버스가 찢어지는 듯한 소리를 냈고, 칼라나그가 어깨로 이리저리 밀고 지나간 어린 나무들이 다시 제자리로 돌아오며 칼라나그의 옆구리를 때렸다. 서로 엉켜 있던 거대한 덩굴 식물들은 칼라나그가 좌우로 머리를 흔들어 길을 헤치며 나아가자 엄니에 걸려 대롱거렸다. 작은 투마이는 흔들리는 나뭇가지에 걸려 땅에 떨어지지 않도록 칼라나그의 거대한 목덜미에 착 달라붙었다. 그 와중에도 다시 캠프로 돌아가고 싶다는 마음뿐이었다.

발밑의 풀들이 질퍽질퍽해지기 시작했다. 칼라나그가 한 걸음 내디딜 때마다 발이 쑥쑥 빠졌다. 골짜기 바닥에 깔린 밤안개 때문에 작은 투마이는 온몸이 으슬으슬했다. 첨벙첨벙 소리, 뭔가 뭉개지는 소리, 빠르게 흐르는 물소리가 들렸고 칼라나그는 한 걸음 한 걸음 조심스럽게 내디디며 강바닥을 따라 걸어갔다. 칼라나그의 다리를 휘감으며 흐르는 요란한 물소리 너머로 강 상류와 하류 전체에서 첨벙거리는 소리, 나팔 소리 같은 울음소리, 큰 소리로 툴툴대고 콧김을 씩씩 내뿜는 소리가 들려왔다. 그리고 주위를 둘러싼 안개 속에 굽이치고 물결치는 그림자가 가득한 것 같았다.

작은 투마이가 이를 딱딱 부딪치며 낮게 외쳤다.

"이런! 오늘 밤 코끼리들이 다 몰려나왔네. 그럼 춤을 추려는 거야!"

칼라나그가 첨벙거리며 물 밖으로 나와 콧속의 물을 뿜어냈다. 그리고 다시 오르막길을 오르기 시작했다. 하지만 이번에는 혼자 오르는 것이 아니었다. 길을 만들며 나아갈 필요도 없었다. 눈앞에 이미 너비가 2미터쯤 되는 길이 만들어져 있었던 것이다. 구부러진 정글 풀들이 도로 일어나려고 애쓰고 있었다. 불과 몇 분 전에 수많은 코끼리들이 그 길을 지나간 게 틀림없었다. 작은 투마이가 뒤를 돌아보자 시뻘겋게 달아오른 석탄처럼 빛나는, 작은 돼지 눈을 가진 거대한 야생 코끼리가 막 안개 낀 강에서 빠져나오고 있었다. 다시 나무들이 눈앞을 가렸고 코끼리들은 나팔 소리 같은 울음소리, 엄청난 굉음을 내며 움직이는 소리, 사방의 가지들이 부러지는 소리와 함께 계속 오르막길을 올랐다.

마침내 칼라나그는 언덕 맨 꼭대기에 위치한 두 그루의 나무 사이에 멈춰 섰다. 그 두 나무는 넓이가 3, 4에이커(*1에이커는 약 4,047m²이다.)쯤 되는 불규칙한 형태의 공터 주위를 빙 둘러싸며 서 있는 나무들 가운데 일부였다. 작은 투마이는 공터 바닥이 전부 벽돌 바닥처럼 단단하게 다져져 있는 것을 볼 수 있었다. 나무 몇 그루가 공터 한복판에서도 자라고 있었지만 껍질이 벗겨진 채 달빛에 반짝이고 윤기 나는 하얀 속살을 드러내고 있었다. 높은 가지에는 덩굴 식물들이 매달려 있었고, 덩굴에는 창백하고 커다란 종 모양이나 메꽃 같이 생긴 꽃들이 잠든 채 매달려 있었다. 하지만 공터 안 어디에도 초록 풀잎은 보이지 않았다. 단단히 다져진 흙뿐이었다.

공터 전체가 달빛을 받아 철회색을 띠고 있었다. 코끼리 몇 마리가 서 있는 곳에만 새까만 그림자가 드리워져 있었다. 작은 투마이는 눈이 휘둥그레져서 숨을 멈추고 지켜보았다. 나무들 사이를 지나 점점 더 많은 코끼리들이 공터로 몰려들어오는 것이 보였다. 작은 투마이는 열까지밖에 셀 줄 몰랐다. 그래서 손가락을 꼽아 가며 열을 세고 또 세었지만 결국 다 세지 못하고 머리가 빙글빙글 돌기 시작했다. 공터 밖에서는 코끼리들이 언덕으로 올라오면서 수풀로 우르르 몰려들어가는 소리가 들렸다. 하지만 일단 나무들로 둘러싸인 공터 안으로 들어서면 코끼리들은 유령처럼 움직였다.

그곳에는 주름진 목과 귀에 낙엽과 열매와 잔가지들을 잔뜩 묻히고 하얀 엄니를 가진 사나운 수코끼리들도 있었고, 느릿느릿 움직이는 뚱뚱한 암컷들도 있었다. 키가 1미터 남짓밖에 되지 않는 분홍빛이 도는 검은 새끼 코끼리들이 엄마의 배 밑으로 쉴 새 없이 뛰어다녔다. 엄니가 막 자라기 시작한 젊은 코끼리들은 매우 우쭐해 있었다. 크고 비쩍 마른 늙은 암코끼리들도 있었는데 거친 나무껍질 같은 코에 움푹 팬 얼굴은 근심스러운 표정을 짓고 있었다. 사납고 나이 많은 수코끼리들도 있었는데, 어깨부터 옆구리까지 지난 싸움들에서 얻은 맞고 베인 상처들로 가득했다. 어디선가 진흙 목욕을 했는지 어깨에서 말라붙은 흙덩어리들이 툭툭 떨어졌다. 엄니가 부러지고 옆구리에는 호랑이 발톱에 깊게 패인 무시무시한 상처 자국이 있는 코끼리도 있었다.

코끼리들은 서로 머리를 맞대고 서 있거나 둘씩 짝을 지어 이리저리 걸어다니거나 혼자서 몸을 흔들며 서 있기도 했다. 수십 수백 마리는 되는 것 같았다.

작은 투마이는 칼라나그의 목덜미에 가만히 엎드려만 있으면 아무 일도 없을 거라는 사실을 알고 있었다. 울타리에 갇혀 서로 밀치고 날뛰는 와중에도 야생 코끼리가 코를 뻗어서 길들여진 코끼리 목에 앉은 사람을 끌어내리는 경우는 없었다. 더욱이 이 코끼리들은 그날 밤 사람에게는 전혀 관심이 없었다. 그때 숲 속에서 족쇄가 쩔렁거리는 소리가 들려오자 코끼리들이 깜짝 놀라 귀를 바짝 당겼다. 피터슨 나리가 아끼는 암코끼리 푸드미니였다. 부러진 쇠사슬을 끌고 툴툴거리고 코를 킁킁거리며 언덕을 올라왔다. 말뚝을 부러뜨리고 피터슨 나리의 캠프에서 곧장 이리로 온 게 틀림없었다. 작은 투마이는 다른 코끼리도 한 마리 보았는데 한 번도 본 적 없는 코끼리였지만 등과 가슴에는 밧줄에 깊게 쓸린 상처들이 있었다. 그 녀석도 구릉에 흩어진 캠프 가운데 하나에서 도망쳐 온 게 틀림없었다.

마침내 숲 속을 움직이는 코끼리 소리가 더 이상 들리지 않았다. 칼라나그가 자신이 서 있던 나무들 사이에서 나와 끌끌 혀 차는 소리, 꾸르륵 소리를 내며 코끼리 무리 한가운데로 들어갔다. 그러자 모든 코끼리들이 자기들 말로 이야기를 나누며 이리저리 움직였다.

작은 투마이는 여전히 엎드린 채로 수많은 코끼리들의 널찍한 등과 펄럭거리는 귀와 이리저리 흔드는 코와 굴려 대는 작은 눈을 내려다보았다. 어쩌다 엄니끼리 엇갈리며 딱 소리가 나기도 하고 코들이 서로 휘감기며 버석거리는 소리가 나기도 했다. 또 거대한 옆구리와 어깨들이 스치는 소리, 커다란 꼬리를 쉴 새 없이 휙휙 휘두르는 소리도 들렸다. 그러더니 구름이 달을 가렸고 작은 투마이는 깜깜한 어둠 속에 앉아 있게 되었다. 하지만 코끼리들이 조용히 밀치락달치락하며 꾸르륵거리는 소리는 계속되었다. 작은 투마이는 코끼리들이 칼라나그를 온통 에워싸고 있어서 여기서 빠져나갈 수 없다는 것을 깨닫고 이를 악물고 부들부들 떨었다. 적어도 울타리 안에서는 횃불과 고함 소리가 있었지만 여기서는 어둠 속에 작은 투마이 혼자뿐이었다. 한 번은 어떤 코끼리의 코가 쑥 올라와 무릎을 건드리기도 했다.

그때 코끼리 한 마리가 나팔 소리를 내자 모든 코끼리들이 5초에서 10초 동안 일제히 나팔 소리를 냈다. 머리 위 나무에 맺힌 이슬이 보이지 않는 코끼리들의 등 위로 후두두 비처럼 떨어졌다. 그리고 다시 쿵쿵거리는 소리가 희미하게 들려오기 시작했다. 처음에는 별로 크지 않아서 작은 투마이는 무슨 소리인지 분간할 수 없었다. 하지만 소리는 점점 더 커졌고 칼라나그도 앞발 하나를 들고 다시 다른 앞발을 들었다가 두 앞발을 땅에 내려놓았다. 하나 둘, 하나 둘 그렇게 기계 해머처럼 규칙적으로 발을 굴렀다. 이제 코끼리들이 전부 쿵쿵 발을 굴렀고 그 소리는 마치 동굴 입구에서 쳐 대는 북소리 같았다.

나무에 맺혀 있던 이슬이 모조리 떨어지고도 쿵쿵 소리는 계속되었다. 땅이 울리고 흔들렸다. 작은 투마이는 더 이상 소리를 듣지 않으려고 귀를 막았다. 하지만 수백 개의 육중한 발로 맨땅을 쿵쿵 구르는 이 소리는 몸을 타고 흐르는 하나의 거대한 울림 같은 것이었다. 한두 번 칼라나그를 비롯한 모든 코끼리들이 몇 걸음 앞으로 나아가는 것이 느껴졌고, 쿵쿵거리는 소리는 물기를 머금은 풀들을 짓찧어서 뭉개는 소리로 바뀌었다. 그러나 이내 다시 딱딱한 흙바닥을 구르는 발소리로 돌아왔다. 근처 어딘가에 서 있는 나무에서 삐걱거리는 소리가 났다. 작은 투마이가 손을 뻗자 나무의 껍질 부분이 만져졌다. 하지만 칼라나그는 여전히 발을 구르며 앞으로 움직였고 작은 투마이는 자신이 공터 어디쯤에 있는지도 분간할 수 없었다. 한 번인가 두세 마리의 새끼 코끼리들이 끽끽거린 것을 빼고 코끼리들은 한 번도 소리를 내지 않았다. 잠시 뒤 쿵 소리와 발을 질질 끄는 소리가 들리더니 다시 쿵쿵 소리가 계속되었다. 그런 상황이 꼬박 두 시간은 계속되었을 것이다. 작은 투마이는 온몸의 신경에서 통증을 느꼈다. 하지만 밤공기의 냄새로 이제 새벽이 오고 있음을 알 수 있었다.

초록빛 언덕 너머로 연한 노란빛이 번지면서 아침이 밝았다. 그리고 마치 빛이 명령이라도 내린 것처럼 첫 햇살과 함께 쿵쿵 소리도 멈췄다. 작은 투마이의 머릿속에서 웅웅 울리는 소리가 사라지기도 전에, 앉은 자세를 바꾸기도 전에 코끼리들이 눈앞에서 모두 사라졌다. 오직 칼라나그와 푸드미니 그리고 밧줄에 쓸린 상처가 있는 코끼리가 남아 있을 뿐이었다. 코끼리들이 어디로 갔는지 짐작할 수 있을 만한 어떤 흔적도 보이지 않았고, 언덕을 내려가며 바스락거리고 속삭이는 소리도 들리지 않았다.

작은 투마이는 뚫어지게 보고 또 보았다. 공터는 밤새 작은 투마이가 기억하는 것보다 더 넓어져 있었다. 공터 안에는 이제 더 많은 나무들이 서 있었지만 가장자리의 덤불과 정글 풀들은 뒤로 밀려나 있었던 것이다. 작은 투마이는 다시 한 번 공터를 바라보았다. 발을 쿵쿵 구르는 것이 어떤 의미인지 알 것 같았다. 코끼리들은 발을 구르며 공터를 넓히고 있었던 것이다. 무성한 풀들과 물기 많은 나무줄기들을 밟아서 가는 가지로, 굵은 섬유로, 다시 가는 섬유로 만들고 그 가는 섬유는 단단한 흙으로 바뀌는 것이었다.

작은 투마이가 졸린 나머지 게슴츠레한 눈으로 말했다.

"와우! 칼라나그, 푸드미니를 따라서 피터슨 나리의 캠프로 가자. 그러지 않으면 난 졸다가 네 목에서 떨어질지도 몰라."

세 번째 코끼리는 칼라나그와 푸드미니가 떠나가는 것을 지켜보다가 콧김을 내뿜더니 휙 방향을 바꿔서 자기 갈 길로 갔다. 녀석은 90킬로미터, 100킬로미터 아니면 150킬로미터쯤 떨어진 조그만 토착 왕국 소유의 코끼리인지도 몰랐다.

두 시간 뒤 피터슨 나리가 이른 아침을 먹고 있을 때, 전날 밤 쇠사슬을 이중으로 묶어 놓았던 코끼리들이 나팔 소리를 내기 시작했다. 그리고 어깨까지 진흙을 묻힌 푸드미니가 발이 아픈 칼라나그와 함께 캠프로 비틀비틀 걸어 들어왔다.

작은 투마이의 얼굴은 창백하고 수척했으며 머리에는 나뭇잎이 잔뜩 붙어 있고 이슬로 흠뻑 젖어 있었다. 하지만 피터슨 나리에게 힘겹게 절을 하고는 가냘픈 목소리로 말했다.

"춤, 코끼리 춤이요! 제가 봤어요. 그리고…… 아이고, 나 죽는다!"

칼라나그가 제자리에 앉는 것과 동시에 작은 투마이는 죽은 듯이 기절해서 칼라나그의 목에서 스르르 미끄러졌다.

인도 원주민 아이들이 뻔뻔할 만큼 거리낌이 없다는 것은 굳이 말할 필요도 없었다. 작은 투마이는 두 시간 동안 피터슨 나리의 사냥용 외투를 베고 나리의 해먹에 편안히 누워 있었다. 소량의 키니네(*남미산 기나나무 껍질에서 얻는 약물. 과거에는 말라리아 약으로 쓰였다.)에 따뜻한 우유 한 잔, 브랜디를 조금 먹은 상태였다. 그러는 사이 수염이 텁수룩하고 여기저기 상처가 난 정글의 사냥꾼들이 작은 투마이 앞에 세 줄로 늘어앉아 마치 유령이라도 되는 듯 작은 투마이를 바라보고 있었다. 작은 투마이는 아이답게 짧고 간단히 이야기했다. 그리고 이런 말로 이야기를 끝냈다.

"제 말이 조금이라도 거짓말 같으면 사람을 보내서 확인해 보세요. 코끼리들이 밟아 뭉개서 무도회장을 더 넓혀 놓은 게 보일 거예요. 열 개에 열 개, 열 개를 몇 번씩 합쳐 놓은 것보다 더 많은 발자국들이 무도회장으로 이어지는 것도 발견할 거고요. 코끼리들이 발을 굴러서 더 넓혀 놓은 거라고요. 내가 봤어요. 칼라나그가 날 데려가 줘서 봤어요. 칼라나그도 지금 다리가 아플 거예요!"

작은 투마이는 다시 누워서 그대로 긴 오후를 지나 땅거미가 질 때까지 잠을 잤다. 그사이 피터슨 나리와 마추아 아파는 두 코끼리들의 발자국을 좇아 25킬로미터를 걸어 언덕을 올라갔다. 피터슨 나리는 18년 동안이나 코끼리 사냥을 했지만 전에 딱 한 번 그런 무도회장을 보았을 뿐이었다. 마추아 아파는 공터를 한 번 척 보고도 그곳에서 무슨 일이 있었는지 알 수 있었다. 밟아서 단단히 다져진 흙을 굳이 발로 파헤쳐 볼 필요도 없었다.

"아이 말은 사실이에요. 어젯밤에 전부 이렇게 된 거예요. 그리고 세어 보니까 강을 건넌 발자국이 70개쯤 되더라고요. 나리, 보세요. 푸드미니의 다리 사슬에 저 나무의 껍질이 벗겨졌네요. 맞아요, 푸드미니도 여기 있었어요."

두 사람은 서로의 얼굴을 바라보고 다시 위를 올려다보고 아래를 내려다보며 머리를 갸우뚱할 뿐이었다. 인도인이든 백인이든 인간의 머리로는 코끼리들의 행동을 이해할 수 없었던 것이다.

마추아 아파가 말했다.

"사십 년하고도 오 년 동안 코끼리들을 따라다녔지만 이 아이가 본 것을 봤다는 사람의 얘기는 들어 본 적이 없어요. 구릉의 모든 신을 걸고 말하는데 이건…… 뭐라 할 말이 없네요."

그러고는 머리를 흔들었다.

두 사람이 캠프로 돌아왔을 때는 저녁을 먹을 때였다. 피터슨 나리는 자기 천막에서 혼자 식사를 했지만, 그날 캠프에는 평소보다 두 배나 많은 양의 밀가루와 쌀과 소금을 주고 거기에 양 두 마리와 닭 몇 마리도 잡으라고 명령을 내렸다. 잔치가 벌어질 것임을 알았던 것이다.

큰 투마이가 자신의 아들과 코끼리를 찾아 평지에 있는 캠프에서 부리나케 올라왔다. 그런데 그들을 발견하고 나서는 오히려 그들이 두려운 듯 바라보았다. 줄지어 말뚝에 매어 놓은 코끼리들 앞에 모닥불을 활활 피워 놓고 잔치가 열렸다. 그리고 그 잔치의 주인공은 작은 투마이였다. 덩치 큰 갈색 피부의 코끼리 사냥꾼들, 추적꾼들, 몰이꾼과 밧줄을 던지는 사람들, 야생 코끼리들을 길들이는 일에 관해서라면 모르는 것이 없는 사람들이 작은 투마이 앞을 차례차례 지나가며 갓 잡은 야생 수탉의 가슴 피를 이마에 발라 주었다. 모든 정글이 받아들이고 출입을 허락한 숲의 사람이라는 뜻이었다.

그리고 마침내 불길이 잦아들고 모닥불에 남아 있던 붉은 빛에 코끼리들까지 피에 적셔 놓은 것처럼 보일 때였다. 케다의 모든 몰이꾼들의 우두머리이자 피터슨 나리의 분신이며 40년 동안 사람이 만들어 놓은 길이라고는 본 적도 없는, 너무나 위대해서 마추아 아파 외에 다른 이름은 없었던 그 마추아 아파가 벌떡 일어났다. 작은 투마이를 머리 위로 높이 번쩍 들고는 소리쳤다.

"형제들이여, 들으시오! 거기 줄지어 서 있는 너희들도 들어라! 나, 마추아 아파가 말할 테니. 이 아이는 더 이상 작은 투마이로 불리지 않을 것이며 이전에 그의 증조할아버지가 그렇게 불렸듯 코끼리들의 투마이라고 불릴 것이오. 이 아이는 긴긴 밤 동안 사람이 절대 보지 못한 것을 보았고, 코끼리들과 정글 신들의 은총이 아이와 함께하고 있소. 이 아이는 위대한 추적자인 나, 마추아 아파보다 더 위대한 추적자가 될 것이오. 맑은 눈으로 새로운 발자국, 오래된 발자국, 뒤섞인 발자국을 모두 쫓을 것이오. 케다에 들어가 야생 코끼리들을 밧줄로 묶기 위해 코끼리들의 배 밑으로 달린다 해도 아무런 해를 입지 않을 것이오. 달려오는 수코끼리의 발 앞으로 미끄러지더라도 수코끼리가 아이를 알아보고 밟지 않을 것이오. 오! 사슬에 묶인 코끼리들이여!"

마추아 아파는 말뚝에 묶여 늘어서 있는 코끼리들에게 다가갔다.

"너희의 숨겨진 장소에서 너희 춤을 본 아이가 여기 있다. 그 어떤 인간도 본 적 없는 광경을! 아이에게 경의를 표하라! 살람 카로, 내 아이들아! 코끼리들의 투마이에게 절하라! 궁가 페르샤드, 아하! 히라 구즈, 비르치 구즈, 쿠타르 구즈, 아하! 푸드미니 넌 춤추는 곳에서 아이를 보았고, 코끼리들의 진주 칼라나그 너도 보았다! 아하! 모두! 코끼리들의 투마이에게. 고귀한 자여!"

그리고 격렬한 마지막 외침 소리에 모든 코끼리들이 코끝이 이마에 닿을 만큼 코를 높이 치켜 올리고는 우렁찬 나팔 소리를 내며 최고의 인사를 했다. 오직 인도 총독만이 들을 수 있는 케다 코끼리들의 인사였다.

하지만 그것은 오로지 작은 투마이를 위한 인사였다. 인간은 한 번도 보지 못한 것, 한밤중에 혼자 가로 구릉 깊은 산중에서 코끼리의 춤을 본 작은 투마이 말이다.

시바 신과 메뚜기

수확을 주시고 바람이 불게 하시는 시바 신이여.
오래전 어느 날의 문턱에 앉아
옥좌에 앉은 왕부터 성문 앞에 앉은 거지까지
자기 몫의 음식과 노역과 운명을 나눠 주셨네.
모든 걸 만드시는 시바, 우리의 보호자여
마하데오! 마하데오! 그분이 모든 걸 만드셨네.
낙타에게는 가시나무를, 소에게는 여물을
잠결의 아이에게는 엄마의 가슴을, 아, 내 어린 아들아!

부자들에게는 밀을, 가난한 이들에게는 수수를
집집마다 돌며 구걸하는 성자에게는 먹다 남은 음식을
호랑이에게는 가축을, 솔개에게는 썩은 고기를
밤이면 못 가는 곳이 없는
사악한 늑대들에게는 살점과 뼈를 주시네.
시바 신에게는 아주 고귀한 이도, 아주 천한 이도 없네.
파르바티가 시바 신 옆에서 오고 가는 모든 것들을 지켜보다가
남편을 속여 웃음거리로 만들 생각을 했네.
작은 메뚜기를 훔쳐서 자신의 품속에 숨겼지.
그렇게 우리의 보호자 시바 신을 속였네.
마하데오! 마하데오! 돌아보아라.
낙타들은 키가 크고, 암소들은 무겁지만
이것은 작은 것들 가운데서도 가장 작다네.

아, 내 어린 아들아!

모두 나누어 주고 나자 파르바티가 웃으며 말했네.
“주인이시여, 수백만의 입 가운데
아직 먹지 못한 입이 있나요?”
시바 신이 웃으며 대답했네.
“모두가 제 몫을 받았노라.
그대 품에 숨겨 놓은 그 작은 것까지.”
도둑 파르바티가 품속에서 메뚜기를 꺼내 보니
작은 것들 가운데서도 가장 작은 그것이
새로 자란 잎을 갉아먹고 있었네.
이를 본 파르바티는 두렵고 놀라운 마음에 시바 신께 기도했네.
살아 있는 모든 것들에게 먹을 것을 주신 시바 신께
모든 걸 만드시는 시바, 우리의 보호자여
마하데오! 마하데오! 그분이 모든 걸 만드셨네.
낙타에게는 가시나무를, 소에게는 여물을
잠결의 아이에게는 엄마의 가슴을, 아, 내 어린 아들아!

여왕 폐하의 신하들

분수나 간단한 비례식으로 이 문제를 풀 수도 있겠지만
트위들덤의 방식이 트위들디의 방식은 아니라네.
지쳐 쓰러질 때까지 비틀고 돌리고 꼴 수는 있겠지만
필리윙키의 방식이 윙키팝의 방식은 아니라네.

(*트위들덤과 트위들디는 루이스 캐롤의 동화
『거울 나라의 앨리스』에 나오는 쌍둥이 형제다.)

인도 라왈핀디라는 곳에 있는 캠프에 꼬박 한 달 동안 큰비가 퍼붓고 있었다. 그곳에는 삼만 명의 병사들, 수천 마리의 낙타, 코끼리, 말, 수소, 노새가 인도 총독의 사열을 받기 위해 집결해 있었다. 인도 총독은 아프가니스탄의 아미르의 방문을 받고 있었다. 아미르는 매우 야만적인 나라의 야만적인 왕이었다. 그리고 자신의 호위대로 병사 800명과 말들을 거느리고 왔는데 이들은 이제껏 캠프며 기관차를 한 번도 본 적이 없었다. 그야말로 중앙아시아 촌구석에서 온 야만적인 사람들과 말들이었던 것이다. 매일 밤 이 말들은 어김없이 두 다리를 묶은 밧줄을 끊고 어둠 속에서 진흙을 튀기며 캠프 이곳저곳으로 우르르 몰려다녔다. 또 밧줄을 푼 낙타들이 뛰어다니다가 텐트 밧줄에 걸려 넘어지기도 했다. 잠을 자려는 사람들에게 그 소동이 얼마나 괴로웠을지 상상이 갈 것이다. 내 텐트는 낙타들이 있는 곳에서 멀리 떨어져 있었기 때문에 안전할 거라고 생각했다. 하지만 어느 날 밤 한 남자가 불쑥 얼굴을 들이밀더니 소리쳤다.

"여기서 나가요, 어서! 녀석들이 오고 있어요! 내 텐트는 벌써 사라졌소!"

나도 그 '녀석들'이란 게 누군지 알고 있었다. 그래서 장화를 신고 비옷을 입은 뒤 진창으로 허둥지둥 달려 나갔다. 내 폭스테리어 강아지 리틀 빅슨도 반대편으로 달려 나갔다. 곧이어 울부짖고 끙끙대고 부글부글 거품이 이는 소리가 들려왔고, 기둥이 부러지면서 텐트가 폭삭 주저앉더니 미친 유령처럼 이리저리 춤추는 모습이 보였다. 낙타 한 마리가 그 안에 잘못 들어갔던 것이다. 나는 흠뻑 젖은 데다 화도 났지만 그 모습을 보니 저절로 웃음이 나왔다. 그러고는 다시 뛰기 시작했다. 낙타들이 얼마나 많이 풀려났는지 알 수 없었기 때문이었다. 그리고 얼마 지나지 않아 나는 진흙탕을 헤치고 달려서 캠프가 보이지 않는 곳까지 다다랐다.

결국 나는 대포 끝에 걸려 넘어졌고 그래서 내가 있는 곳이 밤이면 대포를 세워 놓는 포병대 근처 어딘가임을 알 수 있었다. 나는 더 이상 비가 내리는 어둠 속에서 빗물을 튀기며 돌아다니고 싶지 않았기 때문에 대포 포구 하나에 비옷을 씌우고 꽂을대 두세 개를 찾아 인디언 오두막 같은 것을 만들었다. 그러고는 대포들 사이에 누워 빅슨은 어디로 갔을까 생각했다.

막 잠이 들려는 순간 짤랑거리는 마구 소리와 그르렁대는 소리가 들려왔고 노새 한 마리가 젖은 귀를 흔들며 내 옆을 지나갔다. 스크루 대포 부대 소속이었는데, 안장깔개에 달린 끈과 고리와 사슬 등이 요란하게 덜걱거리는 소리를 내는 것을 보아 알 수 있었던

것이다. 스크루 대포는 두 부분으로 이뤄진 아주 작은 대포로 사용할 때는 두 부분을 나사로 고정시켰다. 이 대포는 노새가 갈 수 있는 곳이면 어디든, 산꼭대기까지도 가져갈 수 있었고 그래서 바위가 많은 나라에서 싸울 때 매우 유용했다.

노새 뒤로 낙타 한 마리가 크고 부드러운 발로 질벅거리는 진흙길을 미끄러지듯 걸어오고 있었다. 목을 앞뒤로 흔드는 모양이 꼭 길 잃은 암탉 같았다. 다행히 나는 원주민들에게서 동물들의 말, 물론 야생 동물이 아니라 캠프에 있는 동물들의 말을 배운 덕분에 그 낙타가 하는 말을 알아들을 수 있었다.

그 녀석은 내 텐트에 뛰어든 낙타가 틀림없었다. 녀석이 노새에게 이렇게 소리치고 있었던 것이다.

"어떻게 하죠? 어디로 가죠? 마구 흔들리는 하얀 녀석이랑 싸웠는데 그 녀석은 막대기를 들고 있다가 내 목을 쳤어요(막대기는 물론 부러진 텐트 기둥이었고, 나는 녀석이 맞았다는 말을 들으니 무척 기뻤다.). 계속 도망가야 하는 거예요?"

노새가 말했다.

"그게 너였어? 너와 네 친구들이 캠프를 발칵 뒤집어 놓은 거야? 좋아. 어차피 넌 아침이 되면 이 일로 두들겨 맞겠지만 지금 나한테 몇 대 맞아 두는 것도 좋을 거다."

마구가 짤랑거리는 소리가 들려왔다. 노새가 물러서서 낙타의 옆구리를 북소리가 나도록 두 번 걷어찼던 것이다.

"이제 다시는 밤에 '도둑이야, 불이야!'라고 소리치면서 노새 포대로 달려들어서는 안 된다는 걸 알았을 거다. 자리에 앉아. 그리고 그 바보 같은 목도 좀 가만히 두고."

낙타는 두 자짜리 자처럼 몸을 접고 앉아 훌쩍거렸다. 어둠 속에서 규칙적인 발굽 소리가 들리더니 커다란 기병대 말이 마치 행진을 하듯 또각또각 천천히 달려와 대포를 뛰어넘어 노새 가까이에 멈춰 섰다.

말이 힝힝 콧김을 내뿜으며 말했다.

"정말 부끄러운 일이야. 저 낙타들이 또다시 우리 부대를 아수라장으로 만들었어. 이번 주만 해도 벌써 세 번째야. 잠을 잘 수가 없는데 어떻게 좋은 몸 상태를 유지하겠어? 거긴 누구야?"

노새가 대답했다.

"나는 제1스크루 대포 포대에서 제2대포 뒷부분을 맡고 있는 노새야. 그리고 여긴 네가 말한 그 녀석들 중 하나고. 녀석이 나도 깨웠지. 넌 누구냐?"

"E기병중대 15번 제9창기병, 딕 컨리프의 말이다. 거기, 옆으로 좀 비켜서."

노새가 말했다.

"아, 미안하군. 너무 어두워서 잘 안 보여. 이 낙타들 때문에 정말 넌더리가 나지 않나? 나도 여기서 잠시 평온을 찾으려고 우리 부대를 빠져나왔지."

낙타가 공손하게 말했다.

"나리들, 저희는 밤에 나쁜 꿈을 꿔서 너무 무서웠어요. 전 제39원주민 보병대에서 짐을 나르는 낙타일 뿐이라 나리들처럼 용감하지 못하답니다."

노새가 말했다.

"그럼 도대체 왜 가만히 있다가 보병대의 짐이나 나르지 않고 캠프 안을 헤집고 다닌 거야?"

낙타가 대답했다.

"너무 끔찍한 꿈이었거든요. 죄송합니다. 잠깐만! 저게 뭐죠? 또 다시 도망가야 하나?"

노새가 말했다.

"앉아 있어. 안 그러면 그 긴 다리가 대포 사이에 끼어서 뚝 부러질 줄 알아."

그러고는 한쪽 귀를 쫑긋 세우고 귀를 기울였다.

"수소들이군! 대포를 끄는 수소들이야. 맙소사, 너와 네 친구들이 캠프 구석구석을 다 깨워 놓았구나. 웬만큼 들쑤셔 놓지 않고서야 수소들이 놀랄 리가 없는데."

땅에 사슬이 끌리는 소리가 들리더니 덩치 큰 하얀 수소 한 쌍이 잔뜩 골이 난 표정으로 멍에를 멘 채 어깨를 나란히 하고 걸어왔다. 코끼리들이 화포가 발사되는 곳에 가까이 가지 않으려고 할 때 코끼리들 대신 무거운 화포를 끄는 소들이었다. 그리고 사슬을 밟다시피 하며 또 다른 포대의 노새 한 마리가 미친 듯이 '빌리'를 불러 대면서 쫓아왔다.

늙은 노새가 기병대 말에게 말했다.

"우리 신병 가운데 하나라오. 나를 부르고 있군. 여기야, 젊은 친구. 그만 좀 꽥꽥거려. 아직 어둠 때문에 다친 사람은 없으니까."

대포 끄는 수소들은 나란히 자리에 앉아 되새김질을 했다. 하지만 젊은 노새는 빌리라는 노새에게 바짝 다가앉으며 말했다.

"큰일 났어요! 무시무시하고 끔찍한 일이에요, 빌리! 우리가 자고 있는데 그놈들이 부대 안으로 들어왔어요. 놈들이 우리를 죽일까요?"

늙은 노새 빌리가 말했다.

"넌 나한테 호되게 좀 맞아야겠다. 키도 열네 뼘밖에 안 되는 훈련병인 주제에 이 신사 양반 앞에서 부대 망신을 시키다니!"

기병대 말이 말했다.

"살살, 살살 다루게! 누구든 처음 시작할 땐 다 그렇지 않은가. 내가 처음 사람을 봤을 땐…… 내가 세 살 때 오스트레일리아에서였지. 사람을 보고는 한나절을 도망 다녔어. 그때 만약 낙타를 봤다면 아직까지도 뛰고 있을 거야."

영국 기병대의 말들은 거의 모두 오스트레일리아에서 인도로 데려와서 기병들이 직접 훈련을 시켰다.

노새 빌리가 말했다.

“맞는 말일세. 젊은 친구, 그만 좀 떨어. 사람들이 처음 내 등에 사슬이 잔뜩 달린 마구를 얹었을 때 뒷발을 차며 그 마구들을 다 털어내 버렸지. 그땐 진짜 발차기 기술을 알지도 못했을 때지만 포대에서는 다들 그런 건 처음 본다고 하더군.”

젊은 노새가 말했다.

“하지만 마구나 짤랑거리는 그런 게 아니라고요. 전 이제 그런 건 아무렇지도 않아요, 빌리. 그건 나무 같은 거였는데 부대를 이리저리 뒹굴면서 거품을 물었어요. 제 목을 묶은 밧줄도 끊어지고, 주인도 보이지 않고, 빌리 당신도 보이지 않더라고요. 그래서 이 신사분들과 함께 도망쳤지요.”

빌리가 말했다.

“흠! 난 낙타들이 풀려났다는 얘길 듣자마자 조용히 혼자 빠져나왔지. 스크루 대포 포대 노새가 대포 끄는 수소를 신사라고 부르다니 어지간히 놀란 모양이군. 거기 바닥에 앉아 있는 댁들은 누구요?”

대포 끄는 소들이 되새김질을 계속하며 한목소리로 대답했다.

“대포 부대의 제1대포를 맡고 있는 일곱 번째 수소들이오. 우리가 자고 있을 때 낙타들이 몰려왔지. 녀석들이 우리를 밟아 대니 하는 수 없이 일어나서 나왔어. 좋은 잠자리라도 불안하게 자는 것보다는 진흙탕에서 조용히 누워 있는 게 백번 낫지. 우리도 여기 당신 친구한테 무서워할 것 없다고 말해 줬는데 저 혼자 어찌나 아는 게 많고 잘났던지 도통 말을 듣지 않더군.”

소들은 되새김질을 계속했다. 빌리가 말했다.

“무서워하더니 꼴좋다. 대포 끄는 수소들한테 웃음거리나 되고.

이제 만족하냐?"

젊은 노새가 이빨을 딱 부딪치더니 늙고 둔한 수소 따위는 하나도 무섭지 않다고 중얼거리는 소리가 들렸다. 하지만 수소들은 서로 뿔을 부딪치며 되새김질을 계속할 뿐이었다.

기병대 말이 말했다.

"자, 겁먹은 걸 가지고 그렇게 화내지 말게. 그건 가장 비겁한 짓이야. 밤에 뭔가 정체를 알 수 없는 것을 봤다면 누구든 두려움을 느낄 수 있는 거야. 우리도 하나둘씩 말뚝을 부수고 도망쳐서 사백오십 마리나 되는 말들이 전부 도망친 일도 있었으니까. 그것도 신참이 고향 오스트레일리아에서 본 채찍뱀 얘기를 하고 있었는데 우리 목에 감긴 밧줄 끝이 늘어진 걸 보고 까무러치게 놀라서였지."

빌리가 말했다.

"캠프 안에서 지낼 때가 좋은 거야. 나는 하루나 이틀밖에 나가지 못할 때도 재미 삼아서 우르르 달아나는 짓은 하지 않지. 그런데 자넨 실제로 하는 일이 뭔가?"

기병대 말이 대답했다.

"아, 그건 전혀 다른 얘기지. 그땐 딕 컨리프가 내 등에 올라타서 무릎을 딱 붙이는 거야. 그럼 내가 할 일이라고는 잘 살펴서 발을 디디고 뒷다리를 차올리지 않고 고삐를 당기는 대로 움직이는 거야."

젊은 노새가 물었다.

"'고삐 당기는 대로'가 무슨 뜻인가요?"

기병대 말이 콧방귀를 뀌며 말했다.

"백블록스(*오스트레일리아 내륙을 일컫는 속어.)의 블루검(*유칼립투스의 일종.)을 걸고 말하는데, 넌 일할 때 고삐 당기는 대로 움직이는 법을 배우지 않았다는 말이냐? 고삐가 당겨지는 즉시 휙 돌아설 수도 없는데 무슨 일을 할 수 있다는 거야? 자네를 모는 사람은 물론이고 자네한테도 목숨이 달린 문젠데. 목에서 고삐가 당겨지는 걸 느끼는 순간 뒷다리를 들지 않고 돌아서는 거야. 만약 돌아설 공간이 없으면 조금 뒤로 물러나서 앞발을 들고 도는 거야. 그게 바로 고삐 당기는 대로야."

노새 빌리가 퉁명스럽게 말했다.

"우린 그런 식으로 배우지 않아. 우린 우리의 머리 쪽에 있는 사람한테 복종하라고 배웠어. 그 사람이 앞으로 나가라고 하면 나아가고 들어오라고 하면 들어가는 거야. 뭐, 이러나저러나 결과는 같은 거 같군. 그 멋진 기술이며 뒷다리로 서는 걸 생각해 봤을 때 자네 뒷다리 무릎 관절에 상당히 무리가 갔겠군. 그래서 하는 일이 뭔가?"

기병대 말이 대답했다.

"상황에 따라 달라. 보통은 엄청난 고함 소리가 오가는 가운데 번쩍이는 긴 칼을 휘두르는 털북숭이 사람들 속으로 뛰어들어야 하지. 그 칼은 편자 박는 하사관의 칼보다 훨씬 더 무시무시해. 그리고 딕의 군화가 옆 사람의 군화와 세게 부딪히지 않도록 조심해야 하고. 내 오른쪽 눈으로 딕의 창이 옆에 있는 걸 볼 수 있으면 난 안전한 거야. 그리고 급할 때는 나와 딕 앞을 막아서는 게 사람이든 말이든 상관해서는 안 돼."

젊은 노새가 물었다.

"칼에 몸이 상하기도 하나요?"

"뭐, 한 번인가 가슴을 베인 적이 있지. 하지만 딕의 잘못은 아니었어."

"저라면 누구 잘못인지 엄청 신경 썼을 거예요. 만약 다쳤다면요."

기병대 말이 말했다.

"너라면 그랬겠지. 네 주인을 믿지 못한다면 차라리 당장 도망

치는 편이 나아. 우리 말들 중에도 그렇게 한 녀석들이 있지만 그들을 나무랄 생각은 없어. 이미 말했듯이 그건 딕의 잘못이 아니었어. 어떤 남자가 땅바닥에 쓰러진 걸 보고 밟지 않으려고 발돋움을 했지. 그런데 그 남자가 밑에서 나를 칼로 베지 뭐야. 쓰러져 있는 사람을 넘어가야 하는 일이 또 생기면 그땐 아주 세게 밟고 지나갈 거야."

빌리가 말했다.

"흠! 아주 웃기게 들리는군. 칼은 언제나 추잡한 물건이지. 제대로 된 일은 역시 균형이 잘 잡힌 안장을 얹고 산에 오르는 거야. 네발과 귀까지 이용해 딱 달라붙어서 조심조심 걷고 기고 꼼지락거리며 오르는 거지. 그렇게 발굽만 겨우 올려놓을 수 있는 몇 백 미터 높이의 바위 턱으로 나오는 거야. 그러고는 꼼짝 않고 서서 조용히 기다리는 거야. 사람들한테 머리를 잡아 달라고 부탁하지도 않고 대포를 조립하는 동안 조용히 있는 거지. 그러고 나면 저 아래 멀리 내려다보이는 나무들 속으로 작은 황적색 포탄들이 떨어지는 걸 보게 되는 거지."

기병대 말이 물었다.

"발을 헛디딘 적은 없나?"

빌리가 대답했다.

"노새가 발을 헛디디면 암탉의 귀를 자를 수 있다는 말이 있지.(*닭에게는 겉으로 드러난 귀가 없으므로 자를 수가 없다. 즉, 노새가 발을 헛디디지 않았다는 뜻이다.) 가끔 안장에 짐을 잘못 꾸려서 당황하는 일이 있긴 하지만 그런 일은 아주 드물어. 자네에게 우리 일을 보여 줄 수 있으면 좋을 텐데. 아주 멋진 일이지. 아, 사람들이 의

도하는 게 뭔지 깨닫는 데 자그마치 삼 년이나 걸렸다네. 이 일의 요령은 절대 지평선 위로 모습을 드러내지 않는 거야. 만약 그랬다간 총에 맞을지도 모르니까. 젊은 친구, 기억해 둬. 단 1킬로미터라도 길에서 벗어날 일이 생기면 가능한 한 몸을 숨기도록 해. 어디 산에라도 오를 일이 생기면 내가 부대를 이끌 거야."

기병대 말이 골똘히 생각에 잠겨서 말했다.

"총을 쏘는 사람들에게 뛰어들지도 못하고 총을 맞는다니! 난 그런 건 참을 수 없어. 딕과 함께 공격하고 말지."

"아, 아니야. 그러지 말게. 대포들이 자리를 잡기만 하면 그 다음부터 공격은 대포가 다 하는걸. 아주 과학적이고 깔끔하지. 하지만 칼이라니…… 흥!"

짐 나르는 낙타는 얼마 전부터 앞뒤로 고개를 흔들며 말을 꺼낼 기회만 엿보고 있었다. 그러다 드디어 낙타가 입을 열었다. 목을 가다듬고 불안한 목소리로 말했다.

"저, 저, 저도 좀 싸워 본 적이 있지만 그렇게 기어오르고 달리고 하지는 않았어요."

빌리가 말했다.

"그래. 말이 나왔으니 하는 얘긴데 자네를 보니 기어오르거나 달리는 일을 그리 잘할 것 같진 않군. 그래, 건초더미 양반. 자네 일은 어땠나?"

"제대로 된 일은 저희 모두 앉아서……."

기병대 말이 나직하게 속삭였다.

"아이고, 맙소사! 앉아 있다고?"

낙타가 계속 말을 이었다.

"우리는 앉아 있어요. 큰 광장에 백 마리쯤 앉아 있고 사람들은 우리 짐이랑 안장을 광장 밖에 쌓아 놓지요. 그러고는 우리 등 위로 총을 쏘는 거예요. 광장 사방에서 총이 날아오지요."

기병대 말이 말했다.

"대체 어떤 사람들이? 거기 나타난 사람들이 전부 다? 승마 학교에서도 우리가 엎드리면 주인이 우리 위로 총을 쏘도록 하는 방법을 배우기는 하지만 내가 믿고 그렇게 할 수 있는 사람은 오직 딕 컨리프뿐이야. 뱃대끈 있는 쪽이 간지럽기도 하려니와 땅에 머리를 박고는 아무것도 볼 수가 없잖아."

낙타가 말했다.

"누군가가 내 등 위에서 총을 쏘는 게 뭐 어떻다는 거예요? 가까이에 수많은 사람들과 수많은 낙타들이 있고 엄청난 연기구름이 피어오르고요. 그땐 하나도 무섭지 않아요. 그저 가만히 앉아 기다리기만 하면 되는 걸요."

빌리가 말했다.

"그런데도 나쁜 꿈을 꿨다고 한밤중에 캠프를 발칵 뒤집어 놓는단 말이야? 그래, 좋아! 앉아 있는 것은 말할 것도 없고 나더러 엎드려 있으라고 하고 사람이 내 위로 총을 쏜다면, 그러기 전에 먼저 내 뒷발이 그 사람의 머리를 때릴 거야. 정말 저렇게 끔찍한 얘기를 들어 본 적 있어?"

한참 침묵이 흐른 뒤에 대포 끄는 수소 가운데 한 마리가 커다란 머리를 들며 말했다.

"다 바보 같은 얘기뿐이로군. 싸우는 방법은 하나뿐이야."

빌리가 말했다.

"오, 그래? 계속해 봐. 난 신경 쓰지 말고. 너희들은 꼬리에 의지해 싸울 것 같은데?"

두 수소가 동시에 대답했다. 둘은 쌍둥이가 분명했다.

"방법은 하나야. 이게 그 방법이지. 두 꼬리('두 꼬리'는 캠프에서 코끼리를 가리키는 속어였다.)가 나팔 소리를 내는 순간 멍에를 쓴 스무 쌍의 소들이 큰 대포 쪽으로 가는 거지."

젊은 노새가 물었다.

"코끼리가 뭣 때문에 나팔 소리를 내는 건데요?"

"반대편 연기가 피어오르는 쪽으로는 더 이상 가까이 가지 않겠다는 뜻이지. 두 꼬리는 지독한 겁쟁이거든. 그럼 우리가 힘을 합쳐 큰 대포를 끄는 거야. 헤야, 훌라! 히야! 훌라! 우리는 고양이처럼 기어오르지도 않고 송아지처럼 달리지도 않지. 우리 마흔 마리 수소들은 다시 멍에가 벗겨질 때까지 평지를 지나가기만 하면 돼. 그리고 커다란 대포가 평지 너머 어떤 도시의 흙벽을 무너뜨리는 동안 풀을 뜯고 있으면 돼. 그러면 마치 수많은 소들이 집으로 돌아올 때처럼 뿌옇게 먼지가 피어오르지."

젊은 노새가 놀라서 물었다.

"아, 그런 때에 풀을 뜯는단 말이에요?"

"그런 때건 어느 때건 상관없어. 먹는 일은 늘 즐거우니까. 우리는 계속 먹다가 다시 멍에를 메고 두 꼬리가 기다리고 있는 곳으로 대포를 끌고 돌아오지. 가끔 도시에 있는 커다란 대포가 울려서 우리 가운데 몇이 죽기도 해. 그럼 살아남은 수소들이 뜯을 풀이 더 많아지는 거야. 그건 운명이야, 운명일 뿐이지. 그런데도 두 꼬리는 잔뜩 겁을 먹지. 그게 제대로 싸우는 방법이야. 우리 형제는 하푸르에서 왔어. 우리 아버지는 시바 신의 신성한 황소였어. 전에도 말했지만 말이야."

기병대 말이 말했다.

"오늘 확실히 배우는 게 있군. 스크루 대포 포대의 신사분들은 대포알이 날아오고 두 꼬리가 뒤에 있는데도 먹고 싶은 마음이 들 것 같은가?"

"가만히 앉아 있는 우리 위로 사람들이 허우적거리는 것이나 칼을 휘두르는 사람들에게 뛰어드는 것만큼 마음에 들지 않는군. 난 그런 얘기는 처음 들어. 산속의 바위 턱, 쓰러지지 않게 잘 올려놓은 짐, 내가 알아서 길을 찾게 해 주는 믿을 만한 몰이꾼, 그럼 더 바랄 것 없이 복종하지. 하지만 다른 건…… 싫어!"

빌리는 그렇게 말하며 발을 쿵 굴렀다.

기병대 말이 말했다.

"물론 모두가 똑같지는 않지. 그리고 자네 아버지 가문으로 봐서는 아주 많은 걸 이해하기도 어렵겠어."

"자네가 우리 집안을 신경 쓸 것 없잖아."

빌리는 화가 나서 말했다. 노새들은 아버지가 당나귀라는 사실을 상기시키는 것을 매우 싫어한다.

"우리 아버지는 남부 신사였고 어떤 말이든 걸리기만 하면 넘어뜨리고 물어뜯고 발로 차서 너덜너덜하게 만들 수 있었어. 똑똑히 기억해, 이 덩치만 큰 갈색 브롬비야!"

브롬비는 아무런 혈통도 없는 야생마란 의미였다. 혈통 좋은 경주마가 짐차나 끄는 말에게 늙고 별 볼일 없는 말이라는 말을 듣는다면 어떤 기분일지 상상해 보라. 그러면 이 오스트레일리아 출

신 말이 느꼈을 기분도 상상이 갈 것이다. 나는 어둠 속에서 녀석의 흰자위가 번뜩이는 것을 보았다.

기병대 말이 이를 앙다물고 말했다.

"이것 봐, 이 멍청한 말라가(*스페인의 항구 도시.) 수탕나귀 자식아! 내가 똑똑히 알려 주겠는데 난 어머니 쪽으로 멜버른 컵 우승자인 카빈(*총 서른세 번의 경기에서 우승하며 명성을 떨친 오스트레일리아의 경주마.)과 친척이야. 콩알이나 쏘는 장난감 총 부대에 있는 앵무새 주둥이에, 돼지 머리를 한 노새 따위가 함부로 구는 꼴을 두고 보다니. 우리 고향에서는 있을 수도 없는 일이야. 준비됐나?"

빌리가 꽥 소리를 질렀다.

"그래, 덤벼!"

둘은 뒷다리로 서서 서로를 마주보았다. 나는 격렬한 싸움이 벌어질 거라고 기대하고 있었지만 그때 오른쪽에서 어둠을 뚫고 우르르 울리는 낮은 목소리가 들려왔다.

"이 어린것들아, 뭐 때문에 그렇게 싸우고 있는 거야? 조용히 좀 해."

둘은 역겹다는 듯 콧방귀를 뀌며 앞다리를 내려놓았다. 말도 노새도 코끼리의 목소리를 듣는 게 참을 수 없이 싫었던 것이다.

기병대 말이 말했다.

"두 꼬리잖아! 저놈은 참을 수가 없어! 꼬리가 앞뒤로 다 있다니 못 봐주겠군!"

빌리가 기병대 말을 슬쩍 자기편으로 끌어들이며 말했다.

"내 말이 그 말이야! 우린 여러 면에서 아주 비슷하군."

기병대 말이 말했다.

"어머니 쪽으로 그 비슷한 점들을 물려받은 거 같군. 싸울 필요도 없는 일이었어. 이보게, 두 꼬리. 자네 묶여 있나?"

두 꼬리는 코가 다 울리도록 웃으며 말했다.

"그래, 밤새 말뚝에 묶여 있었지. 자네들이 하는 얘기도 다 들었어. 하지만 두려워 말게. 덮치지는 않을 테니까."

그러자 수소와 낙타가 동시에 낮게 외쳤다.

"두 꼬리를 두려워하다니…… 말도 안 돼!"

수소가 계속 말을 이었다.

"들었다면 미안하네만 사실이 그렇잖아. 두 꼬리, 자네는 대포를 쏠 때 왜 그렇게 겁을 먹는 건가?"

두 꼬리는 시를 읊는 어린아이처럼 한쪽 뒷다리를 다른 쪽에 비벼 대며 말했다.

"그게, 너희가 이해할 수 있을지 모르겠어."

소들이 말했다.

"이해 못해도 어쨌든 우리는 대포를 끌어야 해."

"알아. 그리고 너희는 너희가 생각하는 것보다 훨씬 더 용감해. 하지만 난 달라. 얼마 전에 우리 부대장이 나더러 가죽이 두꺼운 동물의 시대착오라고 하더군."

빌리가 다시 기운을 차리고 말했다

"그것도 싸우는 방법인가 보지?"

"물론 자네는 그게 무슨 뜻인지 모를 거야. 하지만 난 알아. 이러지도 저러지도 못할 입장이란 거지. 내가 바로 그래. 난 포탄이 터지면 무슨 일이 벌어질지 머릿속에 훤히 보이는데 너희 수소들은 그렇지 않지."

기병대 말이 말했다.

"나도 조금은 볼 수 있어. 아예 그런 생각을 하지 않으려고 할 뿐이지."

"난 너보다 더 많이 볼 수 있고 생각도 해. 난 내가 신경 써야 할 게 아주 많다는 걸 알고 있어. 내가 아프면 날 치료할 방법을 아는 사람이 아무도 없다는 것도 말이야. 내가 나을 때까지 내 몰이꾼에게 급료를 주지 않는 게 다겠지. 그리고 난 내 몰이꾼도 믿을 수가 없어."

기병대 말이 말했다.

"아! 이제 좀 이해가 가는군. 나는 딕을 믿거든."

"수많은 딕으로 이뤄진 연대가 내 등에 올라탄다고 해도 내 기분은 나아지지 않을 거야. 난 딱 거북할 정도만 알고 그걸 극복할 만큼은 알지 못해."

수소들이 말했다.

"우리는 이해가 안 가."

"그렇겠지. 너희한테 하는 얘기가 아니야. 너희는 피가 뭔지도 모르잖아."

수소들이 말했다.

"알아. 땅에 스며들고 냄새가 나는 빨간 거야."

기병대 말이 발을 차고 껑충 뛰며 히힝 콧김을 내뿜었다.

"그 얘긴 하지 마. 생각만 해도 냄새가 나는 것 같아. 등에 딕만 타고 있지 않는다면 정말 딱 도망가고 싶다니까."

낙타와 수소들이 말했다.

"여긴 피가 없어. 왜 그렇게 바보 같이 구는 거야?"

빌리가 말했다.

“피는 정말 기분 나빠. 도망가고 싶은 마음은 없지만 얘기하고 싶은 마음도 없어.”

두 꼬리가 꼬리를 흔들며 설명을 시작했다.

“바로 그거야!”

수소들이 말했다.

“그거라니? 밤새 여기 있었는데 뭐가 있다는 거야.”

두 꼬리는 발에 달린 쇠사슬이 쩔렁거리도록 발을 굴렀다.

“아, 너희한테 말하는 게 아니라니까. 너희는 너희 머릿속도 못 들여다보잖아.”

수소들이 말했다.

“그래. 우리는 우리가 가진 네 개의 눈 앞에 있는 것만 보지. 앞만 똑바로 쳐다봐.”

“나도 그럴 수만 있다면 너희가 대포를 끌 필요는 없을 거야. 내가 우리 대장 같다면, 그 사람 같다면 대포를 끌 수 있을 텐데. 대장은 대포가 발사되기 전에 이미 무슨 일이 일어날지 머릿속에서 볼 수 있어서 온몸을 부들부들 떨지만 너무 많이 알아서 도망치지도 못해. 하지만 내가 그 정도로 똑똑했다면 여기 있지도 않았겠지. 예전처럼 숲 속의 왕이 되어 한나절 동안 잠을 자고, 하고 싶을 때 목욕도 하고 그랬을 거야. 벌써 한 달 동안 제대로 목욕도 못했어.”

빌리가 말했다.

“다 좋은 이야기야. 하지만 길게 설명한다고 달라지는 건 없어.”

기병대 말이 말했다.

“쉿! 두 꼬리 얘기가 무슨 뜻인지 이해할 것 같아.”

두 꼬리가 성난 목소리로 말했다.

"이러면 이해가 더 잘 될 거야. 자, 왜 이걸 싫어하는지 나한테 해명해 봐!"

두 꼬리는 있는 힘껏 나팔 소리를 내기 시작했다.

"그만해!"

빌리와 기병대 말이 동시에 소리쳤다. 그리고 발을 구르고 부들부들 떠는 소리도 들렸다. 코끼리가 내는 나팔 소리는 언제 들어도 불쾌했지만 깜깜한 밤에는 더했다.

두 꼬리가 말했다.

"그만두지 않을 거야. 그 이유 좀 설명해 볼래? 뿌우! 뿌우! 뿌우우!"

그러더니 코끼리가 갑자기 소리를 딱 멈췄고 어둠 속에서 조그맣게 낑낑거리는 소리가 들려왔다. 마침내 빅슨이 날 찾아낸 것이다. 코끼리가 이 세상에서 무엇보다 무서워하는 것이 하나 있다면 그건 바로 짖어 대는 조그만 개였고, 빅슨도 나만큼이나 그 사실을 잘 알고 있었다. 그래서 말뚝에 묶인 두 꼬리를 곯려 주려고 딱 멈춰 서서는 그 커다란 발 주위를 돌며 요란하게 짖어 댔다. 당황한 두 꼬리는 발을 이리저리 움직이며 꽥 소리를 질렀다.

"저리 가, 이 조그만 개야! 내 발목에 대고 그만 좀 킁킁거려! 그렇지 않으면 걷어차 버릴 거야. 착한 개야, 그럼 착한 강아지야! 집에 가, 이 깽깽대는 조그만 놈아! 아, 왜 아무도 이 녀석을 데려가지 않는 거야? 금방이라도 날 물 것 같아."

빌리가 기병대 말에게 말했다.

"내가 보기에 우리 친구 두 꼬리는 두렵지 않은 게 없는 것 같군. 내가 연병장에서 걷어찬 개들로 배를 채웠으면 지금쯤 두 꼬리만큼 살이 쪘을 거야."

내가 휘파람을 불자 온몸이 진흙투성이가 된 빅슨이 내게 달려왔다. 내 코를 핥으며 나를 찾아 온 캠프를 헤맨 얘기를 끝도 없이 늘어놓았다. 나는 내가 동물들의 말을 알아듣는다는 사실을 그녀에게 알려 주지 않았다. 솔직히 알려 주었다면 빅슨은 버릇없는 행동이란 행동은 다 했을 것이다. 나는 외투 속에 빅슨을 넣고 단추를 채웠다. 두 꼬리는 이리저리 움직이다 쿵쿵거리며 작게 투덜거렸다.

"이상해! 정말 이상한 일이야! 우리 가족 내력인가 봐. 그런데 고 조그맣고 귀찮은 녀석은 어디로 간 거지?"

코끼리가 코로 사방을 더듬는 소리가 들렸다. 그러고는 코로 나팔을 불며 아까 했던 말을 계속했다.

"우리 모두 다양한 방법으로 영향을 받는 것 같군. 여러분들은 내가 나팔 소리를 낼 때 놀라는 것 같더군."

기병대 말이 말했다.

"정확히 말하면 놀란 건 아니야. 다만 안장이 있어야 할 자리에 말벌들이 있는 것 같은 느낌이 들 뿐이지. 다시는 하지 마."

"나는 조그만 개가 무섭고 여기 낙타는 밤에 꾸는 나쁜 꿈이 두렵지."

기병대 말이 말했다.

"우리가 다들 같은 방법으로 싸울 필요가 없어서 천만다행이야."

한참 말이 없던 젊은 노새가 말했다.

"제가 알고 싶은 건, 제가 정말 알고 싶은 건 왜 우리가 싸워야 하느냐는 거예요."
기병대 말이 한심하다는 듯 콧방귀를 뀌며 말했다.
"그렇게 하라고 하니까."
"명령이지."
빌리는 그렇게 말하고는 이빨을 딱 하고 부딪쳤다.
"후큼 하이(그게 명령이야)!"
낙타가 꾸르륵거리며 그렇게 말하자 두 꼬리와 물소들도 따라 했다.
"후큼 하이!"
신병 노새가 다시 물었다.
"그럼 그 명령은 누가 내리는데요?"
"네 머리 쪽에서 걷는 사람."
"네 등에 타고 있는 사람."
"네 고삐를 잡고 있는 사람."
"네 꼬리를 비트는 사람."
빌리와 기병대 말과 낙타와 소들이 차례로 대답했다.
"그럼 그 사람들한테는 누가 명령을 하는데요?"
빌리가 말했다.
"알고 싶은 게 참 많군, 젊은 친구. 그러다가 한 대 걷어차이는 거야. 넌 그냥 네 머리 쪽에 선 사람의 말을 따르고 아무것도 묻지 않으면 돼."
두 꼬리가 말했다.
"빌리 말이 백번 옳아. 나는 이러지도 저러지도 못하는 입장이라 늘 명령을 따를 수는 없지만 아무튼 빌리 말이 맞아. 네 옆에서 명령을 내리는 사람에게 복종해야 해. 그러지 않으면 매를 맞는 것은 둘째 치고 너 때문에 부대 전체가 멈춰 설 거야."

대포 끄는 소들이 돌아가려고 일어났다.

"아침이 밝아 오고 있어. 우린 우리 부대로 돌아갈 거야. 우리는 우리 눈에 보이는 것만 보고 그렇게 똑똑하지 않은 것도 사실이지만 그래도 오늘 밤 두려움에 떨지 않은 건 우리뿐이야. 잘 자게나, 용감한 이들이여."

아무도 대답하지 않았고 기병대 말이 화제를 바꿔 말했다.

"그 조그만 개는 어디 있지? 개가 있다는 건 근처 어딘가에 사람이 있다는 건데."

빅슨이 캥캥 짖어 댔다.

"여기 있어. 대포 밑에 주인과 함께 있어. 덩치 크고 실수나 해대는 낙타 양반, 네가 우리 텐트를 뒤집어 놓았잖아. 우리 주인이 단단히 화가 났어."

물소들이 말했다.

"쳇! 분명히 백인일 거야."

빅슨이 말했다.

"당연하지. 그럼 흑인 소몰이꾼이 주인이겠어?"

"으악! 아이쿠! 윽! 어서 여길 떠나자."

수소들은 진흙탕 속에서 고꾸라질 듯 달려가다 탄약차에 멍에가 걸려 옴짝달싹 못하게 되었다.

빌리가 태연한 목소리로 말했다.

"이런, 결국 사고를 쳤군. 버둥거리지 말게. 날이 밝을 때까지 그렇게 있어야 할 테니까. 그런데 도대체 왜 그래?"

수소들은 인도 소들이 하듯 식식 길게 콧김을 내뿜었다. 그리고 밀고 당기고 비틀고 발을 구르고 미끄러져서 진흙탕에 거의 빠질 듯이 안간힘을 쓰며 사납게 씩씩거렸다.

기병대 말이 말했다.

"그러다 조만간 목이 부러지고 말 거야. 백인이 뭐 어쨌다는 거야? 난 백인이랑 사는데."

가까운 쪽에 있던 물소가 말했다.

"백인들은 우리를 먹잖아! 당겨!"

그 순간 멍에가 뚝 부러지면서 물소들은 우르르 달려 도망쳤다.

나는 그때 인도 소들이 뭣 때문에 그렇게 영국인들을 무서워하는지 처음 알게 되었다. 인도의 소몰이꾼은 손도 대지 않지만 우리는 소고기를 먹으니 소들이 싫어하는 것도 당연했다.

빌리가 말했다.

"내 마구에 달린 사슬에 얻어맞은 기분이야! 덩치 큰 멍청이들이 저렇게 흥분할 거라고 누가 생각이나 했겠나?"

기병대 말이 말했다.

"그냥 놔둬. 난 이 사람을 좀 살펴봐야겠어. 내가 알기로 백인들은 대부분 주머니에 뭔가 있거든."

"그럼 난 이만 가 보겠네. 사실 나도 백인들을 그렇게 좋아한다고는 말 못하겠어. 게다가 들어가 잘 곳이 없는 백인은 십중팔구 도둑이기 십상이거든. 내 등에는 정부 재산이 가득 실려 있어. 가자, 젊은 친구. 우린 부대로 돌아갈 거야. 잘 자게나, 오스트레일리아 친구! 내일 열병식 때 보자고. 잘 자게, 낙타 친구! 감정을 잘 다스려 보라고, 알겠나? 잘 자게, 두 꼬리! 내일 연병장에서 우리

옆을 지나게 되거든 나팔 소리는 내지 말게. 그러다 대형이 흐트러질지도 몰라."

노새 빌리는 노병다운 거들먹거리는 걸음걸이로 천천히 사라졌다. 기병대 말은 내 가슴속에 얼굴을 디밀었고 나는 녀석에게 비스킷을 주었다. 그사이 우쭐대기 좋아하는 빅슨은 자신과 내가 수십 마리의 말을 가지고 있다며 거짓말을 해 댔다.

빅슨이 물었다.

"나는 내일 내 이륜마차(*예전에는 좌석 밑에 사냥개를 태우는 공간이 있었음.)를 타고 열병식에 갈 거예요. 당신은 어디에 있을 건가요?"

기병대 말이 정중하게 대답했다.

"제2기병 대대 왼쪽에 있을 겁니다. 우리 부대 전체가 제 보폭에 맞춰 행진을 한답니다, 아가씨. 이제 딕에게 가 봐야겠군요. 내 꼬리가 진흙투성이라 열병식에 나갈 준비를 하려면 딕이 두 시간은 매달려야 할 겁니다."

3만 명이 집결하는 대규모 열병식은 그날 오후에 열렸다. 빅슨과 나는 총독과 아프가니스탄의 아미르의 자리와 가까운 곳에 위치한 좋은 자리를 차지했다. 아미르는 러시아 아스트라한 양털로 만든 크고 높은 검은 모자를 쓰고 있었는데 모자 한가운데에 커다란 다이아몬드 별이 달려 있었다. 열병식 초반에는 햇볕이 쨍쨍 내리쬐었고, 다 같이 발맞춰 움직이는 다리와 줄지어 늘어선 총들이 물결을 이루며 연대가 지나갈 때는 두 눈이 핑 돌 정도였다. 다음으로 기병대가 '보니 던디'라는 아름다운 기병대 구보에 맞춰 나타나자 이륜마차에 앉아 있던 빅슨이 귀를 쫑긋 세웠다. 창기병 제2대대가 지나갔고 거기에 그 기병대 말이 있었다. 명주실 같은 꼬리를 늘어뜨리고 머리는 가슴으로 바짝 당기고 한쪽 귀는 앞으로, 다른 쪽 귀는 뒤로 한 채 왈츠를 추듯 부드럽게 다리를 움직이며 부대 전체의 행진 속도를 맞추고 있었다. 그러고는 대포들이 지나갔다. 두 꼬리와 다른 두 마리 코끼리들이 나란히 40파운드짜리 공성포를 끌고 가는 게 보였다. 스무 쌍의 수소들이 그 뒤에서 걷고 있었다. 일곱 번째 소들은 새 멍에를 메고 있었고 힘들고 지친 기색이 역력했다. 마지막으로 스크루 대포 부대가 나타났다. 노새 빌리는 마치 자신이 모든 군대를 지휘라도 하는 듯한 태도였는데 그의 마구는 기름을 발라 반짝반짝 윤이 날 정도로 닦은 것이었다. 나는 노새 빌리를 향해 혼자 환성을 질렀지만 빌리는 고개도 돌리지 않았다.

다시 비가 내리기 시작했고 한동안은 너무 흐릿해서 병사들이 뭘 하고 있는지도 보이지 않았다. 병사들은 들판에 커다란 반원을 그리다가 퍼져 나갔고 일렬로 늘어서기 시작했다. 점점 더 길어지더니 마침내 이쪽 끝에서 저쪽 끝까지 1킬로미터가 넘는 긴 줄이 만들어졌다. 병사와 말과 대포로 이루어진 단단한 벽이 생긴 것이다. 일렬로 늘어선 병사들은 총독과 아미르를 향해 똑바로 다가왔다. 병사들이 점점 가까워지자 땅이 흔들리기 시작했다. 마치 빠르게 달리는 증기선의 갑판 같았다.

열병식에 지나지 않는다는 것을 알면서도, 한 줄로 늘어선 군대가 계속해서 다가오는 모습은 보는 사람들에게 큰 공포를 안겨 주었다. 얼마나 무서운지 그 자리에 앉아 있지 않고서는 상상하기 힘들 것이다. 나는 아미르를 바라보았다. 그때까지는 놀라는 기색이 전혀 없었다. 그러나 이내 두 눈이 점점 더 커지더니 앉아 있던 말의 고삐를 잡고 뒤를 돌아보았다. 잠시지만 아미르는 칼을 뽑아 들고 뒤쪽 마차에 타고 있던 영국인들을 베고 지나갈 기세였다. 그 순간 다가오던 병사들이 딱 멈춰 섰고 그와 동시에 땅이 흔들리던 것도 멈췄다. 전 부대가 경례를 했고 서른 명의 악단이 일제히 연주를 시작했다. 그것으로 열병식이 끝나고 부대는 빗속에서 각자의 캠프로 돌아갔다. 그리고 보병 악단의 연주가 시작되었다.

동물들이 둘씩 짝지어 가네.
만세!
동물들이 둘씩 짝지어 가네.
코끼리와 표대의 노새,
그들 모두가 비를 피해
방주로 들어갔네.

그때 아미르와 함께 온, 길고 희끗희끗한 머리를 가진 중앙아시아의 늙은 족장이 인도 장교에게 묻는 소리가 들렸다.

"도대체 어떻게, 이렇게 멋진 일이 가능한 겁니까?"

장교가 대답했다.

"명령을 내리면 그 명령에 복종하는 겁니다."

족장이 다시 물었다.

"그럼 짐승들도 사람만큼 똑똑하단 말인가요?"

"짐승들도 사람들처럼 명령에 복종합니다. 노새, 말, 코끼리, 수소가 각자 자기를 모는 병사에게 복종합니다. 병사는 또 하사관에게, 하사관은 중위에게, 중위는 대위에게, 대위는 소령에게, 소령

은 대령에게, 대령은 세 연대를 지휘하는 준장에게, 준장은 장군에게, 장군은 총독한테 복종하지요. 총독은 여왕 폐하의 신하고요. 그렇게 되는 겁니다."

족장이 말했다.

"아프가니스탄에서도 그렇게 된다면 좋을 텐데! 우리는 오로지 우리 자신의 의지에만 복종하지요."

그러자 인도 장교가 콧수염을 배배 꼬며 말했다.

"그런 이유 때문에 당신들이 복종하지 않는 아미르가 여기에서 우리 총독의 명령을 받아야 하는 겁니다."

캠프 동물들의 행진곡

포대의 코끼리들

우리는 알렉산더에게 헤라클레스의 힘을,
이마의 지혜와 무릎의 교활함을 빌려 주었네.
우리는 고개 숙여 복종하네.
그 목에 걸린 줄은 다시는 풀리지 않았네.
길을 비켜라, 40파운드 대포를 끄는
키 3미터의 코끼리들이 나가신다!

대포 끄는 소들

대포를 끌던 저 영웅들은 포탄을 피하네.
그들 모두는 화약에 대해 알고 있는 사실 때문에 당황하네.
그때 다시 우리가 나서서 대포를 끈다네.
길을 비켜라, 40파운드 대포를 끄는
스무 쌍의 소들이 나가신다!

기병대의 말들

내 기갑에 찍힌 낙인에 맹세코 창기병, 경기병, 용기병은
가장 멋진 행진곡을 연주한다네.
'보니 던디'에 맞춘 기병대 구보는
내게 '마구간'이나 '물'보다 더 달콤하다네.

우리를 먹이고 길들이고 돌보고 빗질을 해 주고

훌륭한 기수와 넓은 공간을 달라.
그리고 우리를 기병대에 넣고
종대로 선 기병대가 행진에 나서니
군마가 '보니 던디' 하는 모습을 보라.

스크루 대포 부대의 노새들

나와 내 동료들이 언덕을 기어오르네.
돌들이 굴러떨어져 길은 사라졌지만 우리는 여전히 나아간다네.
제군들, 우리는 버둥거리며 기어올라 어디든 갈 수 있으니
발을 디딜 곳만 있으면
산꼭대기에 오르는 것은 우리의 기쁨이라네.

우리에게 길을 찾도록 하는 모든 하사관들에게 행운 있으라!
짐도 제대로 꾸리지 못하는 몰이꾼들에게 불행 있으라!
제군들, 우리는 버둥거리며 기어올라 어디든 갈 수 있으니
발을 디딜 곳만 있으면
산꼭대기에 오르는 것은 우리의 기쁨이라네.

식량 보급대의 낙타들

우리는 발 맞춰 걸을 행진곡이 없다네.
하지만 우리 목은 털 달린 트롬본
(타타타타! 털 달린 트롬본!)
그리고 이것이 우리의 행진곡이라네.
못해! 하지 마! 싫어! 안 해!

대열 전체로 행진곡을 전달해라!
누군가의 짐이 등에서 떨어지네.
그게 내 짐이면 좋을 텐데!
누군가의 짐이 길바닥에 떨어졌네.
멈춰 서서 꾸지람을 듣는 낙타에게 갈채를!
으! 야아! 그르르! 아흐!
누군가 꾸지람을 듣고 있네!

모든 동물들이 다 함께
우리는 캠프의 아이들, 모두 제 몫의 일을 하네.
멍에와 몰이 막대기,
꾸러미와 마구, 안장과 짐의 아이들
들판에 늘어선 우리를 보라
뒷발을 묶는 밧줄처럼 또다시 구부러져
뻗고 비틀고 굴러서 멀리 전쟁터까지 휘몰아 가네.
먼지투성이에 졸음을 견디며
말없이 옆에서 걷는 사람들은
우리 그리고 그들이 왜 매일매일 행진하며
고통을 받는지 말해 줄 수가 없네.
우리는 캠프의 아이들
모두 제 몫의 일을 하네.
멍에와 몰이 막대기,
꾸러미와 마구, 안장과 짐의 아이들.

새로운 『정글 북』의 세계로 떠나는 여행

『정글 북』 하면 늑대 굴에서 자란 늑대 소년 모글리 그리고 사랑스러운 여러 동물 캐릭터들이 등장했던 디즈니 만화가 먼저 떠오를 것입니다. 모글리 이야기는 큰 인기를 누리며 여러 차례 만화와 영화, 연극과 뮤지컬로 만들어졌지요. 많은 사람들이 그렇게 만화와 영화로 접했던 까닭에 『정글 북』이라는 타이틀이 생소하지 않을 것입니다. 하지만 그런 경로로 작품을 접했다면 다시 한 번 책을 읽어 보는 게 좋을 거예요. 『정글 북』이 이런 내용이었나 하고 조금은 낯선 느낌을 받게 되는 건 물론이고 전혀 새로운 즐거움과 만나게 될 테니까요. 모글리에 관해 영화나 만화가 미처 담지 못했던 더 많은 사연들과 만나고 모글리의 모험 외에도 다른 놀라운 이야기들과도 만나게 될 거예요. 또한 대부분의 사람들에게 익숙한, 만화나 영화에서 그리고 있는 것보다 훨씬 더 깊이 있는 내용을 접하게 될 거예요.

사실 '『정글 북』=모글리 이야기'라는 등식이 성립할 정도로 이 작품에서 가장 유명한 이야기는 늑대 소년 모글리에 관한 것이겠죠. 나 또한『정글 북』이 늑대 소년 모글리에 관한 이야기인줄로만 알았으니까요. 하지만『정글 북』은 모두 일곱 편의 이야기가 담겨 있는 키플링의 단편집입니다. 첫 세 편은 모글리에 관한 것이지만 나머지 네 편은 각기 다른 이야기들이에요. 하얀 물개 코틱이 꿈의 섬을 찾아 모험을 계속하는「하얀 물개」와 사악한 코브라와 싸워 이기는 영웅적인 몽구스 이야기인「리키티키타비」그리고 어린 코끼리 조련사 이야기인「코끼리들의 투마이」와 인간들을 보좌하는 여러 동물들이 모여 인간 세상을 풍자하는「여왕 폐하의 신하들」이 바로 그것이죠. 짧은 단편들이지만 하나하나가 모두 모글리 이야기 못지않게 완성도 높은 작품들이에요. 전 모글리에 관한 이야기도 좋았지만, 결코 포기하지 않고 사람들의 손이 닿지 않는 섬을 찾아 다니는 물개 코틱의 이야기가 가장 마음에 들었답니다.

『정글 북』은 100년이 넘는 세월 동안 많은 어린이들의 사랑을 받아 온 책이지만 단순히 어린이들만 읽는 어린이책이라고 여기기에는 무리가 있어 보입니다. 고전이라고 일컬어지는 많은 작품들이 그러하듯 이 작품 역시 재미 이상의 것을 독자에게 제공하니까요.

표면적으로는 아동문학이라는 장르의 옷을 입고 있지만『정글 북』은 성장소설, 정치소설, 풍자소설로도 볼 수 있어요. 많은 독자들은『정글 북』하면, 아기 때 정글에 버려진 모글리가 늑대들에 의해 키워지고 늑대 무리, 정글, 인간 세계에서 자신의 자리를 찾아가는 이야기로 여길 것입니다. 한마디로 모글리의 성장소설이기도 한 것이죠. 그리고 『정글 북』은 키플링이 살았던 시대의 정치와 사회에 대한 비판이 담겨 있기도 합니다. 의인화된 동물들의 모습을 통해 온갖 인간 군상들이 살아가는 사회의 여러 단면을 보여 주고 있지요. 또 동물들의 눈으로 인간 세상을 비판적으로 바라보기도 하고요. 마치 『이상한 나라의 앨리스』처럼 아동문학이지만 풍자소설의 면모도 엿볼 수 있는 것이지요. 『정글 북』은 어린 독자들이 환영할 만한 흥미로운 모험 이야기일 뿐만 아니라 청소년, 어른도 꼭 읽어 볼 만한 작품이기도 해요. 나이를 막론하고 누가 읽든 나름의 재미와 깨달음을 얻을 수 있는 작품이지요.

영국 최초의 노벨 문학상 수상 작가이자 역대 최연소 수상 작가로 추앙받는 키플링이지만 그의 산문과 시에서 드러나는 정치적 견해와 인종 차별적 관점에 대해서 논란이 끊이지 않는 것도 사실입니다. 키플링은 종종 제국주의적인 맹목적 애국심을 보인 탓에 비판을 받았었죠. 그러나 한편으로 그는 자신이 태어나고 자랐던 인도와 그곳에서 사는 동물들, 사람들에 관해 누구보다 잘 알고 있었고 무한한 애정을 품고 있었습니다. 인도에 관해 그만큼 잘 알고 있었던 사람도 드물 거예요. 또한 인도는 물론이고 영국, 미국, 남아프리카에서도 오랜 시간을 보낸 까닭에 풍부한 문화사를 누리며 이를 멋진 이야기를 창조하는 데 이용했고요. 그러한 키플링의 애정과 풍부한 문화사적 배경이 듬뿍 녹아 있는 작품이 바로 『정글 북』이에요. 키플링이 정치적으로 어떤 관점을 가지고 있었든 그는 19

세기 후반에서 20세기 초의 작가들 가운데 가장 널리 알려진 작가로 기억됩니다. 그리고 『정글 북』은 키플링의 작품 중 가장 유명한 대표작이고 오늘날까지 훌륭한 고전으로 꼽히고 있지요.

키플링은 『정글 북』에서 의인화 기법을 사용해 자신의 글을 한층 흥미롭게 만들고 있습니다. 등장하는 캐릭터 대부분이 동물들이지만 자신의 탁월한 글 솜씨로 독자들로 하여금 그들의 존재를 거부감 없이 받아들이고 믿게 만들지요. 동물들임에도 불구하고 말을 하고 미개한 듯 보이지만 인간보다 더 인간답고 고귀한 행동을 보이기도 한답니다. 그리고 명예와 용기, 정직함, 인내 같은 가치들을 지키는 모습을 보여 줘요. 그러면서도 각자 타고난 본성을 유지하지요. 동물 특유의 습성들이 어찌나 자세하고 사실적으로 묘사되었는지 마치 동물들의 모습이 눈앞에 그려지는 듯해요. 그런 이유로 이 작품은 정글 동물들의 특징을 잘 살려 내 동물 문학의 새로운 지평을 열었다는 평을 얻기도 한답니다.

『정글 북』의 이야기들이 시간을 되돌려 미지의 세계, 바다 건너의 세계로 여러분들을 안내할 거예요. 이제는 존재하지 않는 이국적인 세계로 말이지요. 결코 후회 없는 여행을 하게 될 거예요. 자, 이제 여태까지 모르고 지냈던 새로운 『정글 북』의 세계에 빠져 보는 건 어떨까요?

-옮긴이 원지인

⟨⟨러디어드 키플링 연보⟩⟩

1865년 12월 30일 영국의 지배 아래 있던 인도 봄베이(지금의 뭄바이)에서 화가이자 학자였던 아버지 존 록우드 키플링과 어머니 앨리스 맥도널드의 1남 1녀 중 첫째로 태어남.

1871년 일반적인 영국식 교육을 시키기 위해 그의 부모는 키플링을 영국의 한 가정에 맡김. 무척 엄격했던 그 집안에서 키플링은 5년 동안 정신적으로 힘겨운 시절을 보내며 신경 쇠약에 걸림.

1878년 경제적 어려움 때문에 장교 자녀들을 위해 설립된 학비는 저렴하지만 교육 수준이 낮은 유나이티드서비스칼리지에 입학. 학교 신문 편집을 하며 글쓰기의 재능을 발견함.

1882년 인도로 돌아가 신문사에서 일하며 글을 쓰기 시작함.

1886년 첫 번째 시집인 『부문별 노래』 출간.

1887년 인도에 거주하는 영국인 중 최상류층이었던 부모님 덕분에 그 계층의 영국인들과 교류했으며, 생애를 통틀어 우정을 나눈 알레크 힐 교수와 그의 아내 에드모니아를 만남. 에드모니아의 정원은 『정글 북』에서 리키티키타비의 집으로 등장함.

1888년 「옛날부터 전해오는 소박한 이야기」, 「세 군인」 등 여섯 편이 실린 단편집을 출간하고 대중적 인기를 끌게 됨.

1889년 여러 곳을 여행한 후 돌아간 영국에서 당대 최고의 산문 작가라는 호평을 받으며 런던의 문단에 등단함.

1892년 캐럴라인 밸러스티어와 결혼. 결혼식에서 헨리 제임스가 신부를 신랑에게 인도함.

『막사의 담시』를 출간하며 영국에서 더욱 유명해졌으며 대중의 존경까지 받게 됨.

1894년 아내의 집인 미국의 버몬트 주에 거주하며 왕성한 문학 활동을 펼침. 그의 작품 가운데 가장 유명한 책인 『정글 북』이 이때 출간됨.

1895년 『정글 북 2』 출간.

1896년 『일곱 개의 바다』 출간.

가족들과 모두 미국을 떠나 영국에 정착한 후 집필에 몰두함.

1897년 『용감한 선장들』 출간.

1898년 겨울 휴가를 보내기 시작한 남아프리카 공화국에서 최대 다이아몬드 광산 소유자이자 정치가인 세실 로즈와 친분을 맺게 됨.

단편집 『그날의 일과』 출간.

1899년 가족을 방문하기 위해 미국에 갔다가 큰딸이 폐렴으로 사망.

『스토키와 친구들』, 여행기 『바다에서 바다로』 출간.

1901년 『킴』을 출간하며 엄청난 성공을 거둔 동시에, 제국주의적 사상으로 인해 거센 비난을 받음.

1902년 서식스 주 버워시에 마지막까지 머물 집을 마련함.

큰딸에게 들려주었던 이야기 모음집인 『바로 그 이야기들』을 출간하며 호평을 받았고, 이후 서식스를 배경으로 한 다양한 장르의 이야기를 출간하면서 전성기를 누림.

1907년 뛰어난 관찰력과 독창적인 상상력, 기발한 착상과 이야기를 다루는 탁월한 재능으로 일궈 낸 문학적 업적을 인정받아 영어권 작가로는 최초이자 최연소로 노벨 문학상 수상.

1936년 1월 18일 사망.

러디어드 키플링 1865년 영국이 지배하고 있던 인도 봄베이(지금의 뭄바이)에서 태어났다. 여섯 살 때 영국으로 건너가 대학을 마치고 다시 인도로 돌아가 7년 동안 신문 기자로 일했다. 그는 기자 생활을 하면서 글을 쓰기 시작했는데 단편집 『산중 야화』가 독자들에게 큰 호응을 얻자 영국으로 건너가 본격적으로 작가의 길을 걸었다. 대표작으로 『정글 북』, 『왕이 되고 싶은 사나이』, 『킴』 등이 있으며, 1907년 노벨 문학상을 수상하며 명실공히 최고의 작가로 자리매김했다.

존 록우드 키플링 1837년 영국에서 태어났으며 『정글 북』의 작가 러디어드 키플링의 아버지이다. 자신은 학자이자 라호르 미술관 관장을 지내기도 했으며 화가로서 아들의 여러 작품에 그림을 그리기도 했다.

윌리엄 헨리 드레이크 1856년 미국 뉴욕에서 태어나 프랑스 파리에서 미술 공부를 했다. 공부를 마치고 뉴욕으로 돌아와 정기 간행물에 그림을 그렸다. 러디어드 키플링의 『정글 북』에 그림을 그리면서 명성을 얻었다.

원지인 홍익대학교에서 영어영문학을 공부한 뒤, 현재 아동청소년문학 전문 번역 문학가로 활동하고 있다. 옮긴 책으로 『몰입 천재 클레멘타인』, 『구스베리 공원의 친구들』, 『홀리스 우즈의 그림들』, 『키티, 나의 키티』, 『비밀의 화원』, 『정글 북』 등이 있다.

클래식 보물창고에는
오랜 세월의 침식을 견뎌 낸
위대한 세계 문학 고전들이 총망라되어 있습니다.
세대와 시대를 초월하여 평생을 동반할 '내 인생의 책'을
〈클래식 보물창고〉에서 만나 보세요.

1. 이상한 나라의 앨리스 루이스 캐럴 지음 | 황윤영 옮김

특유의 유쾌한 상상력과 말놀이, 시적인 묘사와 개성적인 캐릭터, 재치 넘치는 패러디와 날카로운 사회 풍자로 아동·청소년문학사와 영문학사에 큰 획을 그은 루이스 캐럴의 환상동화.

★BBC 선정 영국인 애독서 100선 ★학교도서관사서협의회 추천도서

2. 키다리 아저씨 진 웹스터 지음 | 원지인 옮김

서간문이라는 독특한 형식과 소녀적 감성이 결합된 성장기이자 로맨스 소설! 20세기 초 사회의 모순을 고발하고 개혁을 주장했던 진보적인 사상은 페미니즘 문학으로서의 의미를 더한다.

★학교도서관사서협의회 추천도서

3. 보물섬 로버트 루이스 스티븐슨 지음 | 민예령 옮김

인간이 가진 절대적인 선과 악을 그린 세계 최초의 해양 모험 소설. 영국 빅토리아 시대의 흥미진진한 꿈과 낭만을 대변하는 동시에 선악의 경계를 아슬아슬하게 줄타기하는 인간의 욕망을 고찰한다.

★BBC 선정 영국인 애독서 100선 ★미국대학위원회 SAT 권장도서

4. 노인과 바다 어니스트 헤밍웨이 지음 | 민예령 옮김

헤밍웨이 문학의 총결산이자 미국 현대문학의 중추로 일컬어지는 걸작. 생애의 모든 역경을 불굴의 투지로 부딪쳐 이겨 내는 인간의 모습을 하드보일드한 서사 기법과 절제미가 돋보이는 문체로 형상화했다.

★노벨 문학상 수상작가 ★퓰리처상 수상작 ★노벨연구소 선정 세계문학 100선
★대학수학능력시험 출제 작품

5. 하늘과 바람과 별과 시 윤동주 지음 | 신형건 엮음

우리나라 사람들이 가장 많이 애송하는 '민족 시인' 윤동주의 문학 세계를 엿볼 수 있는 시와 산문을 한데 모았다. 시대의 아픔을 성찰하며 정면으로 돌파하려 한 저항 정신은 물론이고 인간 윤동주의 맨얼굴을 만날 수 있다.

★연세대 필독도서 200선

6. 봄봄 동백꽃 김유정 지음

어려운 현실을 풍자와 해학으로 극복한 한국 근대 소설의 정수, 김유정의 대표작을 모았다. 원전을 충실하게 살려 아름다운 우리말을 풍요롭게 담고, 토속적 어휘는 풀이말을 달아 이해를 도왔다.

7. 거울 나라의 앨리스 루이스 캐럴 지음 | 황윤영 옮김

『이상한 나라의 앨리스』보다 한층 탄탄해진 구성과 논리적인 비유를 통해 보다 깊고 넓어진 재미와 감동을 선사하는 후속작. 현실 속의 정상과 비정상, 논리와 비논리, 의미와 무의미의 경계를 고찰한다.

★BBC 선정 영국인 애독서 100선 ★명사 101명이 추천한 파워클래식 ★학교도서관사서협의회 추천도서

8. 변신 프란츠 카프카 지음 | 이옥용 옮김

현대인의 고독과 불안을 그림으로써 실존주의 문학의 발전에 커다란 영향을 끼치며 20세기 문학계에서 가장 난해한 '문제 작가'로 꼽히는 프란츠 카프카의 대표작을 모았다. 원전에 충실한 번역으로 특유의 문체가 지닌 묘미를 만끽할 수 있다.

★서울대 권장도서 100선 ★연세대 필독도서 200선 ★미국대학위원회 SAT 권장도서

9. 오즈의 마법사 L. 프랭크 바움 지음 | 최지현 옮김

영화, 뮤지컬, 온라인 게임 등 다양한 장르로 재생산되어 지구촌 대중문화를 견인함으로써 문화 콘텐츠가 가지는 파급력의 정도를 생생하게 보여 주는 세기의 고전. 짜릿한 모험담 속에 담긴 치유의 기운이 마법 같은 순간을 선물한다.

★학교도서관사서협의회 추천도서

10. 위대한 개츠비 F. 스콧 피츠제럴드 지음 | 민예령 옮김

미국 현대 문학의 거장으로 꼽히는 F. 스콧 피츠제럴드의 대표작. 미국에서만 한 해 30만 부 이상 팔리는 스테디셀러로, 재즈 시대를 살았던 젊은이들의 욕망과 물질문명의 싸늘한 이면을 담아 낸 명실공히 미국 현대 문학의 최고작.

★〈타임〉지 선정 100대 영문 소설 ★미국대학위원회 SAT 권장도서
★〈뉴스위크〉지 선정 100대 명저 ★BBC 선정 꼭 읽어야 할 책

11. 오 헨리 단편선 오 헨리 지음 | 전하림 옮김

평범한 소시민의 일상과 삶의 애환을 따뜻한 시선으로 그린 오 헨리 문학의 정수로 손꼽히는 작품을 모았다. 인도주의적 가치관 위에 부조된 작가적 개성의 특출함을 만끽할 수 있다.

12. 셜록 홈즈 걸작선 아서 코난 도일 지음 | 민예령 옮김

세기의 캐릭터와 함께 펼치는 짜릿한 두뇌 게임. 치밀한 구성과 개연성 있는 전개, 호기심을 자극하는 독특한 설정이 포진되어 있음은 물론, 추리의 과정부터 카타르시스가 느껴지는 결말이 펼쳐져 있는 매력적인 소설.

13. 소공자 프랜시스 호즈슨 버넷 지음 | 원지인 옮김

사랑의 입자를 뭉쳐 만들어 놓은 것 같은 캐릭터를 통해 사랑의 선순환을 형상화한 소설. 순수한 직관과 무한한 잠재력을 지닌 동심의 세계를 느낄 수 있다.

14. 왕자와 거지 마크 트웨인 지음 | 황윤영 옮김

대중성과 작품성을 겸비해 '미국 현대 문학의 아버지'로 평가받는 마크 트웨인의 대표작으로 '뒤바뀐 신분'이라는 숱한 드라마의 원조 격인 소설. 부조리하고 불합리한 사회상에 대한 날카로운 비판과 통쾌한 풍자 속에 역사적 지식과 상상력을 담아 냈다.

15. 데미안 헤르만 헤세 지음 | 이옥용 옮김

자신의 내면세계를 향해 고집스럽게 걸음을 옮긴 주인공 싱클레어의 성장을 그린 영원한 청춘의 성서. 철학, 종교, 인간을 끊임없이 탐구했던 작가의 깊이 있는 시선과 인간 내면의 양면성에 대한 치밀한 묘사가 시선을 사로잡는다.

★노벨 문학상 수상작가

16. 말괄량이와 철학자들 F. 스콧 피츠제럴드 지음 | 김율희 옮김

재즈 시대의 자유분방한 젊은이들의 풍속도를 그린 F. 스콧 피츠제럴드의 소설집. 1920년대 고동치는 젊은이의 맥박을 생생하게 전달했다는 평가를 받는 작품들을 모았다.

17. 벤자민 버튼의 시간은 거꾸로 간다 F. 스콧 피츠제럴드 지음 | 김율희 옮김

70세의 노인으로 태어나 결국 태아 상태가 되어 삶을 마감하는 벤자민 버튼의 일생을 그린 환상소설을 비롯해 『위대한 개츠비』의 전신이라고 할 수 있는 F. 스콧 피츠제럴드의 작품들을 모았다. 실험적이고 혁신적인 화법으로 생생하게 형상화한 재즈 시대를 만끽할 수 있다.

18. 이방인 알베르 카뮈 지음 | 이효숙 옮김

출간과 동시에 하나의 사회적 사건으로까지 이야기된 알베르 카뮈의 대표작. 부조리하고 기계적인 시스템 속에서 인간이 부딪치게 되는 절망적 상황을 짧고 거친 문장 속에 상징적으로 담아낸, 작품 자체가 '이방인'인 소설.

★노벨 문학상 수상작가 ★노벨연구소 선정 세계문학 100선 ★미국대학위원회 SAT 권장도서

19. 크리스마스 캐럴 찰스 디킨스 지음 | 김율희 옮김

영국의 대문호 찰스 디킨스의 작가 정신과 개성이 고스란히 담긴 대표작. 19세기 영국 사회의 구조적 모순과 인간성 회복을 그린 영원한 고전이자 크리스마스의 상징이 되어 버린 소설.

★BBC 선정 영국인 애독서 100선 ★학교도서관사서협의회 추천도서

20. 이솝 우화 이솝 지음 | 민예령 옮김

2500년 동안 이어져 온 삶의 지혜와 철학을 담은 인생 지침서이자 최고(最古)의 고전! 오랜 세월 인류가 축적해 온 지식과 철학이 함축되어 있으며 남녀노소 누구나 읽을 수 있는 인류의 고전이라 할 수 있다.

21. 수레바퀴 아래서 헤르만 헤세 지음 | 함미라 옮김

작가의 자전적 경험이 녹아들어 있는 헤르만 헤세의 대표적인 성장소설. 총명한 한 소년이 개인의 자유와 개성을 억압하는 딱딱한 교육 제도와 권위적인 기성 사회의 벽에 부딪혀 비극으로 치닫는 이야기를 섬세하게 그리고 있다.

★노벨 문학상 수상작가 ★서울대 선정 고전 200선 ★국립중앙도서관 청소년 권장도서

22. 너새니얼 호손 단편선 너새니얼 호손 지음 | 한지윤 옮김

『주홍 글자』로 유명한 호손은 에드거 앨런 포, 허먼 멜빌과 더불어 미국 낭만주의 문학의 3대 거장으로 꼽힌다. 이 책은 45년간 우리나라 교과서에 실리기도 했던 「큰 바위 얼굴」을 비롯해 호손 문학의 대표 단편소설 11편을 실었다.

23. 에드거 앨런 포 단편선 에드거 앨런 포 지음 | 황윤영 옮김

「검은 고양이」, 「모르그 거리의 살인 사건」 등으로 유명한 에드거 앨런 포는 미국 낭만주의 문학의 거장이자 단편문학의 시조이며 추리 소설의 창시자이기도 하다. 기괴하고 환상적인 소재를 통해 인간 내면의 광기와 복잡한 심리를 치밀하게 형상화했다.

★미국대학위원회 SAT 권장도서 ★노벨연구소 선정 세계문학 100선

24. 필경사 바틀비 허먼 멜빌 지음 | 한지윤 옮김

장편소설 『모비 딕』의 작가 허먼 멜빌은 에드거 앨런 포, 너새니얼 호손과 함께 미국 낭만주의 문학의 3대 거장으로 꼽힌다. 정체불명의 필경사 바틀비의 '선호하지 않는' 태도와 철학은 갑갑한 현실 속에서 우리에게 깊은 공감과 위로를 이끌어 낸다.

★미국대학위원회 SAT 권장도서

25. 1984 조지 오웰 지음 | 전하림 옮김

『멋진 신세계』, 『우리들』과 더불어 세계 3대 디스토피아 소설로 불리는 걸작으로, 가공의 국가 오세아니아의 전체주의 지배하에서 인간의 존엄을 지키고자 했던 한 인물이 파멸되어 가는 과정을 그렸다. 오늘날에도 여전히 유효한 이 작품 속 경고는 시간이 지날수록 그 힘이 더욱 강력해지고 있다.

★〈뉴스위크〉지 선정 세계 100대 명저 ★〈타임〉지 선정 '20세기 최고의 책 100선'
★노벨연구소 선정 세계문학 100선 ★〈모던 라이브러리〉 선정 '20세기 100대 영문학'

26. 걸리버 여행기 조너선 스위프트 지음 | 김율희 옮김
풍자 문학의 거장 조너선 스위프트의『걸리버 여행기』는 결코 온순하지 않다. 이 작품의 원문은 18세기 영국의 정치와 사회뿐만 아니라 인간의 본성을 신랄하게 풍자하고 있기 때문이다. 이 무삭제 완역본에는 스위프트가 고찰한 인간과 사회를 관통하는 통렬한 아이러니가 고스란히 담겨 있다.

★서울대 선정 고전 200선 ★미국대학위원회 SAT 권장도서
★〈뉴스위크〉지 선정 100대 명저 ★노벨연구소 선정 세계문학 100선

27. 헤르만 헤세 환상동화집 헤르만 헤세 지음 | 이옥용 옮김
헤세의 대표적인 동화 16편이 실린 작품집으로, 자기 발견과 자아실현을 위한 갈등과 모색을 독창적이면서도 환상적으로 표현했다. 또한 난쟁이, 마법사, 시인 등 신비로운 인물들과 천일야화, 중국과 인도의 민담, 신화 등 초자연적이면서도 경이로운 이야기들이 다채롭게 펼쳐진다.

★노벨 문학상 수상작가

28. 별 마지막 수업 알퐁스 도데 지음 | 이효숙 옮김
특유의 시적 서정성과 감수성으로 19세기 말 프랑스의 정취를 그려 낸 작가 알퐁스 도데의 단편소설을 모았다. 그의 대표작 「별」부터 전쟁의 비극을 감동적으로 풀어 낸 「마지막 수업」까지 알퐁스 도데의 진면목을 만끽할 수 있는 작품 15편이 들어 있다.

29. 피터 팬 제임스 매튜 배리 지음 | 원지인 옮김
연극, 뮤지컬, 영화 등으로 재탄생되며 100년이 넘는 세월 동안 전 세계 사람들의 사랑을 받아 온 '영원히 늙지 않는' 고전! 어른이 되지 않는 '피터 팬'과 어른이 없는 나라 '네버랜드'를 탄생시킴과 동시에 '피터 팬 신드롬'이라는 말을 낳으며 동심의 상징이 되었다.

30. 제인 에어 샬럿 브론테 지음 | 한지윤 옮김
『폭풍의 언덕』과 함께 '브론테 자매'의 걸작으로 손꼽히는 샬럿 브론테의 대표작으로, 어린 나이에 홀로 고난과 역경을 이겨 내고 오로지 '열정'으로 나이와 신분을 뛰어 넘어 사랑을 쟁취하는 여성, 제인 에어의 삶과 사랑을 자서전 형식으로 그려 냈다.

★미국대학위원회 SAT 권장도서 ★BBC 선정 영국인 애독서 100선 ★연세대 필독도서 200선

31. 폭풍의 언덕 에밀리 브론테 지음 | 황윤영 옮김
에밀리 브론테가 남긴 유일한 소설로, 주인공의 광기 어린 사랑과 복수를 통해 인간 내면의 세계와 본질을 그려 냄으로써 오늘날 세계 10대 소설, 영문학 3대 비극으로 꼽히는 걸작이다.

★미국대학위원회 SAT 권장도서 ★〈옵저버〉지 선정 '가장 위대한 소설 100'
★피터 박스올 〈죽기 전에 읽어야 할 1001권의 책〉 선정도서

32. 젊은 베르테르의 슬픔 요한 볼프강 폰 괴테 지음 | 함미라 옮김
독일 문학사를 일거에 드높였다는 평을 받는 세계적인 문호 요한 볼프강 폰 괴테가 젊은 시절의 체험을 바탕으로 써 내려간 자전적 소설. 찬란하지만 위태로운 젊음의 이면성을 격정적인 한 젊은이를 통해 그려 냈다.

★피터 박스올 〈죽기 전에 읽어야 할 1001권의 책〉 선정도서

33. 바스커빌가의 개 아서 코난 도일 지음 | 한지윤 옮김
〈셜록 홈즈〉 시리즈 사상 최악의 적수와 벌이는 사투가 팽팽한 긴장감을 자아내며 책을 덮는 순간까지 숨 쉬는 것도 잊게 만들 정도로 독자들을 사로잡는다. 독자들과 평론가 양쪽 모두에게 그 어떤 작품보다도 뛰어나다는 평가를 받아 온 아서 코난 도일의 대표작.

34. 헤르만 헤세 시집 헤르만 헤세 지음 | 이옥용 옮김

소설『수레바퀴 아래서』와『데미안』,『유리알 유희』 등으로 꾸준한 사랑을 받고 있는 독일 문학의 거장 헤르만 헤세의 대표 시 105편을 묶었다. 통일과 조화를 꿈꾸며 화합하는 삶을 살고자 한 헤세의 고뇌를 엿볼 수 있다.

★노벨 문학상 수상 작가

35. 인간 실격 다자이 오사무 지음 | 김아영 옮김

'내면적 진실의 정신적 자서전'이자 '문학 형태의 유서이며, 자화상'이라고 평가받는 다자이 오사무의 대표작으로, 인간에 대한 불신과 그로 인한 소외감과 죄악감으로 몸부림치다 세상에서 연약하게 무너질 수밖에 없었던 한 사람의 고백서이다.

★〈뉴욕 타임스〉지 선정 일본문학

36. 월든 헨리 데이비드 소로 지음 | 김율희 옮김

인간과 자연에는 신성이 내재되어 있다고 보고 정신적 삶을 지향했던 미국 초월주의 사상가 소로의 정수가 담긴『월든』은 지나친 물질주의 속에서 거칠고 가난해진 정신을 지닌 현대인들에게 삶을 자유롭고 충만하게 사는 방법을 깨우쳐 준다.

★미국대학위원회 SAT 권장도서

37. 싯다르타 헤르만 헤세 지음 | 이옥용 옮김

불교의 교리를 창시한 석가모니와 같은 시대를 살았던 브라만 계층의 청년 싯다르타의 자아실현 과정을 담은 성장소설이다. 제1차 세계 대전 이후 전쟁의 상처를 어루만진 헤르만 헤세의 동양 사상은 오늘날까지 주체적이고 실존적인 길을 제시한다.

★노벨 문학상 수상 작가

38. 호두까기 인형 E. T. A. 호프만 지음 | 함미라 옮김

카프카와 함께 '환상적 사실주의'의 대표적인 작가이자 독일 낭만주의 사조에서 중요한 위치를 차지하는 호프만의 동화소설로, 꿈과 환상의 세계를 평범한 일상과 뒤섞어 놓은 독특한 서술기법은 그로테스크한 긴장감과 함께 마술적인 시공간으로 독자들을 인도한다.

39. 정글 북 러디어드 키플링 지음 | 원지인 옮김

영어권 문학의 최초이자 최연소 노벨 문학상 수상 작가 러디어드 키플링의 대표작이다. 독창적인 상상력과 이야기를 다루는 키플링의 탁월한 재능은 인간 사회보다 더 인간미 넘치는 정글의 세계를 그려냄으로써 고전으로 자리매김했다.

★노벨 문학상 수상 작가

*'클래식 보물창고'는 끝없이 이어집니다.